中国古代文史经典读本

柳宗元诗文 选评

尚永亮 撰

上海古籍出版社

图书在版编目（CIP）数据

柳宗元诗文选评／尚永亮撰. —上海：上海古籍
出版社，2017.8（2024.7重印）
（中国古代文史经典读本）
ISBN 978-7-5325-8498-7

Ⅰ．①柳… Ⅱ．①尚… Ⅲ．①柳宗元（773-819）－
唐诗－诗歌研究②柳宗元（773-819）－古典散文－古典文
学研究 Ⅳ．①I206.2

中国版本图书馆 CIP 数据核字（2017）第 146297 号

中国古代文史经典读本

柳宗元诗文选评

尚永亮 撰

上海世纪出版股份有限公司
上 海 古 籍 出 版 社 出版
（上海瑞金二路 272 号 邮政编码 200020）

（1）网址：www.guji.com.cn
（2）E-mail：gujil@guji.com.cn
（3）易文网网址：www.ewen.co

上海世纪出版股份有限公司发行中心发行经销
常熟文化印刷有限公司印刷

开本 787×1092 1/32 印张 11 插页 3 字数 146,000
2017 年 8 月第 1 版 2024 年 7 月第 5 次印刷
印数：7,401—8,500
ISBN 978-7-5325-8498-7

I·3180 定价：32.00 元
如有质量问题，读者可向工厂调换

国家普及类古籍整理图书专项资助项目

出 版 说 明

上海古籍出版社成立六十多年来形成了出版普及读物的优良传统。二十世纪，本社及其前身中华书局上海编辑所策划、历时三十余年陆续出版的《中国古典文学作品选读》与《中国古典文学基本知识》两套丛书各八十种，在当时曾影响深远。不少品种印数达数十万甚至逾百万。不仅今天五六十岁的古典文学研究者回忆起他们的初学历程，会深情地称之为"温馨的乳汁"；而且更多的其他行业的人们在涵养气度上，也得其熏陶。然而，人文科学的知识在发展更新，而一个时代又有一个时代的符号系统与表达、接受习惯，因此二十一世纪初，我社又为读者奉献了一套"新世纪文史哲经典读本"，是为先前两套丛书在新世纪的继承与更新。

　　"新世纪文史哲经典读本"凝结了普及读物出版多方面的经验：名家撰作、深入浅出、知识性与可读性并重固然是其基本特点；而文化传统与现代特色的结合，更是她新的关注点。吸纳学界半个世纪以来新的研究成果，从中获得适应新时代读者欣赏习惯的浅切化与社会化的表达；反俗为雅，于易读易懂之中透现出一种高雅的情韵，是其标格所在。

　　"新世纪文史哲经典读本"在结构形式上又集前述两套丛书之长，或将作者与作品（或原著介绍与选篇解析）乳水交融地结合为一体，或按现在的知识框架与阅读习惯进行章节分类，也有的循原书结构撷取相应内容并作诠解，从而使全局与局部相映相辉，高屋建瓴与积沙成塔相互统一。

　　"新世纪文史哲经典读本"更是前述两套丛书的拓展与简约。其范围涵盖文学经典、历史经典与哲学经典，希望用最省净的篇幅，抉示中华文化的本质精神。

　　该套丛书问世以来，已在读者中享有良好的口碑。为了延伸其影响，本社于 2011 年特在其中选取十五种，请相关作者作了修订或增补,重新排版装帧,名之为"中国古代文史经典读本",以飨读者。出版之后,广受读者的好评,并于2015年被评为"首届向全国推荐中华优秀传统文化普及图书"。受此鼓舞,本社续从其中选取若干种予以改版推出,并得到国家有关部门的支持,多种获得2016年普及类古籍整理图书专项资助。希望改版后的这套书能继续为广大读者喜欢,为弘扬中华优秀传统文化作出贡献。

上海古籍出版社

2017年6月

目　　录

导　言

　　少时陈力希公侯，许国不复为身谋。风波一跌逝万里，壮心瓦解空缧囚。(《冉溪》)

　　每读这四句诗，都会产生一种悲壮复悲凉的感受。少壮之时理想高远，豪气干云，以为青紫可拾，功业易就，于是将身许国，全力以赴，杜绝了一切犹豫徬徨、畏缩怯懦，也不再考虑后路，准备为唐王朝的中兴轰轰烈烈地干上一番事业；然而，突如其来的一场极其严酷的政治打击，顷刻间便粉碎了他人生的所有希望，一身去国，万死投荒，从此便开始了他那如同被抛弃、被拘囚般的贬谪命运，开始了他在遥远空间和漫长时间双重折磨下的无尽等待和煎熬。这是柳宗元的主要行迹，这四句诗也就成了他心态乃至生存状态的典型写照。因而，解读柳宗元,不能不首先解读他的人生悲剧,不能不首先解读他的悲剧性的心路历程。

从永贞元年(805)到元和十四年(819),从三十三岁到四十七岁,柳宗元在荒远僻陋的永州和柳州整整呆了十四年时间,直至葬身于斯。在这十四年时间中,都发生了些什么呢?

从国家的政治局势看,那位曾经对柳宗元等革新派成员严酷打击、痛下杀手的唐宪宗李纯,继位伊始,即将主要精力用于强化中央皇权,以武力扫平藩镇。先是在元和初年相继平定了西川刘辟以及夏绥杨惠琳、浙西李锜的数次叛乱,嗣后又于元和十二年冬一举扫平了为患甚剧的淮西叛镇,使得其他藩镇"降者相继"(《通鉴》卷二四〇),"当此之时,唐之威令,几于复振"(《新唐书》卷七)。

从文坛的形势看,柳宗元的友人韩愈先后在长安和洛阳聚集了一批志同道合的文人,大张旗鼓地从事古文创作和诗歌创新,使得古文所占领地日渐扩大,诗歌也怪奇生新,戛戛独造,"三十余年,声名塞天"(刘禹锡

《祭韩吏部文》)。而白居易、元稹等人则从杜甫开创的写实一路入手,以平易通俗的笔法,创作了大量针砭时弊的讽谕诗和张扬风情的感伤诗、艳体诗,以致"二十年间,禁省、观寺、邮堠、墙壁之上无不书,王公、妾妇、牛童、马走之口无不道,至于缮写模勒,衒卖於市井,或持之以交酒茗者,处处皆是"(元稹《白氏长庆集序》)。

然而,面对如此波澜壮阔、如火如荼的政治、文化场景,柳宗元与同时被贬的刘禹锡等人却只能置身遥远的贬所望洋兴叹。作为被整个社会群体和所属文化圈子抛弃了的一批"罪人",他们在远离社会文化中心的一个偏僻角落,饱尝忧患的磨难,很少有人记得起他们。他们对社会来说,似乎已失去了用处;社会对他们来说,则犹如一个逐渐陌生了的世界。当此之际,他们怎能不深深体验到那被抛弃后的无限痛苦呢?

除此之外,柳宗元等人受到的另一重精神折磨,便是来自社会舆论的强大压力。由于柳、刘二人的主要参政实践是永贞元年进行的革新活动,而要革弊图新,势必会触动不少人的既得利益,并因不能满足一些人的不合理请求而得罪他们。所以在柳、刘被贬之后,墙倒众人推,各种流言、诽谤纷纷而起,大有"世人皆欲杀"之势。柳宗元在《答问》中借问者之口描述自己被贬后的情状说:"独被罪辜,废斥伏匿。交游解散,羞与为戚;生平向慕,毁书灭迹。他人有恶,指诱增益;身居下流,为谤薮泽。"在《寄许京兆孟容书》中,他进一步说道:"伏念得罪来五年,未尝有故旧大臣肯以书见及者。何则? 罪谤交积,群疑当道,诚可怪而畏也。"这些叙说,清晰地反映了柳宗元被贬后为人诽谤、攻击乃至冷落、歧视的情形。

这是一种凝聚着孤独、屈辱、悲伤和近乎绝望的苦闷。如果说恶劣的自然环境曾给他的躯体以直接侵袭,落后的文化环境曾给他的生活带来了严重的困难,但尽管如此,还有治愈的希望和习惯的可能,那么来自社会的歧视和舆论的压力,便给其精神带来了更为惨重的打击,并在其心灵烙下了永难磨灭的印痕。如果说在此惨重打击下,柳宗元所受到的人格凌辱还只是表层现象,那么在此人格凌辱的背后,则分明呈现出他对混浊人世无比愤恨而欲尽早摆脱生活之累的绝望之感来。"恬死百忧尽，苟生万虑滋"（《哭连州凌员外司马》）、"鸣玉机全息，怀沙事不忘！"（《弘农公以硕德伟材屈于诬枉……》）假如内心苦闷没有到达极点，性格坚强的柳宗元绝难产生一死的念头；尽管他最终还是活了下来，在浮谤如川的舆论压力下，在艰难百端的谪居环境中，顽强地活了下来，但经受着日益沉沦的生命磨难，这种活不是愈发加剧了他的苦闷程度么？怀着这种苦闷，柳宗元愤怒地发问："吾缧囚也，逃山林入江海无路，其何以容吾躯乎？"（《答问》）

当然，在长达十余年的废弃生涯中，柳宗元也感受过乐趣，展示出一些希望归田终老的欲念和借佛理、山水以排遣苦闷的倾向。但问题的关键是，柳宗元本质上是一个执著型的士人，他性格中刚直峻切、固执信念的成分过重，因而即使想超然也难以超然得成。以其出游山水为例，即可看到，他往往是"暂得一笑，已复不乐"（《与李翰林建书》），在"步登最高寺，萧散任疏顽"之后，接踵而来的便是那"赏心难久留，离念来相关"（《构法华寺西亭》);刚刚领略到了一点"始至若有得,稍深遂忘疲"的乐趣,马上又被牵拽到了"去国魂已游,怀人泪空垂"(《南涧中题》)那永久的现实悲患之中。苏轼认为柳诗"忧中有乐,乐中有忧",事实上,在柳宗元那里,乐只是暂时的,忧却是永恒的,在他身上似乎总有一种无形而巨大的牵拽力量,时时刻刻在发挥作用,将他拖向苦闷的深渊。大凡他独游山水的时候,便是他最孤独的时候,他宣称人生无谓的时候,便是他被弃感、被拘囚感和生命荒废感最沉重的时候,而他寄身佛理、盼望归田的时候,则是他心灰意冷最感绝望的时候。正由于柳宗元从根本上做不到超然解脱,所以他才在遥遥无期的谪居生涯中,经受了比一般人剧烈得多的精神折磨,并由此一步步导致了他的性格变异。心理学告诉我们,刺激是随着时间的延长而递减的,也就是说,当刺激已达到其阈限的时候,此后的刺激便难以产生初次刺激那样明显的心理反应;但从另一面看,这种递减只是对刺激强度之反应的递减,而并非受刺激者对刺激之感知深度的递减。事实上,由于刺激的反复作用,由于时间的沉潜力量，被刺激者极易形成一种固定化了的、潜意识的心态以及与之相应的性格特征。柳宗元的情况便是如此。一方面，接连不断的政治打击使他对自己被抛弃、被拘囚和生命荒废的感受特别敏锐、特别深刻，另一方面，长期谪居所经历的各种忧患磨难又使他对外界刺激产生了一种适应性，在感受上相对迟钝和冷漠；一方面，他确实想摆脱樊笼的拘囚，并为此作过多种努力，另一方面，他也因希望渺茫而不得不将巨大悲苦沉潜于心底，以沉默寡言、反视内省的态度来应付并漠视外界的事变。在《与萧翰林俛书》中，他这样说道："自料居此，尚复几何？岂可更不知止，言长说短，重为一世非笑哉？读《周易·困卦》至'有言不信，尚口乃穷'也，往复益喜，曰：'嗟乎！余虽家置一喙以自称道，诟益甚耳。'用是更乐暗默，思与木石为徒，不复致意。"很明显，柳宗元这种自甘暗默、思与木石为徒的态度，既可以谓之为一种心理防卫的方式，也可以说是由时间推移和刺激重复所造成的性格变异。在诗中他曾一再申言："远弃甘幽独"（《酬娄秀才将之淮南见赠之什》)、"寂寞固所欲"(《夏初雨后寻愚溪》)、"岁月杀忧慄,慵疏寡将迎"
(《游石角过小岭至长乌村》),这些诗句,无不展示出诗
人性格向忧郁、冷漠变化的轨迹。由于长期处于被抛
弃、被拘囚般的环境,处于忧郁苦闷、不与世接的冷漠状
态,因而不能不使他一变昔日外向型的激切心性为内向
型的自甘喑默,而且也不能不使他因旷日持久的外在压
抑和自我压抑遭受到严重的"时间的损伤"。从实质上
看,这种损伤与对象的缺乏,亦即人与外在世界的强迫
性疏远紧相关联;而作为其结果,则表现为一种集苦闷、
悲伤、忧愤于一体而又难以言状的精神空落感。用他在
《对贺者》中的话说,就是"嘻笑之怒,甚乎裂眦;长歌之
哀,过乎恸哭。庸讵知吾之浩浩,非戚戚之尤者乎"?

柳宗元这样一种苦闷、悲凉的心态和日趋忧郁、冷
漠的性格,直接影响到了他的诗文创作,使其文学作品
总体上呈现一种哀怨、沉重、冷峭的格调。与韩愈、白居
易等人多将关注视线投向社会政治有所不同,柳宗元更
多地将关注视线投射到自我身上。前者是外扩的,后者
是内敛的;前者注重的是所作诗文的政治针对性和社会

影响力，后者注重的则是文学作品抒悲泻怨、自我慰藉的功能；前者的取法对象主要是盛唐大诗人李白和杜甫，后者的取法对象则主要是六朝的陶、谢尤其是上古的屈原。正如《旧唐书·柳宗元传》所指出的那样："宗元少聪警绝众，尤精西汉诗骚。下笔构思，与古为侔，精裁密致，璨若珠贝，当时流辈咸推之。……既罹窜逐，涉履蛮瘴，崎岖堙厄，蕴骚人之郁悼，写情叙事，动必以文，为骚文十数篇，览之者为之凄恻。"可以说，解读柳宗元诗文最应注意的，当是其"投迹山水地，放情咏《离骚》"（《游南亭夜还叙志七十韵》）所内含的强烈的骚怨精神和悲凉气韵。

不过，柳诗与柳文的特色又是颇有不同的，即使同为诗歌，其风格也有幽怨峭厉和淡泊古雅之别。这种情况的形成大致有两方面的原因，一方面，柳宗元无罪被贬，强烈的悲愤哀怨使他不能不借助最易表达情感的诗歌来抒发，并为其作品染上同样的感情基调。周昂《读柳诗》云："功名翕忽负初心，行和骚人泽畔吟。开卷未终还复掩，世间无此最悲音。"便是他读柳诗的最深感受。另一方面，柳宗元面对自身所难以克服的忧患，只好借游山水、读佛书来排遣，尽力淡化自己早先过于激切外露的心性，并在艺术创造中有意追求一种萧散简远的意趣，于是，他的不少诗作，外貌便颇类六朝的陶渊明、谢灵运和前辈诗人韦应物。对此，前人曾一再评说，认为"柳子厚诗在陶渊明下，韦苏州上。……所贵乎枯澹者，谓其外枯而中膏，似澹而实美，渊明、子厚之流是也"（《东坡题跋·评韩柳诗》），"中唐韦苏州、柳柳州，一则雅澹幽静，一则恬适安闲。汉魏六朝诸人而后，能嗣响古诗正音者，韦、柳也"（《古欢堂集·杂著》）。从风格的淡泊、古朴一点上看，部分柳诗与陶、韦诗确有近似之处，亦即都能以其接近自然、不事藻绘的风貌给人以清新闲雅之感。然而，若细加体味，他们的诗风又是颇有差异的：陶诗淡泊而近自然，最能反映心境的平和旷远；韦诗淡泊而近清丽，令人读后怡悦自得；而柳诗则于淡泊中寓忧怨，见峭厉。尽管诗人曾有意识地将此忧怨淡化，但痕迹却未能全然抹去，加上诗人在遣词造意上多所经营，致使很多诗作仍于隐显明暗之间传达出冷峭的信息。对这一情况，前人亦曾屡加指明："柳子厚诗，雄深简淡，迥拔流俗，至味自高，直揖陶、谢，然似入武库，但觉森严。"（《苕溪渔隐丛话》后集卷三三引蔡绦语）"宋人又多以韦、柳并称，余细观其诗，亦甚相悬。韦无造作之烦，柳极锻炼之力；韦真有旷达之怀，柳终带排遣之意。诗为心声，自不可强。"（《载酒园诗话又编》）将这里的"森严"、"锻炼"、"排遣"综合起来，便足可看出柳与陶、韦的区别，看出柳之为柳的关键所在了。

至于柳文，传统看法多认为胜过柳诗。柳宗元为"唐宋八大家"之一，在唐代与韩愈并称，其对古文的开拓之功和所作贡献，得到了后人的公认。如晚唐诗人杜牧即曾说道："李杜泛浩浩，韩柳摩苍苍。近者四君子，与古争强梁。"（《樊川文集》卷一《冬至日寄小侄阿宜》）宋人王禹偁也说："谁怜所好还同我，韩柳文章李杜诗。"（《小畜集》卷十《赠朱严》）均将柳、韩之文放到与李、杜之诗并驾齐驱的高度。然而，从风格上看，柳文与韩文却还是很有些差异的。韩文情感充沛，以气领文，表达方式往往直白无隐，一泻无余，滔滔汩汩，莫之能御，具有一种放浪壮美、浩乎沛然的气势；柳文的情感虽颇为愤激，但总体而言则相对内敛，深婉含蓄，或直接象征，或间接表现，使得意余言外，别有寄寓，由此形成其严谨冷隽、劲气内敛的骨力。在用字、炼意和构思上，柳文与韩文也存在明显的不同，韩文用词造句新颖奇特却平易自然，立意巧妙又壮浪恣肆，柳文则字词精审而细密峭拔，行文谨严而雄深雅健。对这种不同，前人曾有过诸多评说，或谓韩文如海，柳文如泉；或谓韩文如水，柳文如山：均见仁见智，得其一隅。钱钟书先生非常欣赏的一个比喻是："韩柳之别，则犹作室，子厚先量自家四至所到，不敢略侵他人田地；退之则惟意所指，横斜曲直，只要自家屋子饱满，初不问田地四至，或在我与别人也。"（《隐居通议》卷十七《艾轩先生跋韩柳苏黄集》）由此看来，就开拓的气魄和胆略言，柳不如韩；而就布局的精深和严整言，则韩不及柳。

作为中唐时期的古文大家，柳、韩二人可谓各具特色，不一定非要分出一个高下来；而就思想的深度和对某些文体如寓言、山水游记的开掘来说，柳宗元无疑已达到其所处时代的最前沿，很少有人能与之比并。谪居永州期间，柳宗元"上下观古今，起伏千万途"（《读书》），对诸多历史、现实问题深入思考，这使他具有了一种高屋建瓴的哲学眼光，这种眼光也时时在他的文学性散文中展示出来，从而形成一种超越凡俗的深度。他的寓言讽刺文，大都短小精悍而笔锋犀利，寄托深远，在准确抓取对象某一方面特征的基础上，赋予其深刻的象征意义和讽谕内涵，具有独特的冲击力和穿透力。至于其山水游记，更是一枝独秀，凌厉古今。他的写山水，不是纯客观地再现自然，而是于中融入自己的身世遭际和抑郁情怀；或借"弃地"表现自己虽才华卓荦却不为世用、被远弃遐荒的悲剧命运，具有"借题感慨"（《古文析义》初编卷五）的特点；或将表现与再现两种手法结合起来，既重自然景物的真实描摹，又将主体情感不露痕迹地注入其中，令人于意会中领略作者的情感指向。他善于选取深奥幽美型的小景物，经过一丝不苟的精心刻画，展现出高于自然原型的艺术之美。用他的话说，就是"美不自美，因人而彰"，即通过文学家的发掘、加工和再创造,将那些罕见的胜境传给世人,以免"贻林涧之愧"(《邠州柳中丞作马退山茅亭记》)。在他笔下,自然山水是那么纯净,那么奇特,那么多彩多姿,那么富于灵性,"如奇峰异嶂,层见叠出","其自命为'牢笼百态',固宜"(《艺概·文概》)。而他在山水记中使用的语言,也极为省净准确,可谓"清莹秀澈,锵鸣金石"(《愚溪诗序》)。由此,他既上承郦道元《水经注》,使山水记在写法上得到了突破性的提高,又以孤独的精神和寂寥的心境,借对山水的传神写照表现出一种永恒的宇宙情怀,创造出专属于柳氏的如雪天琼枝般的清冷晶莹之美来。所以林纾在《韩柳文研究法》中极力称道,说柳氏"山水诸记,穷桂海之殊相,直前无古人,后无来者。昌黎偶记山水,亦不能与之追逐。古人避短推长,昌黎于此固让柳州出一头地矣"。

由于柳宗元的后半生全在荒僻之地度过,所以在文化信息、人际交往、创作视野、文学影响诸方面,都不具备置身政治文化中心长安的诸多文人所具有的优势,然而,长达十四年的投闲置散,却也为他赢得了反视内省、深入思考的时间,赢得了宁神壹志、专力创作的条件,使他在政治家做不成时,转而向哲学家、文学家的路途迅进。从总体看,柳宗元是一位兼具政治家才干、哲学家眼光和文学家情性的人,尽管他的初衷不是去做文学家和哲学家,而是欲做政治家,但最终的结果却是哲学和文学成全了他的不朽声名。如果说,政治是他的追求目标,哲学是他的思想基础,那么文学便是他的生命表征,是他超越桎梏而进行自由的、美的追求的工具。宋人欧阳修指出:

> 君子之学,或施之事业,或见于文章,而常患于难兼也。盖遭时之士,功烈显于朝廷,名誉光于竹帛,故其常视文章为末事,而又有不暇与不能者焉。至于失志之人,穷居隐约,苦心危虑,而极于精思,与其有所感激发愤,惟无所施于世者,皆一寓于文辞,故曰穷者之言易工也。如唐之刘、柳,无称于事业;而姚、宋不见于文章。彼四人者,犹不能于两得,况其下者乎?(《欧阳文忠公文集》卷四四《薛简肃公文集序》)

元人虞集进一步说:

> 苏州学诗于憔悴之余,子厚精思于窜谪之文,然后世虑销歇,得发其过人之才、高世之趣于宽闲寂寞之地,盖有惩创困绝而后至于斯也。(《道园学古录》卷三十一《杨叔能诗序》)

这两段评议,都非常深刻地揭示了贬谪厄运对柳宗元的另一种"赐予",同时,也为我们了解柳宗元及其文学创作,提供了一个独特的视角。

柳宗元诗、文均兼备众体:其诗以五言为主,尤擅五古,他如五、七言律、绝也精妙异常,备受后人称赏。其文大致可分为两大类别,一类属哲学、历史、政治论文,多以识见敏锐、思理深刻见称;另一类属文学创作,包括游记、寓言、骚赋、骈文、传记、赠序、书启、铭诔等文体,多以情感深厚、艺术性强取胜。这些诗文大部分作于其谪居期间,柳宗元卒后,好友刘禹锡为编《河东先生集》,宋初穆修始为刊行。《四库全书》所收宋韩醇《诂训柳先生文集》45卷、外集2卷、新编外集1卷,为现存柳集最早的本子。其他馆藏或影印宋元古本有

《增广注释音辨唐柳先生集》、《新刊增广百家详补注唐柳先生文集》、《五百家注音辨柳先生文集》、《河东先生集》等数种。今人整理本有吴文治等《柳宗元集》(中华书局1979年排印本)45卷,外集2卷及外集补遗,搜辑较为完备;王国安《柳宗元诗笺释》(上海古籍出版社1993年排印本)4卷,对作品均予编年,后附诸家评论辑要,较便阅读;尹占华、韩文奇《柳宗元集校注》(中华书局2013年版)则是目前最为全备的柳集校注本,颇为实用。柳宗元的生平事迹,有韩愈《柳子厚墓志铭》,新、旧《唐书》本传,施子愉《柳宗元年谱》(湖北人民出版社1958年版),傅璇琮主编《唐才子传校笺》(中华书局1989年版)卷五本传,孙昌武《柳宗元评传》(南京大学出版社1998年版)等,予以记载或专论。本书即在此基础上,精选柳宗元文学性较强的诗文六十余篇,大致按时代先后、前诗后文的顺序编排、评说,其中吸纳、融汇前修时贤多方面的成果,未能一一注明,谨致谢忱;而因编撰时间较为紧迫和个人能力所限,书中错误或属难免,亦盼方家读者不吝教示。

一、入仕前后（790—804）

柳宗元（773—819），字子厚，行八。祖籍河东（今山西永济），世称柳河东。其父柳镇于安史乱时曾徙家吴地，宗元或即生于吴；但从其"某始四岁，居京城西田庐中，先君在吴。家无书，太夫人教古赋十四首，皆讽传之"（《先太夫人河东县太君归祔志》）的自述看，其幼年成长之地实在长安，并受到母亲卢氏的启蒙教育。

柳宗元少年时即聪慧精敏，颇有奇名。约十二三岁时曾随其父到过安徽、湖北、江西、湖南等地，有了初步的游历。从贞元五年（789）始，十七岁的柳宗元踏上了科举之途，次年参加省试，作有《省试观庆云图诗》。这首应试作品虽略嫌稚嫩和空泛，但在谋篇布局、遣词用典以及写景造势诸方面,还是展示出了一些特点。

贞元九年(793),柳宗元进士及第。十四年(798),登博学宏词科,授集贤殿正字。韩愈说这时的柳宗元"俊杰廉悍,议论证据今古,出入经史百子,踔厉风发,率常屈其座人,名声大振,一时皆慕与之交,诸公要人,争欲令出我门下,交口荐誉之"(《柳子厚墓志铭》)。由此既可见其一时的影响和风采,也可见其才学和心性。韩愈这里说的都是表扬柳宗元的话,但"精锐"、"俊杰廉悍"、"踔厉风发"等词语已透露出一股锐意直行、势不可当的气势,而"率常屈其座人",更隐然含有某种露才扬己、得理不让人的自傲成分。这是一种内外皆方、棱角分明、见事风生、敢作敢为的性格,也是一种剑走偏锋、不能摧折、极易得罪人而疏于自我保护的性格。这种性格,在某种程度上已为柳宗元日后的悲剧埋下了伏笔。

贞元十九年(803),柳宗元在做了一段时间的蓝田尉后,被调回朝中任监察御史里行,与刘禹锡、韩愈为同官。韩愈后来写诗追述这段生活时曾说:"同官尽才俊,偏善柳与刘。"(《赴江陵途中寄赠王二十补阙李十一拾遗李二十六员外翰林三学士》)说明三人在此时即已结下了较为亲密的友谊。到了贞元二十一年也就是永贞元年(805),唐德宗死,唐顺宗继位,柳宗元被擢为礼部员外郎,积极参加了王叔文领导的革新运动,结果被贬永州。关于这一点,我们将在下一章详加叙说。

在初举进士至入朝为官的十余年间,柳宗元花在创作上的时间并不多,现在可以考知的属于此期的作品也很少。其中较有特色的,是记事诗《韦道安》和传记文《种树郭橐驼传》、《梓人传》等。从这些作品中可以看出,青年作者不仅已经具备了较为娴熟的叙事技巧,而且表现出了对治国、理民等政治问题的强烈关注和敏锐思考。这样一种关注和思考,在其于贞元十四年九月二十六日所作《与太学诸生喜诣阙留阳城司业书》中,更是得到了淋漓尽致的展露,并为他两年之后的革新实践作好了先期准备。

柳宗元之所以在如此长的时段中没有多少作品,主要原因是他不愿意将主要精力放到舞文弄墨上,他的初衷是想积极参政,作一个政治家。对此,后来他曾这样追述道:"始仆之志学也,甚自尊大,颇慕古之大有为者。"(《答贡士元公瑾论仕进书》)"仆之为文久矣,然心少之,不务也,以为是特博弈之雄耳。故在长安时,不以是取名誉,意欲施之事实,以辅时及物为道。"(《答吴武陵论〈非国语〉书》)这就是说,柳宗元最初给自己的定位便是政治的而非文学的,他的直接目标是辅时及物,做一番利国利民的事业。了解了这一点,我们也就能较深入地了解柳宗元前期的创作情形,体悟其作品中流露的思想倾向了。

省试观庆云图诗①

设色既成象②,卿云示国都。九天开秘祉③,百辟赞嘉谟④。抱日依龙衮⑤,非烟近御炉⑥。高标连汗漫,迥望接虚无⑦。裂素荣光发⑧,舒华瑞色敷。恒将配尧德,垂庆代河图⑨。

① 省试：唐代各州县贡士到京师，由尚书省的礼部主试，通称省试。庆云：又称卿云，即五色云。《汉书·礼乐志》："甘露降，庆云集。"古时以庆云为祥瑞之气。

② 设色：着色。象：图象。

③ 九天：喻宫廷，言其尊高深远。秘祉：深藏的福瑞。一作"秘旨"。

④ 百辟：百官、群臣。嘉谟：好的谋略。

⑤ 抱日：云气环绕着太阳。《后汉书·五行志》六："日有晕抱，白虹贯晕。"注引宋均曰："黄气抱日，辅臣纳忠。"龙衮：即龙卷，古代帝王之服。《东观汉纪》卷五："陛下以圣明奉遵，以礼服龙衮，祭五帝。"《礼记·玉藻》郑玄注："龙卷，画龙于衣。"

⑥ 非烟：《史记·天官书》："若烟非烟，若云非云，郁郁纷纷，萧索轮囷，是谓庆云。"御炉：宫殿上的熏炉。

⑦ 高标二句：言庆云上接高天，弥漫太空。汗漫，漫无边际。虚无，清虚之境。皆指浩渺的天空。

⑧ 裂素：裁纸作画。素，上等绢，此指纸。

⑨ 河图：上古时期出现的祥瑞。传说伏羲氏时，有龙马、神龟分别从黄河、洛水背负河图、洛书而出，伏羲据此画成八

卦,就成了后来周易的来源。《易·系辞上》:"河出图,洛出书,圣人则之。"

这是一首应试诗,也是现存柳诗可以考知的第一篇作品。作于贞元六年(790),当时宗元还是个十八岁的少年。

唐人留下的应试诗少有佳作,至今仍被人们称道的,恐怕也就是祖咏《终南望余雪》、钱起《省试湘灵鼓瑟》等寥寥数首了。这是因为:试题已规定好了要写的内容,不容易让人发挥;形式格律方面也有严格的限制,必须写成一首六韵十二句的五言排律;而且考官衡量诗作优劣的标准是齐梁体格,也就是说,作诗要像齐梁时的文风一样,用词华丽,描写工巧。有了这些要求,又须在短时间内完成,其难度之大是可以想知的,其作品缺乏真情实感和动人的力量也就不难理解了。宋人葛立方《韵语阳秋》卷三谓:"省题诗自成一家,非他诗比也。首韵拘于见题,则易于牵合;中联缚于法律,则易于骈对;非若游戏于烟云月露之形,可以纵横在我者也。王昌龄、钱起、孟浩然、李商隐辈皆有诗名，至于作省题诗，则疏矣。"说的就是这个道理。

通观此诗，年轻的作者在谋篇布局、遣词用典以及写景造势诸方面，还是颇有特点的。诗从庆云写起，直到结句最后一字才明点"图"字，深得虚实掩映之法；但作者又非舍图而写云，其首句"设色初成象"五字，既可理解为庆云在天成象，也可理解成作图成象，亦此亦彼，含而不露，均已暗逗"图"字。"抱日"二句，巧用事典，体物极工；"高标"二句，境界开阔，颇具气象。此四句既是写云，也是写图，"以图与云合观，极见作法"（毛奇龄《唐人试帖》卷三）。但换一个角度看，形式虽工丽，诗意却空泛，很难从中见出诗人的个体情怀和真实感受，实在算不得上乘之作。我们之所以选录此诗，一方面因了这是一首省试诗，读后可以大致了解这类诗的情形；另一方面则因为这是柳宗元的处女作，读后可以将之与宗元后期诗歌作一比较，考察其发展变化。

韦道安[1]

道安本儒士，颇擅弓剑名[2]。二十游太行[3]，暮闻号哭声。疾驱前致问，有叟垂华缨[4]。言我故刺史，失职还西京[5]。偶为群盗得，毫缕无余赢[6]。货财足非吝，二女皆娉婷[7]。苍黄见驱逐[8]，谁识死与生。便当此殒命，休复事晨征。一闻激高义，眦裂肝胆横[9]。挂弓问所往，趫捷超峥嵘[10]。见盗寒涧阴，罗列方忿争。一矢毙酋帅[11]，余党号且惊。麾令递束缚[12]，缧索相拄撑[13]。彼姝久褫魄[14]，刃下俟诛刑[15]。却立不亲授[16]，谕以从父行。捃收自担肩[17]，转道趋前程。夜发敲石火[18]，山林如昼明。父子更抱持[19]，涕血纷交零。顿首愿归货，纳女称舅甥[20]。道安奋衣去，义重利固轻。师婚古所病[21]，合姓非用兵[22]。竭来事儒术[23]，十载所能逞[24]。慷慨张徐州[25]，朱邸扬前旌[26]。投躯获所愿，前马出王城㉗。辕门立奇士㉘，淮水秋风生。君侯既即世㉙，麾下相敲倾㉚。立孤抗王命㉛，钟鼓四野鸣。横溃非所壅㉜，逆节非所婴㉝。举头自引刃，顾义谁顾形。烈士不忘死，所死在忠贞。咄嗟徇权子㉞，翕习犹趋荣㉟。我歌非悼死，所悼时世情。

① 韦道安：贞元年间人，少时读儒书而有勇力，行侠仗义。后入徐州张建封幕府。贞元十六年张建封卒，其子张愔为兵马留后，纵兵作乱。韦道安劝说不成，愤而自杀。

② 颇擅句：谓道安颇以擅长弓剑而闻名。

③ 太行：山名，绵延于今河南、山西境内。

④ 华缨：华丽的冠带。

⑤ 西京：指唐代都城长安。

⑥ 毫缕：丝毫。余赢：多余的钱物。

⑦ 娉婷（pīng tíng）：姿态姣好貌。

⑧ 苍黄：同"仓惶"。见：被。

⑨ 眦（zì）：眼眶。

⑩ 趫(qiáo)捷：行动迅捷。峥嵘：山势高峻貌。

⑪ 酋帅：强盗首领。

⑫ 麾(huī)：指挥命令。递：依次，一个接一个。

⑬ 缥(mò)索：绳索。挂撑：将盗贼连环捆缚，使之互相牵制。

⑭ 彼姝(shū)：指老者的两个女儿。姝，美女。褫(chǐ)魄：丧魂落魄。褫，剥去。

⑮ 俟诛刑：等待杀头。

⑯ 却立：后退站立。不亲授：不亲手交接。《孟子·离娄上》："男女授受不亲，礼也。"

⑰ 捃(jùn)收：收拾。

⑱ 敲石火：敲石点火。

⑲ 父子：父女，因古时女子也称子，故云。

⑳ 纳：交纳、奉送。称舅甥：以翁婿相称。《孟子·万章》赵岐注："礼谓妻父曰外舅。谓我舅者，吾谓之甥。"

㉑ 师婚：因出力救助别人而成为人家的女婿。《左传·桓公六年》："齐侯欲以文姜妻郑太子忽，太子忽辞。……及其败戎师也，齐侯又请妻之，固辞。人问其故，太子曰：'无事于齐，吾犹不敢。今以君命奔齐之急，而受室以归，是以师

昏也。民其谓我何!'"此"师昏(婚)"与"师婚"意同。

㉒ 合姓:谓成婚。《礼记·昏义》:"昏礼者,将合二姓之好。"

㉓ 暍(qiè)来:那时以来。暍,发语词。

㉔ 所能:指其娴熟弓剑的本领,与前"颇擅弓剑名"相关合。

㉕ 张徐州:指徐州节度使张建封。

㉖ 朱邸:古时诸侯有功者赐朱户(大门漆成红色以示尊贵),故称王侯或达官的第宅为朱邸。前旌:官吏出行仪仗中在前开路的旗帜。据《旧唐书·张建封传》,建封于贞元十三年冬因人觐而滞留长安,十四年春东归,则韦道安入建封幕或在此时。

㉗ 前马:在马前为先驱。出王城:谓离开长安,前往徐州。

㉘ 辕门:古时领兵将帅驻军的营门。

㉙ 君侯:指张建封。即世:去世。据《旧唐书·张建封传》,建封于贞元十六年病亡。

㉚ 麾下:部下。敧(qī)倾:倾斜,此谓倾轧、作乱。据《旧唐书·张建封传》载:建封卒后,"五六千人斫甲仗库取戈甲,执带环绕衙城,请愔(张建封子)为留后",朝廷不许,派杜佑率军讨徐州,泗州刺史张伾以兵攻埇桥,大败而还。朝廷不得已,乃授张愔徐州刺史等职。

㉛ 立孤句：谓徐州乱军拥立张愔，不听朝命事。

㉜ 横溃：河流溃决，借指徐州兵乱。壅（yōng）：堵塞、阻止。

㉝ 逆节：指犯上作乱事。婴：通"撄"，触犯。此句谓不愿
　　附逆。

㉞ 咄嗟（duō jié）：叹息声。徇（xùn）权子：不顾生命以求权
　　的人。徇，通"殉"。

㉟ 翕（xī）习：势威盛貌。趋荣：追逐荣华富贵。

　　柳宗元前期存留诗作不多，除前录《省试观庆云图
诗》外，大致可以确定的，还有这首《韦道安》和《龟背
戏》、《浑鸿胪宅闻歌效白纻》。这些诗有一个共同特
点，就是大都描写外在人事，而极少像他的后期作品那
样，集中抒发内心感受。其一重客体，一重主体，一重外
在的表现，一重内向的聚敛，一重叙述描绘，一重情感抒
发，由此形成柳宗元前后期创作的一个很大不同。

　　《韦道安》就是这样一首专力写人的作品。诗以太
行救女和死难徐州二事为主要关节，顺序写来，有声有
色地表现了主人公的侠义精神和忠贞志节。"道安本

儒士，颇擅弓剑名。"开篇两句总摄全诗之魂：因是儒士，故深明义理；又擅弓剑，故极具勇力。仅明义理而无勇力，便不可能有救人之举；仅有勇力而不明义理，也不可能有死难的行为。正由于义理、勇力兼备，所以，当韦道安在太行山中听了"故刺史"亦即被抢劫的老人的哭诉之后，便"一闻激高义，眦裂肝胆横"，顾不得天黑路险，便独自向群盗追去。追赶的路程很长，但作者仅用"趫捷超峥嵘"一句将之带过；降服群盗的过程很艰难，作者也仅用"一矢毙酋帅，余党号且惊。麾令递束缚，缧索相拄撑"四句来表现，十分简捷，也十分精当。

上文主要写人物的勇力和侠行，下文则重点展示人物的道义和精神。所以作者写韦道安解救二女及其大义辞婚的行为就详细多了。韦道安初见二女的情形是："彼姝久褫魄，刃下俟诛刑"，但他受儒家男女有别思想的影响，并不亲自动手解缚搀扶，而是"却立不亲授，谕以从父行。掎收自担肩，转道趋前程"。当老人赶上前去，"顿首愿归货，纳女称舅甥"，要将"娉婷"之女许配给他时，"道安奋衣去，义重利固轻"，在他看来，不能因为救了别人而去占人家的便宜,更不能因利忘义、见色忘义。"朅来事儒术,十载所能逞",这就是说,读儒书明白的义理、习弓剑练就的功夫,都在眼下用上了,这就足够了,还有什么必要多所求取呢?这两句诗,正与开篇两句相呼应,并引领下文死难之事,由此可见作者结构篇章繁而不乱、一气贯通的本领。诚如清人贺裳所说:"子厚有良史之才,即以韵语出之,亦自须眉欲动。如叙韦道安毙盗辞婚事,生气凛然。"(《载酒园诗话又编》)

从"慷慨张徐州"始,转写韦道安入张建封幕及建封死后兵士作乱事。唐代幕府兵乱很多,往往变起仓猝,相互殴杀,继而拥立新帅,不听朝廷号令。这次徐州兵乱即是如此,不仅"麾下相欹倾",而且"立孤抗王命",形势十分危急。在这种情况下,韦道安既不愿随波逐流,又无力阻止叛军,只好决绝地"举头自引刃",杀身成仁了。诗的最后,作者以议论作结,高度赞扬了韦道安这种"忠贞"气节,并通过比较,表达了对"徇权"、"趋荣"之浇薄世俗的强烈批判。而就全诗来看,

"叙致详瞻，篇法高古，可当韦生小传"（《剑溪说诗又编》）。

种树郭橐驼传①

郭橐驼，不知始自何名。病偻②，隆然伏行③，有类橐驼者，故乡人号之"驼"。驼闻之曰："甚善，名我固当。"因舍其名，亦自谓橐驼云。其乡曰丰乐乡，在长安西。驼业种树④，凡长安豪富人为观游及卖果者⑤，皆争迎取养⑥。视驼所种树，或移徙，无不活，且硕茂早实以蕃⑦。他植者虽窥伺效慕⑧，莫能如也。

① 橐（tuó）驼：骆驼，借指背部肉峰耸起如驼峰状的人。
② 偻（lóu）：脊背弯曲。
③ 隆然：脊背高起。伏行：俯身弯腰走路。
④ 业：从事于。
⑤ 观游：观赏、游览。

⑥ 皆争句：都争着迎接并雇用他。

⑦ 硕茂：高大茂盛。早实：早早结果。蕃：繁多。

⑧ 窥伺效慕：偷偷察看模仿。

　　有问之，对曰："橐驼非能使木寿且孳也⑨，能顺木之天，以致其性焉耳⑩。凡植木之性，其本欲舒⑪，其培欲平⑫，其土欲故⑬，其筑欲密⑭。既然已⑮，勿动勿虑，去不复顾。其莳也若子，其置也若弃⑯，则其天者全而其性得矣。故吾不害其长而已，非有能硕茂之也⑰；不抑耗其实而已，非有能早而蕃之也⑱。他植者则不然，根拳而土易⑲，其培之也，若不过焉则不及⑳。苟有能反是者㉑，则又爱之太恩㉒，忧之太勤，且视而暮抚，已去而复顾。甚者爪其肤以验其生枯㉓，摇其本以观其疏密，而木之性日以离矣㉔。虽曰爱之，其实害之；虽曰忧之，其实仇之，故不我若也㉕。吾又何能为哉？"

⑨ 寿：活得久。孳(zī)：繁殖得快。

⑩ 天：指生长规律。致其性：尽其自然本性。

⑪ 本：树根。

⑫ 培：封土。

⑬ 故：旧。

⑭ 筑：捣土。

⑮ 既然已：这样做了以后。

⑯ 其莳(shì)二句：谓栽树时要像培育子女一样精心，栽好后就放在那儿，如抛弃了它一样。莳，移栽、种植。

⑰ 故吾二句：谓我不过是不妨害它的生长罢了，并不是有本领让它长得高大茂盛。

⑱ 不抑二句：谓我不过是不抑制损耗它结果罢了，并非有能力让它的果实结得又早又多。

⑲ 根拳：根部拳曲。土易：更换新土。

⑳ 过：过了头。不及：培土不够。

㉑ 反是者：与此不同的。

㉒ 恩：深厚。

㉓ 爪其肤：用手指抓破树皮。验其生枯：察看它是活着还是死了。

㉔ 离：丧失。

㉕ 不我若：不如我。

　　问者曰："以子之道，移之官理可乎㉖？"驼曰："我知种树而已，理，非吾业也。然吾居乡，见长人者好烦其令㉗，若甚怜焉，而卒以祸㉘。旦暮吏来而呼曰：'官命促尔耕，勖尔植㉙，督尔获。早缫而绪，早织而缕，字而幼孩，遂而鸡豚㉚。'鸣鼓而聚之，击木而召之㉛。吾小人辍飧饔以劳吏者㉜，且不得暇，又何以蕃吾生而安吾性耶？故病且怠㉝。若是，则与吾业者其亦有类乎㉞？"

　　问者曰："嘻，不亦善夫！吾问养树，得养人术㉟。"传其事以为官戒也。

㉖ 官理：做官治民。

㉗ 长（zhǎng）人者：统治民众的人，即为官者。

㉘ 若甚二句：谓好像是很爱护百姓，最终却给他们造成了

祸患。

㉙ 勖（xù）：勉励。

㉚ 早缲四句：谓早些抽好你们的丝，纺好你们的线，养育好你们的子女，喂好你们的鸡和猪。缲（sāo），煮茧抽丝。而，同"尔"，你、你们。绪，丝头。缕，线。字，养育。遂，繁殖，生长。豚，小猪。

㉛ 击木：敲打木铎。

㉜ 辍（chuò）：停止。飧（sūn）：晚饭。饔（yōng）：早饭。劳：慰劳。

㉝ 病：困苦。怠：疲乏。

㉞ 若是二句：如果这样的话，为官治民与我种树恐怕也有类似之处吧。

㉟ 养人术：治民的方法。

柳宗元人物传记的一个显著特点，就是对普通的小人物特别关注，并能从他们身上发掘出一些不同凡常的品质和优长。如作于前期的《梓人传》、《种树郭橐驼传》和有题无文的《韦道安传》（参见前录《韦道安》诗），作于后期的《宋清传》、《童区寄传》、《段太尉逸事状》等，大都如此。这些传主或出身木工，或身为药商，或是年轻的义士、牧童，或为地方的官吏，一般很少有人注意到他们。但柳宗元却能以独到的眼光、细致的笔触，将他们尤其是发生在他们身上的一些看似不起眼的小事一一标举出来，从中总结出关乎世道人心、品格气节的大道理，从而在娓娓的叙述中，借小观大，在平凡中凸现出其不平凡的一面。

这篇作于贞元年间的《种树郭橐驼传》，便为我们展示了一个以种树为业者的典型。

文章开篇擒题，交待人物。"橐驼"即俗称罗锅的驼背，因"病偻，癃然伏行"，所以人称"橐驼"，久而久之，连他的本名都不知道了，只知他姓郭而已。就是这样一个残疾人，却有一手善于种树的本领，经他调理过的树，无不高大繁茂，果实累累，别人即使模仿效法，也比不上他种的树好。因而长安城中那些喜欢观赏游览的富豪人家和卖果人，都纷纷把他接到家中，希望让他为自己种出优良的果树来。这段叙述，简明扼要，而又饶有趣味，将一个驼背的种树高手活灵活现地展示在人们面前。

那么，郭橐驼种树有什么奥秘呢？下文通过人物的对话予以揭示："橐驼非能使木寿且孳也，能顺木之天以致其性焉耳。"也就是说，并不是我郭橐驼有什么特殊的能耐，而是我能按照树自身的生长规律，尽其自然本性而已。这是全文最重要的一个观点，所以作者在人物对话一开始就提出来，以醒全文之目。接着用实例对这一观点进行具体解说，证明只有如此，才能使"其天者全而其性得矣"。为了说明不这样做的害处，作者又进一步让人物进行反向比较，指出那些"爱之太恩，忧之太勤"的人表面看似关心树，实则是"害之"、"仇之"，其根本原因即在于他们这种做法使"木之性日以离矣"。在这一段中，作者不惜词费，让同一含义的话语反复出现，多次提到"木之性"，又多次提到"非能"、"非有能"、"吾又何能"，层层渲染，步步递进，使人力和物之天性的区别通过一再的比照，极为鲜明地呈露出来。

文章写到这里，按说可以结束了。但作者却意犹未尽，由此再加引申，通过人物对话，生发出将种树之道移之"官理"的一段绝妙议论。种树要重"木之性",同理,为官治民也须重视民之性。但这层意思作者没有明确道出,而是借助不重民之性所造成的恶果来揭示,始则曰:"长人者好烦其令,若甚怜焉,而卒以祸";终则曰:"吾小人辍飧饔以劳吏者,且不得暇,又何以蕃吾生而安吾性耶?故病且怠。"如此行文,既避免了有可能与上文重复的平面、呆板之弊,又给读者留下了深入思考的余地,从"种树"和"官理"的相似性中去寻找更深层的答案。至此,文末那句"传其事以为官戒也"的话,也就水到渠成、呼之欲出了。

读柳宗元的早期文章,可以发现青年作者对吏治的关心和对政治的热情。他的《梓人传》由巧匠构大厦引申出为相之道,而这篇《种树郭橐驼传》则由种树引申到理民,说明作者一直在有意识地寻求、探讨有关的政治方略。这一点,应该说为他此后参加永贞革新做好了先期的准备。

读这篇传记文,还可以看出柳文善于立意、达意和手法多样的特点。对此,清人朱宗洛有一段很详细的评说:"尝谓大家之文,多以意胜,而意又要善达。其所以善达者,非以词纠缠敷衍之谓也。盖一意耳,或借粗以明精,如此文养树云云是也;或借彼以证此,如以他植者来陪衬是也;或去浅以取深,如'既然已',及'苟有能反是者'与'甚者'云云是也;或反与正相足,如中间'其本欲舒'数句正说,而后又用'非有能'以反缴是也。至一段中或先用虚提,中用申说,后用实缴;或两段中一正一反一逆一顺错间相生;或一篇中前虚后实,前宾后主,前提后应。变化伸缩,则题意自达,不犯纠缠敷衍之病矣。处处朴老简峭,在《柳集》中应推为第一。"(《古文一隅》卷中)

与太学诸生喜诣阙留阳城司业书①

二十六日,集贤殿正字柳宗元敬致尺牍太学诸生足下②:始朝廷用谏议大夫阳公为司业,诸生陶煦醇懿,熙然大洽③,于兹四祀而已④,诏书出为道州⑤。仆时通籍光范门⑥,就职书府,闻之悒然不喜[7]。非特为诸生戚戚也,乃仆亦失其师表,而莫有所矜式焉[8]。既而署吏有传致诏草者[9],仆得观之。盖主上知阳公甚熟,嘉美显宠,勤至备厚,乃知欲烦阳公宣风裔土,覃布美化于黎献也[10]。遂宽然少喜,如获慰荐于天子休命。然而退自感悼,幸生明圣不讳之代[11],不能布露所蓄,论列大体,闻于下执事[12],冀少见采取,而还阳公之南也[13]。翌日,退自书府,就车于司马门外,闻之于抱关掌管者[14],道诸生爱慕阳公之德教,不忍其去,顿首西阙下,恳悃至愿乞留如故者百数十人[15]。辄用抚手喜甚,震抃不宁[16],不意古道复行于今。仆尝读李元礼、嵇叔夜传[17],观其言太学生徒仰阙赴诉者,仆谓讫千百年不可睹闻[18],乃今日闻而睹之,诚诸生见赐甚盛[19]。

① 文作于贞元十四年(798)九月二十四日,其时作者为集贤

院正字。因闻太学生诣阙救阳城事,故遗书以勉励其志。

太学:国学,我国古代设于京城的最高学府。阙(què):宫门、城门两侧的高台,中间有道路,台上起楼观。此借指宫廷。阳城:字亢宗,进士及第后隐于中条山,德宗召拜为谏议大夫,因疏留陆贽,力阻裴延龄为相,著直声。改国子司业,出为道州刺史。司业:学官名,隋以后国子监置司业,为监内的副长官,协助祭酒,掌儒学训导之政。

② 集贤殿:唐宫殿名,开元中置。殿内设书院,有修撰、校理等官,掌刊辑经籍、搜求佚书。正字:官名,北齐始置,与校书郎同主雠校典籍,刊正文章。尺牍(dú):古代用以书写的长一尺的木简,此指书信。

③ 诸生二句:谓太学生受到陶冶而性情质朴淳美,心情舒畅融洽。

④ 祀:年。

⑤ 道州:唐代州名,治所在营道,辖境相当今湖南道县、宁远以南的潇水流域。

⑥ 通籍光范门:在光范门内任职。通籍,指初作官,意谓朝中已有了名籍。光范门,《雍录》卷四谓:"光范门在大明宫含元殿之西……夫既有登闻鼓,即外人可得而进。故韩愈上

宰相书得以伏光范门外,以宰相退朝路必出此也。"

⑦ 悒然:郁闷貌。

⑧ 矜式:敬重和取法。

⑨ 诏草:诏书的草稿,亦指诏书。

⑩ 覃布:广布。黎献:黎民中的贤者,此泛指百姓。

⑪ 不讳:不隐讳,无需避忌。

⑫ 下执事:指朝廷主管其事者。

⑬ 南:指南贬道州事。

⑭ 抱关:监门,借指小吏的职务。

⑮ 恳悃至愿乞留如故者:恳切诚挚地请求留下阳城,恢复他原有的职务。

⑯ 抃(biàn):鼓掌;拍手表示欢欣。

⑰ 李元礼:东汉李膺,字元礼,曾任司吏校尉,因与宦官斗争而为太学生崇仰,《后汉书》卷六七《党锢列传》载:"学中语曰:'天下模楷李元礼。'"嵇叔夜:魏晋之际嵇康,字叔夜,因与司马氏政权不合作,被诬以罪名而斩。《晋书》卷四九本传载:"康将刑东市,太学生三千人请以为师,弗许。"

⑱ 讫(qì):通"迄",至、到。为"迄今"一词的省略。

⑲ 见赐：受人馈赠的谦辞。

　　於戏⑳！始仆少时，尝有意游太学，受师说，以植志持身焉㉑。当时说者咸曰："太学生聚为朋曹㉒，侮老慢贤，有堕窳败业而利口食者，有崇饰恶言而肆斗讼者，有凌傲长上而诟骂有司者㉓，其退然自克，特殊于众人者无几耳。"仆闻之，恟骇怛悸，良痛其游圣人之门，而众为是沓沓也㉔。遂退托乡闾家塾㉕，考厉志业，过太学之门而不敢蹢顾㉖，尚何能仰视其学徒者哉！今乃奋志厉义，出乎千百年之表，何闻见之乖剌歙㉗？岂说者过也，将亦时异人异，无向时之桀害者耶㉘？其无乃阳公之渐渍导训，明效所致乎㉙？夫如是，服圣人遗教，居天子太学，可无愧矣。

⑳ 於戏：犹呜乎，感叹词。

㉑ 植志持身：立志修身。

㉒ 朋曹：犹朋辈。曹，等辈、同类。

㉓ 有堕窳三句：谓有人懒惰懈怠、败坏学业而求俸禄，有人夸饰自我、恶言相向而争讼不已，有人在长辈、上司面前清高倨傲、辱骂官吏。堕窳（yǔ），懈怠无力。口食，指俸禄。斗讼，争讼。谇（suì），责骂。有司，官吏。古代设官分职，各有专司，故称。

㉔ 沓沓（tà tà）：嘈杂的样子。

㉕ 乡间家塾：《礼记·学记》：“古之教者，家有塾，党有庠，术有序，国有学。”相传周代以二十五家为一闾，闾有巷，巷首门边设家塾，用以教授居民子弟。后指聘请教师来家教授自己子弟的私塾。

㉖ 跼（jú）：小心翼翼，谨慎从事貌。

㉗ 乖剌（là）：违忤、不相符。

㉘ 桀害：横暴祸害。

㉙ 其无二句：谓莫非是因了阳城的陶冶训导，发生了明显效果后才出现这种情况？无乃，莫非、恐怕是。渐渍，浸润。引申为渍染、感化。

於戏！阳公有博厚恢弘之德，能并容善伪，来者不拒。曩闻有狂惑小生㉚，依托门下，或乃飞文陈愚，丑行无赖，而论者以为言，谓阳公过于纳污㉛，无人师之道。是大不然。仲尼吾党狂狷，南郭献讥㉜；曾参徒七十二人，致祸负刍㉝；孟轲馆齐，从者窃屦㉞。彼一圣两贤人，继为大儒，然犹不免，如之何其拒人也㉟？俞、扁之门，不拒病夫㊱；绳墨之侧，不拒枉材㊲；师儒之席，不拒曲士㊳，理固然也。且阳公之在于朝，四方闻风，仰而尊之，贪冒苟进邪薄之夫，庶得少沮其志㊴，不遂其恶，虽微师尹之位，而人实具瞻焉㊵。与其宣风一方，覃化一州，其功之远近，又可量哉！诸生之言，非独为己也，于国体实甚宜，愿诸生勿得私之㊶。想复再上，故少佐笔端耳。勖此良志㊷，俾为史者有以纪述也㊸。努力多贺。柳宗元白。

㉚ 曩(nǎng)：先时、以前。狂惑：狂妄昏惑。

㉛ 污(wū)：污垢、污秽，这里指品行不好的人。

㉜ 仲尼二句：谓孔子门徒中也有狂狷杂行之人，以致召来了
南郭惠子的讥嘲。《论语·公冶长》："子在陈曰：'归与！
归与！吾党之小子狂简，斐然成章，不知所以裁之。'"《荀
子·法行》："南郭惠子问於子贡曰：'夫子之门何其杂也？'
子贡曰：'君子正身以俟，欲来者不距，欲去者不止。且夫
良医之门多病人，檃栝之侧多枉木，是以杂也。'"

㉝ 曾参二句：谓曾参门徒七十人遇到负刍作乱，便自顾自地
早早离去。事见《孟子·离娄下》。

㉞ 孟轲二句：谓孟轲弟子中也有偷别人鞋子的人。《孟子·
尽心下》："孟子之滕，馆于上宫。有业屦于牖上，馆人求之
弗得。或问之曰：'若是乎从者之廋也？'曰：'子以是为窃
屦来与？'曰：'殆非也。夫子之设科也，往者不追，来者不
距。苟以是心至，斯受之而已矣。'"

㉟ 彼一圣四句：谓像孔子这样的圣人和曾参、孟子这样的贤
人，都相继成为大儒，其弟子中还不免有品行不好者，那么
为何一定要求阳城拒绝求学者呢？

㊱ 俞、扁：俞跗、扁鹊，皆古时良医。

㊲ 绳墨：木工画直线用的工具，借指工匠。枉材：弯曲的
　 木材。

㊳ 师儒：儒者、经师。曲士：乡曲之士，比喻孤陋寡闻的人。

㊴ 沮（jǔ）：终止；阻止。

㊵ 虽微二句：谓阳城虽无周太师尹氏的地位，但实际上却为
　 众人所瞻望。微，无、没有。师尹，指周太师尹氏。《诗·
　 小雅·节南山》：“赫赫师尹，民具尔瞻。”

㊶ 私之：将之占为己有，不公开。

㊷ 勖（xù）：勉励。

㊸ 俾（bǐ）：使。

　　这是一篇写给太学生的书信体文章，作于贞元十四
年九月二十六日。从中可以清晰地感触到青年柳宗元
的激切心性及鲜明的政治态度。

　　事件的起因是阳城被贬，而阳城被贬的远因又和陆
贽遭黜有关。陆贽为贞元中期有名的贤相，精于吏事，
兼擅文章，“事有不可，极言无隐”，结果为权奸裴延龄
所谮，贞元十年罢相，十一年被贬忠州别驾。时“上怒

未解,中外惴恐,以为罪且不测,无敢救者",惟谏议大夫阳城拍案而起,声言:"不可令天子信用奸臣,杀无罪人!"遂率拾遗王仲舒、归登等守住延英门,上疏论延龄奸佞,陆贽无罪,并慷慨陈辞:"脱以延龄为相,城当取白麻坏之,恸哭于庭。"(《资治通鉴》卷二三五"德宗贞元十一年"条)由于德宗信用裴延龄,阳城遂被降职为国子司业,后又因与言事得罪的太学生薛约交往,于十四年被贬为道州刺史。阳城被贬,群情激愤,太学生一百六十余人"投业奔走,稽首阙下,叫阍吁天,愿乞复旧"(《柳宗元集》卷九《国子司业阳城遗爱碣》)。当时柳宗元初为集贤殿书院正字,听到这一消息,先是为失去师表"悒然不喜",旋即又为太学生们大义凛然的举动"抚手喜甚"、"震怛不宁",遂挥笔写下这封书信,表达了自己坚决声援之意。

在信中,作者先简略交待了自阳城为国子司业后"诸生陶煦醇懿,熙然大洽"的局面,接着转写听到阳城被贬道州的消息,自己与诸生同样悲愤的感情。下文再转一笔,说从诏书来看,皇帝贬阳城为道州刺史也有让他到边远之地教化民众的意图，"遂宽然少喜"；继之用"然而"又转一笔，说自己生于明圣不讳之代，却不能为阳城之贬一进微言，故"退自感悼"。正是在这感情激烈冲突的当口，闻知太学生的请愿事件，不禁"抚手喜甚，震抃不宁"。这八个字，活画出了作者当时振奋激动的情态，而且对前文"宽然少喜"的内容作了直接的否定。前面的"宽然少喜"是无奈中的强自宽慰，这里的"抚手喜甚"则是发自内心的巨大激动。在短短一段文字中，作者由"悒然不喜"到"宽然少喜"，再到"退自感悼"，最后到"抚手喜甚"，经历了多次感情起伏，文意也一转再转，波澜跌宕。那么，作者在听到这一消息后，为什么会如此振奋呢？其根本原因即在于"不意古道复形于今"，也就是说，传统儒家坚持正义、守护理想的精神在今日的太学生身上又得到了复现，这怎能不令人兴奋呢?！当年汉人李膺率三万太学生与宦官斗争而被捕，晋人嵇康将刑东市，有三千太学生群起救援，那是何等壮烈的场面！其中又体现了怎样一种大无畏的精神！这种场面和精神，"讫千百年不可睹闻，乃今日闻而睹之",作者认为这是一种莫大的荣幸,而这种荣幸的获得又缘于此次太学生的集体行动,因而他怀着深深的感激说道:"诚诸生见赐甚盛。"

在对太学生的行动作了高度评价之后,下文笔锋一转,对此前太学聚为朋曹、侮老慢贤等弊端深加针砭,这是一抑;接着笔锋又转:"今乃奋志厉义,出乎千百年之表,何闻见之乖刺欤?"这是一扬。作者是深明文章的抑扬之道的,也极善于制造文章的波澜,通过这一抑一扬、一贬一褒,着力表现出太学由昔至今的变化;而其所以会产生这种变化,"无乃阳公之渐渍导训,明效所致乎?"既交待变化之因,又将文章主线拉回到阳城身上。

下文紧承上文拉回的主线,围绕阳城展开议论。先从正面点出阳城的"博厚恢弘之德"和"能共容善伪,来者不拒"的宽和心性,接着征引历史上孔子、曾参、孟轲三人的有关事例,对所谓阳城"过于纳污,无人师之道"的说法进行批驳;由此再进一步,回应篇首诏书内容,指出与其让阳城到荒远之地去"宣风一方,覃化一州",远不如让他回到朝廷,以其人格力量影响全国,抑制那些

"贪冒苟进邪薄之夫"。最后,复由阳城转回太学生的救援举动,郑重申言:"诸生之言非独为己也,于国体实甚宜。"走笔至此,全文经过多次回环曲折,不惟理深意明,而且神完气足,于是在"勖此良志"、"努力多贺"的祝愿中戛然打住。

这封声援太学生的信函,某种程度上也可视为柳宗元明确表述政治观点的一篇宣言。那震抃不宁的心情,激情洋溢的文字,向善如渴、嫉恶如仇的态度,既表现了这一事件对他的强烈刺激,也反映出他的刚直心性与事件性质的深层吻合。七年之后,柳宗元以大无畏的气概参加到永贞革新中去,在唐代历史上演出了轰轰烈烈的一幕,即与他早年这种心性,实在有着必然的关联。

二、谪居永州(805—814)

　　贞元二十一年亦即永贞元年(805)是唐代历史上一个非常重要的年份,也是柳宗元人生的分水岭。

　　由这一年前推五十年即天宝十四载(755),安史之乱爆发,这时下距柳宗元出生十九年。由于历时八年之久的战乱的巨大影响,唐王朝迅速走向下坡路,盛唐时期的昂扬振作、高视阔步已成昨日黄花。取而代之的,是日益严重的强藩割据、宦官擅权。与此相对应,朝廷里君昏臣佞,贤不肖倒置,社会上士风浮薄、吏治日坏,发展到唐德宗贞元末年,各类社会弊端已达极严重的地步。

　　正是在这种政治背景下,永贞元年正月,支持革新的唐顺宗李诵继位,三十三岁的柳宗元受到革新派领导人王叔文等的赏识,被不次拔擢为礼部员外郎,跻身革新集团的决策层。在短短几个月的时间里,王叔文集团连续推行了一系列革新举措,使得"市里欢呼"、"人情大悦"(《顺宗实录》卷二),而其矛头所向,则是谋夺宦官兵权。然而,这样一些正义的举动,却遭到宦官、强藩、旧朝官僚和太子李纯等多方势力的联合对抗。在这一阵营的巨大压力和猛烈反扑下,王叔文集团几无招架之功,节节败退;顺宗亦于八月庚子被迫退位,太子李纯被拥立为新君,是为唐宪宗。宪宗即位伊始,就对他父亲所信用的"私人"大开杀戒,将王伾、王叔文远贬开州司马和渝州司户;时隔不久,伾病死贬所,叔文被杀。九月己卯,又贬韩泰、韩晔、柳宗元、刘禹锡为抚、池、邵、连四州刺史;可仅此贬谪还不能使反对派满意,"朝议谓王叔文之党或自员外郎出为刺史,贬之太轻"(《通鉴》卷二三六),于是,再将已踏上贬途的诸人分别改贬为虔、饶、永、朗四州司马,并贬陈谏、凌准、程异为台、连、郴三州司马,贬韦执谊为崖州司马,从此,历史上便出现了饱含悲剧意义的"二王八司马"这一名称。此后不久，顺宗于元和元年正月不明不白地死去；时过八个月后，朝廷又一次严厉申明："左降官韦执谊、韩泰、陈谏、柳宗元、刘禹锡、韩晔、凌准、程异等八人，纵逢恩赦，不在量移之限。"（《旧唐书》卷一四《宪宗纪》上）由此看来，新的皇权对革新派已达深恶痛绝的地步，是必欲置之死地而后快的。因为事情很明显，这道诏令，不仅从根本上断绝了八司马回朝的希望，而且永久地将他们与二王一起划为不得翻身的政治罪人。

负着天大的冤屈、顶着沉重的罪名，柳宗元扶持着年近七旬的老母，过洞庭，溯湘江，向贬所仃而行。途经汨罗江口时，他缅怀先贤，写下了一篇沉痛无比的《吊屈原文》，表明了以屈原为效法对象的决心，这种决心用他在另一篇文章中的话说，就是"苟守先圣之道，由大中以出，虽万受摈弃，不更乎内"（《答周君巢饵药久寿书》）。永贞元年冬，他终于抵达永州，从此开始了长达十年的谪居生涯。

永州四周多山，石多田少，虫蛇遍布，满目荒凉。其下虽辖有零陵、祁阳、湘源三县，但人口却严重凋弊，开元时共有二万七千五百九十户，而至元和年间只剩下八百九十四户（见《元和郡县图志》卷二十九《江南道》五），若按一户五口计，也就是四五万人。这种情况，与安史乱后江南地区赋役骤然加重直接相关，也反映了在官吏重重盘剥下民不聊生、大量逃亡的现实。对此，柳宗元在他的《捕蛇者说》和《田家行三首》中都作了真实的描述。

柳宗元被贬后的职务是"永州司马员外置同正员"，即编制之外的"闲员"。这样一个"官外乎常员"（《永州法华寺新作西亭记》）而近似于"吏"的职位，是被人瞧不起的，更何况他有"罪"在身！所谓"俟罪非真吏，翻惭奉简书"（《韦使君黄溪祈雨见召从行至祠下口号》），"沉埋全死地，流落半生涯。入郡腰恒折，逢人手尽叉"（《同刘二十八院长述旧言怀感时书事……》），说的就是他在永州时受到的"政治待遇"。

以这样的身份，柳宗元初至永州只能寄居于潇水东岸的龙兴寺里。由于居住条件的简陋和自然环境的恶劣,其母卢氏半年之后病故,这对从小就依偎母亲长大的柳宗元不啻是一个巨大的打击;在这期间,柳宗元又先后得到王叔文、王伾和顺宗死去的信息,接到朝廷"纵逢恩赦,不在量移之限"的严诏,内心的凄楚可以说已到了极点。他的《笼鹰词》、《感遇》、《咏史》、《咏三良》等抒发忧愤、借古刺今的诗作,便是在这种情况下先后完成的。

元和四年(809)初,同为"八司马"的程异被朝廷召回,这给柳宗元带来了一线还有可能被起复的希望,于是他相继给朝中亲故和友人如许孟容、杨凭、裴埙、萧俛、李建等人写信求援,信中言辞痛切、呼救急迫,令人读之泪下。然而,希望是那样的渺茫,失望却接踵而来。加之他到永州后因政治压力和恶劣环境的内外夹击,又数遭火灾,仓皇逃奔,身体状况急遽恶化,三十六七岁便已"行则膝颤,坐则髀痹"(《与李翰林建书》),"每闻人大言,则蹶气震怖,抚心按胆,不能自止"(《与杨京兆凭书》)。为了排遣苦闷,缓解病痛,柳宗元开始"与山水为伍"(《陪永州崔使君游宴南池序》),大量创作山水游记。

从元和四年始，柳宗元的创作进入高潮期。他先是在永州法华寺筑西亭以居；到了秋季，又与友人"过湘江，缘染溪，斫榛莽，焚茅茷"，同游西山及其西部的冉溪诸胜境，写下了著名的"永州八记"中的前四记——《始得西山宴游记》、《钻鉧潭记》、《钻鉧潭西小丘记》、《至小丘西小石潭记》。元和五年，筑室冉溪，并将之命名为"愚溪"，相继创作了《冉溪》、《溪居》、《愚溪诗序》等诗文，借自然山水一泄内心抑郁。元和七年，又进一步扩大游历范围，由朝阳岩走水路向东南行至芜江，发现了一些世人罕知的处所，于是写出《袁家渴记》、《石渠记》、《石涧记》、《小石城山记》，这就是"永州八记"的后四记。次年作《游黄溪记》。他如《南涧中题》、《入黄溪闻猿》等诗，也作于这两年间。这些诗文，代表着柳宗元文学创作的最高成就，其诗以五言古体为主，间杂五、七言律、绝，多凝练精严，词旨清峻，于淡泊纤徐中透出悲凉意绪，已构成柳诗的独特面目。其文注重突现山水个性，而尤重对清冽凄寒之水和奇峭怪丽之石的描摹,由是构成迥异流俗的水、石意象;而这些意象聚集一途,反复出现,遂大大强化了柳文的个体忧怨色彩和幽邃凄清意境,形成了其色调清冷、骨力峭拔的以冷峭为主的艺术风格。

这种冷峭风格,在很大程度上也是柳宗元特别偏爱并着力追求的结果。在《答韦中立论师道书》中,柳宗元明确提出了自己为文的标准:"抑之欲其奥,扬之欲其明,疏之欲其通,廉之欲其节,激而发之欲其清,固而存之欲其重","参之《离骚》以致其幽,参之太史公以著其洁。"这里的诸多标准虽各有区别,但若细加体味,其内在指向大都与清冷峭拔有关,而其中"奥"、"节"、"清"、"幽"、"洁"诸点表现尤著。可见,柳宗元对此风格是有着明确意识的。然而,这又绝非一个理论认识和表现手法的问题,在此之外,它还与诗人的身世遭际和性格特征有关。柳宗元心性激切、孤直,而生命沉沦的巨大人生苦难又迫使他逐渐向幽独、寂寞转化,从而给他孤直、激切的性格增添了一种深沉、悲凉的色彩。这样一种性格特点,势必导致诗人在艺术上的相应追求,而当它自觉不自觉地贯注于创作实践的时候,则势必导致冷峭风格的形成。

宋人汪藻曾就柳宗元的诗文创作与永州山水的关系,发表过一段很有见地的议论:

> 盖先生避零陵者将十年。至今言先生者必曰零陵,言零陵者亦必曰先生。零陵去长安四千余里,极穷陋之区也,而先生辱居之。零陵徒以先生居之之故,遂名闻天下。在先生谓不幸可也,而零陵独非幸欤?……零陵一泉石、一草木,经先生品题者,莫不为后世所慕,想见其风流。而先生之文载集中,凡瑰奇绝特者,皆居零陵时所作。则又予所谓幸不幸者,岂不然哉?(《浮溪集》卷十九《永州柳先生祠堂记》)

这就是说,诗人不幸而江山有幸,柳宗元创作山水游记,除了欲将那些湮没无闻的泉石草木之美传达给世人外,还在于借此缓解内心的哀怨和愤懑。然而,那些被当作听众和知音的山水,从此便不再默默无闻,从此就具有了文化品格,从此就成了供人景仰的对象。

　　还需要指出的是,在谪居永州的十年间,柳宗元除创作了一批文学性强的诗文外,还花费大量精力进行哲学、历史论文的写作,诸如《封建论》、《时令论》、《断刑论》、《桐叶封弟辩》、《天说》以及《非国语》等,无不见解独到,笔锋犀利,代表着那个时代的最高水平。柳宗元被贬后曾多次这样说过:"常欲立言垂文,则恐而不敢。今动作悖谬,以为谬于世,身编夷人,名列囚籍。以道之穷也,而施乎事者无日,故乃挽引,强为小书,以志乎中之所得焉。"(《与吕道州温论〈非国语〉书》)事实上,柳宗元的著书立说是与其政治理想紧密联系在一起的,理想在现实中的破灭构成他著书立说的深层动因,而著书立说的目的则重在将"辅时及物之道"施于世,垂于后,为此目的,他不惜以身殉志。这是精神生命的延续,是理想得以弘扬的一种独特方式。正是在对此弘扬和延续的追求中,我们再次看到了闪耀在柳宗元身上那坚韧顽强的执著意念。

笼 鹰 词①

凄风淅沥飞严霜②，苍鹰上击翻曙光。云披雾裂虹蜺断，霹雳掣电捎平冈③。砉然劲翮剪荆棘④，下攫狐兔腾苍茫。爪毛吻血百鸟逝，独立四顾时激昂。炎风溽暑忽然至，羽翼脱落自摧藏⑤。草中狸鼠足为患，一夕十顾惊且伤。但愿清商复为假⑥，拔去万累云间翔。

① 笼鹰：被人豢养的猎鹰。

② 凄风：凄冷的风。淅沥：风声。

③ 云披二句：谓鹰穿云破雾，冲断虹霓，如雷似电般地掠过平冈。披，分开。

④ 砉（huò）然：象声词，指鹰的羽翮劈剪荆棘的声响。

⑤ 摧藏：摧抑、挫伤。

⑥ 清商：秋风。假：凭借。

这是一首咏物诗，当作于柳宗元初至永州时。革新失败,被贬荒远,诗人如受伤的猎鹰,感到巨大的痛楚和惊惧,同时又满怀对自由的向往和期盼,故以笼鹰为喻,写情言志。

诗一开篇,就展现了一个宏阔迅急的场景:凄风淅沥,严霜密布,出笼的苍鹰腾空直上,在晨曦中上下翻飞。它忽而穿云破雾,划断虹霓;忽而如雷似电,掠过平冈。向下俯冲时,其羽翮劈剪荆棘而发出砉然的响声;抓到狐兔后又迅速升腾,冲向苍茫的云空。其尖利的脚爪上挂着兽毛,坚硬的鹰嘴边留着兽血,百鸟在它的威慑下,纷纷四散逃窜。此时此际的苍鹰,以一种得胜者的情态独立于天地之间,傲然四顾,在激昂的神情中透出勇武的气概。

在这段描写中,作者先为苍鹰的出场设置了一个严寒肃杀的背景,借以烘托鹰的勇武劲健,接着用"上击"、"云披雾裂"、"虹蜺断"、"霹雳掣电"、"剪"、"攫"、"腾"等冲击性极强的动词、形容词,力状苍鹰的迅猛、矫捷、勇武、善战。把这些动作连接在一起,宛如经过精密剪裁的电影镜头,一个画面紧接着一个画面,中间绝无丝毫拉杂拖沓，干净利落地展示了一幅苍鹰出猎图的全景。相比之下，宋人张耒《笼鹰词》所谓"八月获黍霜野空，苍鹰羽齐初出笼"，就有些过于写实和一般化了。

与前八句相比，"炎风"四句笔势突转，诗情由激烈高昂一变而为低沉悲伤。"炎风溽暑忽然至，羽翼脱落自摧藏"，自然气候由寒凉到溽暑的突变，使得苍鹰受到严酷的打击。据《酉阳杂俎》卷二十《肉攫部》载："鹰四月一日停放，五月上旬拔毛入笼。拔毛先从头起，必于平旦过顶，至伏鹑则止。从颈下过飚毛，至尾则止。尾根下毛名飚毛。其背毛并两翅大翎覆翮及尾毛十二根等并拔之，两翅大毛合四十四枝，覆翮翎亦四十四枝。八月中旬出笼。"据此可知，被豢养的猎鹰自八月出笼至四五月拔毛，经历了一个由自由翱翔到被拘囚、摧残的大起大落。这既是自然气候使然，也是人为的迫害。在这双重力量的挤压下，昔日无比凌厉矫健的雄鹰顷刻之间便羽翼脱落，变得面目全非，不惟不能称雄于百鸟群兽，而且还要遭到"草中狸鼠"的欺凌，以致"一夕十顾惊且伤"。这是多么大的落差！又是何等的屈辱！

其中有悲怨，有惊惧，还有愤怒。这是写鹰，又何尝不是写人？想当初，柳宗元积极参加革新运动，大呼猛进，所向披靡，不正像这苍鹰在凛冽的寒秋搏击长空么？然而，接踵而来的事变却使得整个革新中途夭折，二王八司马在专制政治的无情打压下，被贬荒远，而且"纵逢恩赦，不在量移之限"（《旧唐书》卷一四《宪宗纪》上）。在这种情况下，其现实遭遇用柳宗元在《答问》中的话说，就是"独被罪辜，废斥伏匿。交游解散，羞与为戚，生平向慕，毁书灭迹。他人有恶，指诱增益；身居下流，为谤薮泽"，用他在诗中的话说，就是"沉埋全死地，流落半生涯。入郡腰恒折，逢人手尽叉"（《同刘二十八院长述旧言怀感时书事……》）。这种虎落平阳遭犬欺的情形，又与苍鹰羽翼脱落后受欺于草中狸鼠的遭遇何其相像！

在高明的诗人那里，咏物即是写人，即是比照、象征人的精神情志。只是这种比照、象征来得更为隐晦曲折，全不说破，让人读来，亦物亦人，内涵丰富，具有广阔的想象空间。当然，全诗写到这里即戛然收束，也未为不可,但毕竟显得过于沉重,与开篇所写苍鹰的迅猛气势失去了应有的关合、照应,更为重要的是,这样结尾难以表现出苍鹰亦即诗人"猛志固常在"的精神意向。所以,最后两句"但愿清商复为假,拔去万累云间翔"就显得非常关键了。虽然身处困境,遍体鳞伤,但仍然心系浩渺寒秋和万里长空,期盼有振翅而起、云间翱翔的那一天。悲怨而不消沉,失望中深寓着希望,由此振起全篇诗意,形成由高而低、复由低至高的情感发展曲线,可以说正是这首咏物之作的特点所在。

感 遇 二 首（选一）

旭日照寒野,鸒斯起蒿莱①。啁啾有余乐②,飞舞西陵隈③。回风旦夕至④,零叶委陈荄⑤。所栖不足恃,鹰隼纵横来⑥。

① 鸒(yù)斯：寒鸦。《诗·小雅·小弁》："弁彼鸒斯,归飞提提。"蒿莱：杂草。

② 啁啾（zhōu jiū）：象声词，鸟鸣声。

③ 隈（wēi）：山、水等弯曲的地方。

④ 回风：即旋风。

⑤ 荄（gāi）：草根。

⑥ 隼（sǔn）：一种凶猛的鸟，类鹰，也叫鹘。

　　这是一首借物咏怀的诗作，诗情由乐到忧，透露出作者在被贬之后的心理落差和忧恐意绪。

　　开篇四句先写乐：清晨的阳光照耀寒野，乌鸦从草丛中跃起，发出欢快的叫声，在西山脚下飞来飞去。这是气候剧变前的景象，鸟儿还意识不到马上就要袭来的严寒，所以它们仍沉浸在"旭日"带来的一丝温暖中，享受着飞舞的"余乐"。

　　后四句继写忧：突然之间，回风呼啸着飒然而至，天地万物为之变色，黄叶四散飘零，落在已经干枯了的草根上。气候的骤变，对寒鸦有着巨大的威胁，这不仅意味着严寒的侵袭，更重要的是，它们在已经叶落根枯的荒原上，再也没有了可以隐身的处所，它们将成为凶禽可以任意攻击的对象。"所栖不足恃，鹰隼纵横来"，寥寥十个字，写尽了寒鸦的忧恐，也写尽了诗人被贬后失去依托、担心政敌迫害的忧恐。

诗题《感遇》，顾名思义，即有感于遭遇，有感于所遇，是一种借物自寓、有所寄托的创作。此类诗作早期多以"杂诗"和"咏怀"为题。如曹植即有《杂诗》多首，抒写志不得伸的悲怨；阮籍则作有《咏怀》八十二首，"言在耳目之内，情寄八荒之表"，"常恐罹谤遇祸，因兹发咏，故每有忧生之嗟"；到了唐代，陈子昂作有《感遇》三十八首，多借比兴手法，感慨身世。柳宗元这首《感遇》，正是继承了这一传统，而在艺术表现上更为简洁老到，气象浑成。其通篇写物，而人的境遇、心绪已跃然于楮墨之间，故孙月峰谓此诗"苍古，含味深，音节仿佛陈思《杂诗》"（《评点柳柳州集》卷四十三）。

咏　　史

燕有黄金台^①，远致望诸君^②。嘤嘤事强怨③,三岁有奇勋④。悠哉辟疆理,东海漫浮云。宁知世情异,嘉谷坐熇焚⑤。致令委金石⑥,谁顾蠢蠕群⑦。风波欸潜构⑧,遗恨意纷纭。岂不善图后,交私非所闻。为忠不内顾,晏子亦垂文⑨。

① 黄金台:又称金台、燕台,故址在今河北易县易水南。相传战国燕昭王筑,置千金于台上,延请天下贤士,故名。

② 望诸君:战国时燕将乐毅投奔赵国后,赵所赐予的封号。

③ 嗛嗛(xián xián):衔恨隐忍貌。

④ 三岁句:谓乐毅破齐七十余城所立大功。《史记·乐毅列传》:"乐毅于是并护赵、楚、韩、魏、燕之兵以伐齐……下齐七十余城,皆为郡县,以属燕。"

⑤ 宁知二句:燕昭王死后,素不喜乐毅的燕惠王继位,他听信齐人田单的反间之计,命骑劫代乐毅将兵,乐毅畏诛,遂西奔赵。嘉谷,美好的禾谷,喻指乐毅。坐,因而、于是。熇,同烤。

⑥ 委金石:谓乐毅弃燕奔赵事。

⑦ 蠢蠕群：谓惠王、骑劫辈。

⑧ 欻（xū）：忽然。

⑨ 晏子：春秋时齐国大夫，字平仲。历仕灵公、庄公、景公三世。曾奉景公命使晋联姻，与晋大夫叔向议论齐政，预言齐国政权终将为田氏取代。有《晏子春秋》传世。

咏 三 良①

束带值明后②，顾盼流辉光。一心在陈力，鼎列夸四方③。款款效忠信④，恩义皎如霜。生时亮同体，死没宁分张⑤？壮躯闭幽隧⑥，猛志填黄肠⑦。殉死礼所非，况乃用其良。霸基弊不振，晋楚更张皇⑧。疾病命固乱，魏氏言有章⑨。从邪陷厥父，吾欲讨彼狂⑩。

① 三良：春秋时秦国三位被殉葬的贤士。《左传》文公六年："秦伯任好（按：即秦穆公）卒，以子车氏之三子奄息、仲行、鍼虎为殉，皆秦之良也。国人哀之，为之赋《黄鸟》。"从

诗意看,柳宗元认为让三良殉葬的实为穆公之子康公。

② 束带:穿着整肃,借指为官于朝。《论语·公冶长》:"束带立于朝,可使与宾客言也。"明后:明君,指秦穆公。

③ 鼎列:使秦强盛,与列国鼎足而立。

④ 款款:诚恳、忠实。

⑤ 生时二句:谓君臣关系密切,生时如同一体,死亦不分离。亮,诚、实在。分张,分离。

⑥ 幽隧:墓道。

⑦ 黄肠:葬具。古代以柏木黄心密置于棺外,故称黄肠。

⑧ 霸基二句:穆公卒后,秦国一度衰弱不振,楚庄王成为霸主,故云。张皇,张大。

⑨ 疾病二句:《左传》宣公十五年:"魏武子有嬖妾,无子。武子疾,命颗(武子子)曰:'必嫁是。'疾病则曰:'必以为殉。'及卒,颗嫁之,曰:'疾病则乱,吾从其治也。'"章,章法、道理。

⑩ 从邪二句:谓秦康公以三良为殉,陷其父于不义,故欲讨之。彼狂,指康公。

诗是心灵的窗口,真正震撼人心的诗作必定具备强烈的批判意识,真正深刻的历史观照也应反映人的现实精神。将强烈的孤愤融入对历史的观照、反思之中,既使得咏史具有浓郁的主观色彩,又赋予史事以丰厚的现实内蕴和情感深度,这是柳宗元为数不多的咏史之作的一大特点。

《咏史》一诗以战国时期的名将乐毅为歌咏对象,而又暗自关合诗人及参与永贞革新诸人的身世遭际:乐毅先事燕昭王,颇受重用,为燕拔齐七十余城,立下卓越战功,这就有如诗人与王叔文等人为顺宗信用,大刀阔斧地革除弊政,使得"市里欢呼"、"人情大悦"(《顺宗实录》卷一、卷二);乐毅在燕昭王卒后,备受燕惠王猜忌排挤,不得已而降赵,流落异国,就如同诗人等革新派成员在顺宗刚退位后即遭宪宗打击,被贬荒远。历史的相似性是惊人的,而其中尤为重要的是人的命运的相似。乐毅之被逼离燕,即因齐田单所行反间计成,无端被猜,流言纷纭;柳宗元被贬后,墙倒众人推,各种流言、诽谤更是纷纷而起,大有"世人皆欲杀"之势。在《寄许京兆孟容书》中,宗元自述道:"素卑贱,暴起领事,人所不信。射利求进者，填门排户，百不一得。一旦快意，更造怨讟。以此大罪之外，诋诃万端，旁午构扇，尽为敌仇，协心同攻，外连强暴失职者，以致其事。"相比之下，柳宗元、王叔文等人与乐毅的命运确有内在的相似性。而当这相似的命运在历史上一再出现，并由后人自觉观照前人同一命运的时候，怎能不使他慨然有动于中？"风波欻潜构，遗恨意纷纭"，这是何等深切的历史经验总结！又是何等沉痛的自我心声表露！联系到诗人在《吊乐毅文》中所说："谅遭时之不然兮，匪谋虑之不长。跽陈辞以陨涕兮，仰视天之茫茫。苟媮世之谓何兮，言余心之不臧！"不难看出，这既是对乐毅有功而不见知、因谗流亡之遭际的深深同情，又是对自身政治悲剧和忧怨心态的痛切陈辞。设若没有生命沉沦的苦难遭际，没有"怅望千秋一洒泪"的孤愤情怀，柳宗元决不会反复在诗、文中致意于乐毅，也决说不出这等沉痛的话来。章士钊谓此诗"全为吊王叔文而作"（《柳文指要·通要之部》卷二），不为无理，但将子厚本人的遭际和感受排除在外，似不够准确。

同样的情形更突出地表现在《咏三良》中。三良即春秋时代秦国子车氏之三子奄息、仲行、鍼虎。《左传》文公六年载有秦伯任好卒、三良皆被殉葬的事件，《咏三良》即取材于此。值得注意的是，历史故事本极简略，但到了柳宗元手下却得到了情感上的渲染和丰富："束带值明后，顾盼流辉光。一心在陈力，鼎列夸四方。款款效忠信，恩义皎如霜。生时亮同体，死没宁分张？壮躯闭幽隧，猛志填黄肠。"诗的前半部分从具体参政到殉死身亡，写得有声有色，情感激荡澎湃，极具现实意味，若非有切身参政经验如柳氏者，便很难写得出来。联系到柳宗元在《冉溪》中所谓"少时陈力希公侯，许国不复为身谋。风波一跌逝万里，壮心瓦解空缧囚"，则此"一心在陈力"数语，岂不正是诗人对其理想追求和自我遭际的表白？如果再联系到革新派首领王叔文被赐死，成员王伾、凌准相继贬死的事件，那么，此处对三良殉死的咏叹，又何尝不可视作是对王叔文等惨死的悲悼？

更进一步，秦穆公以三良为殉一事在历史上是颇受非议的，但诗人在此却一反传统看法，移花接木，将穆公开脱出来。一方面，曰"明后"，曰"恩义皎如霜"，曰"生时亮同体，死没宁分张"，在在表现出君主之贤明与君臣关系之紧密；另一方面，又郑重指出："殉死礼所非，况乃用其良？"那么，这让三良殉死者究系何人？从下文来看，实非穆公，而是穆公之子康公。为了说明这一点，诗人进一步引用《左传》宣公十五年所载魏武子卒，遗命令嬖妾殉死而其子颗改其命的故事，说道："疾病命固乱，魏氏言有章。"意思是说，魏武子之子之所以不从父命，以人为殉，是因为已认识到其父被疾病搞糊涂了，遗命不需要遵从；由此引申开来，秦穆公死以三良为殉，又何尝不是这种情形的复现？既然秦穆公也是"疾病命固乱"，则其子康公即不应遵从父命，而应像魏武子之子颗那样去做；可是，康公不仅没有这样做，反而坚持了"礼所非"的殉葬制度，而且所殉之人竟是三良，这岂不是罪上加罪？因而，诗人对此行径不能不义愤填膺，以至公开宣称："从邪陷厥父，吾欲讨彼狂！"柳集孙注云："彼狂，谓穆公子康公也。"这话虽然不错，但还只是就史论史之言,实际上,柳宗元在此早已跳出了单纯的咏史层面,而将批判的矛头直接指向现实了。他欲讨伐康公,实乃鞭挞宪宗;他为穆公开脱,实欲为顺宗张目;他称赞三良与穆公的生时同体、死不分张,实指王叔文等与顺宗同归于尽,借以慰藉忠魂;他咏叹三良的被殉而死,实即痛悼王叔文等革新志士的悲剧命运,借以抒发孤愤。如果不是这样,那么,柳宗元为何一再选取历史上父子相悖的事件(如燕昭王父子、秦穆公父子、魏武子父子)为歌咏题材?他为什么会为一历史事件而大动肝火,竟至于去"讨彼狂"?为什么他不去声讨史家一再批评的令人从死的秦穆公(参见《史记·秦本纪》),而要去声讨那个几乎无人提及的秦康公?为什么他的咏叹对象又都是与自己身世遭际相类似的乐毅、三良之流?

在咏史诗中,历史往往即是现实,对史事的怀想即是对今事的思考,而为古人鸣冤也就是为今人叫屈。清人冒春荣《葚原诗说》卷二有言:"己有怀抱,借古人事以抒写之,斯为千秋绝唱。"就此而言,柳宗元的上述作品诚可当之。至于前人指出《咏史》"炼意尽深妙，但太涉议论，颇乏圆活之致"，而《咏三良》"后半评论多，翻觉板抽，似史断不似诗"（孙鑛《评点柳柳州集》卷四三），则说明此二诗在艺术表现上还有不够成熟之处。

初秋夜坐赠吴武陵①

稍稍雨侵竹②，翻翻鹊惊丛③。美人隔湘浦④，一夕生秋风。积雾杳难极⑤，沧波浩无穷。相思岂云远，即席莫与同。若人抱奇音⑥，朱弦缊枯桐⑦。清商激西颢⑧，泛滟凌长空⑨。自得本无作，天成谅非功⑩。希声闷大朴⑪，聋俗何由聪⑫。

① 吴武陵：信州人，元和二年登进士第，三年初，坐事流永州，与柳宗元过往甚密。参见《新唐书·吴武陵传》、柳宗元《濮阳吴君文集序》及韩醇注。

② 稍稍：渐渐。

③ 翻翻:翻转飞旋貌。

④ 美人:指所怀念的人。《诗·邶风·简兮》:"云谁之思,西方美人。"

⑤ 杳(yǎo):深远。极:尽。

⑥ 若人:那人,指吴武陵。

⑦ 絙(gēng):绷紧、急促。《楚辞·九歌·东君》:"絙瑟兮交鼓。"王逸注:"絙,急张弦也。"枯桐:指琴,据说古时最好的琴是由高百尺而无枝的龙门之桐制成的。

⑧ 清商:商调,古时五音之一。激西颢:谓琴曲在秋气中激响。汉乐府郊祀歌有《西颢》,《汉书·礼乐志》:"西颢沆砀,秋气肃杀。"

⑨ 泛滟:声响悠远升腾状。

⑩ 天成:自然生成,无矫揉造作。功:人工。

⑪ 希声:极细微的声音。闷(bì):同"闭"。大朴:浑朴之至。

⑫ 聋俗:指蒙昧无知的流俗之辈。

这首诗被沈德潜誉为"千古文章神境"(《唐诗别裁》卷四)。

　　诗以写景起，借潇潇暮雨、鸟雀惊飞而动怀人之念；"美人隔湘浦，一夕生秋风"，语祖《诗》《骚》而"风神淡远，意象超妙"（《唐宋诗举要》卷一），在自然典雅的造语中寄寓着一股浓郁的情思。秋天的夜晚，浓雾密布，沧波浩渺，一切都显得那么静谧，那么朦胧，那么遥远。作者设想对方正手持枯桐制成的古琴，弹奏出清丽美妙的音响，那音响与秋气相激相荡，渐渐升腾到长空之中。读至此处，若凝神壹志，闭目遐思，会感受到一种渺远而空灵的意境。在这里，作者写弹奏者的琴技和琴音，真正的用意在于以此象喻对方自然清妙的文思和才华，并由此反跌出最后二句："希声闷大朴，聋俗何由聪。"——如此美妙少有的"奇音"，纷纷世俗之辈怎么听得到，又怎能听得懂呢？

　　柳宗元谪居永州后，因是戴"罪"之身，所以与长安的亲友已很少来往；又因永州地处荒远、文化落后，所以在当地也极少能谈到一起的朋友。然而，吴武陵的到来，却给他的生活增加了一些暖色调。武陵为元和初年进士，颇有文化修养，元和三年（808）坐事流永州，与宗元的身世遭际相类,所以二人可以算作困境中的同道。
这首以赠吴武陵为题的诗作,便展示了作者将之引为知
己、感慨世少知音的情怀。

冉　溪①

少时陈力希公侯②,许国不复为身谋③。
风波一跌逝万里④,壮心瓦解空缧囚⑤。缧囚
终老无余事,愿卜湘西冉溪地。却学寿张樊敬
侯,种漆南园待成器⑥。

① 冉溪:又名染溪,在永州西南。柳宗元曾筑室溪边,并命其
　 名为愚溪。
② 陈力:贡献才力。希:期望。
③ 许国:献身国家。
④ 风波一跌:指永贞元年参加革新运动而被贬事。逝:
　 往,迁。
⑤ 缧囚:被拘禁的囚犯。缧,拘囚犯人的绳索。

⑥ 却学二句：谓愿学汉人樊重不畏流言、从最初之事做起的精神，以待成器的一天。寿张樊敬侯，即东汉樊重，因其被封寿张侯，谥敬，故称。《后汉书·樊宏传》谓樊重"尝欲作器物，先种梓漆，时人嗤之。然积以岁月，皆得其用，向之笑者，咸求假焉。赀至巨万，而赈赡宗族，恩加乡闾"。漆，落叶乔木，汁可作涂料。《诗·鄘风·定之方中》："椅桐梓漆。"

　　这是一首写事抒怀的七言古诗，约作于元和四、五年间柳宗元卜居冉溪之际。

　　前四句是对自己前半生的回顾，充满激烈悲壮的感情。想当年，刚步入仕途的柳宗元理想高远，心性不羁，欲在政界有声有色地作为一番。韩愈说那时的柳宗元"俊杰廉悍，议论证据今古，出入经史百子，踔厉风发"（《柳子厚墓志铭》），可见当年风采。如果说过人的才华、激切的心性是柳宗元"陈力希公侯"的前提条件，那么参加王叔文集团之后，这种心性和才华便得以进一步扩充和施展。在他看来，"制令有不宜于时者,必复于上,革而正之"(《监察使壁记》)。为了国家的利益和中兴大业的实现,柳宗元"齿少心锐,径行高步"(《上门下李夷简相公陈情书》),"冲罗陷阱,不知颠踣"(《答问》),确确实实做到了"许国不复为身谋"。然而,政治风云瞬间变幻,突发的事变将他无情地抛向万里荒远之地,当年的一颗"壮心"也趋于"瓦解",剩下的只有被永久抛弃、拘囚所带来的痛苦和悲愤了。

后四句承上作转,写当下的生存状态和心理状态,诗情于平淡中透出悲凉,于悲凉中展示出不甘屈服的信念。"缧囚终老无余事,愿卜湘西冉溪地",昔日的一幕已不堪回首,早年的志向和才华只能在被拘囚般的生活中消磨殆尽;在无奈亦复无聊的困境中,诗人将目光投向了冉溪,欲卜居于此,终老余年。表面看来,这似乎很消极,但在诗人的内心深处,却仍存有不熄的火焰。最后两句援引后汉樊重种漆南园待其成器的典故,表明自己愿在剩余的日子里,不畏世人流言,从最初之事做起,积以时日,以待"成器"的一天。《易·系辞上》有言："崇高莫大乎富贵,备物致用,立成器以为天下利;莫大乎圣人,探赜索隐,钩深致远,以定天下之吉凶。"对柳宗元来说,在身遭废弃之际,其能"利天下"的最好手段便是"探赜索隐,钩深致远"的著书立说了。其《答吴武陵论〈非国语〉书》说:"然而辅时及物之道,不可陈于今,则宜垂于后。"其《与吕道州温论〈非国语〉书》也说:"以道之穷也,而施乎事者无日,故乃挽引,强为小书,以志乎中之所得焉。"这里反复申述的意思只有一个,那就是要尽己之所能,努力实现"辅时及物之道"。如此看来,无论是他早年的许国不复谋身也好,还是被贬斥废黜后的卜居冉溪、愿学樊重也好,这一"利天下"的总的目标都是没有改变的。

全诗顺序写来,从京城到贬所,从少年到中年再到设想中的晚年,从"陈力"、"许国"到"壮心瓦解"再到"种漆南园待成器",既展示行迹,也表现心理,诗情由高趋低,再由低至高,真切地呈露出诗人的心路历程,也为我们认识柳宗元提供了最详实的第一手资料。

溪　居[1]

久为簪组累[2]，幸此南夷谪[3]。闲依农圃邻[4]，偶似山林客[5]。晓耕翻露草，夜榜响溪石[6]。来往不逢人，长歌楚天碧。

① 溪：冉溪，柳宗元于元和五年(810)秋卜居于此，命名为愚溪，诗当作于此时。

② 簪(zān)组：指官服，引申为官宦。簪，古时用以绾定发髻或冠带的长针。组，古代佩印用的绶，引申为官印或作官的代称。

③ 南夷：指永州。因古代南方一带地域偏远、文化落后，故被视为蛮夷之地。屈原《九章·涉江》："哀南夷之莫我知兮，旦余济乎江湘。"

④ 农圃：农田园圃，此指农家。

⑤ 山林客：退居山林的隐士。《韩诗外传》卷五："朝廷之士为禄，故入而不出；山林之士为名，故往而不返。"

⑥ 榜：船桨，代指划船。

人世的忧患、生命的沉沦,往往导致文学向两个方向发展:或致力于对人内心痛苦的表现,或走向对自然山水的歌咏。这首题名《溪居》的诗作,便表现了柳宗元在大自然的怀抱中,超越忧患以寻求解脱的努力。

从京城的朝官沦为荒远之地的逐臣,本是人生的大不幸,但作者却放开一步想,认为自己长期为仕宦生涯所累,如今来到永州这块有山有水的地方,真是一件幸事。因闲暇无事,便与农家为邻,周围都是农田菜圃;偶行山林间,便像一位超然于俗世之外的隐士。清晨耕作于田间,翻动满是露水的杂草;夜晚划船而归,在溪石间发出悦耳的声响。在这样的环境里,自己独往独来,啸傲长歌,歌声在碧蓝的天空中荡漾。如此看来,作者虽被谪南夷,却享有独得之乐,不能说不是一件幸事。所以周珽这样评论道:"因谪居寻出乐趣来,与《雨后寻愚溪》《晓行至愚溪》二诗,点染情兴欲飞。"(《唐诗选脉会通》)

不过,深一层看又会发现,作者这种"幸"和乐趣的内里又是含有苦涩味道的。他的被谪南夷,实在有着不得已的苦衷；他的乐趣，是在不幸中强自寻找的；他的闲暇，乃是投闲置散后的无所事事；他的独来独往、放声长歌，也正是孤独寂寞的印证。在《对贺者》中，作者曾这样说道："嘻笑之怒，甚乎裂眦；长歌之哀，过乎恸哭。庸讵知吾之浩浩非戚戚之尤者乎？"表面的"浩浩"实为内心的"戚戚"，貌似欢乐的"长歌"反而有过于悲哀的"恸哭"，这就是柳宗元被贬后两种看似矛盾、实则统一的心态。沈德潜指出："愚溪诸咏，处连蹇困厄之境，发清夷淡泊之音，不怨而怨，怨而不怨，行间言外，时或遇之。"（《唐诗别裁》卷四）可以说是深得柳诗旨趣之言。

在表现手法上，此诗不假雕琢，放笔写来，自然平淡而又清新旷远，与其名作《渔翁》有异曲同工之妙。

雨后晓行独至愚溪北池[①]

宿云散洲渚[②]，晓日明村坞[③]。高树临清池，风惊夜来雨[④]。予心适无事[⑤]，偶此成宾主[⑥]。

① 北池：当即作者在《愚溪诗序》中所说溪北之愚池。此诗
　　与前诗作时约略相同。

② 宿云：昨夜残留之云。洲、渚：皆水中陆地。

③ 明：照亮。坞（wù）：四外高中间低的地方，此指村落。

④ 风惊句：谓风将昨夜留存于树上的雨水摇落下来。

⑤ 适：正好，恰巧。

⑥ 偶此：与此相对、相合。

　　一场雨后，世间的一切都显得那样的清新，夜间残
留在洲渚上的浓云已无踪影，早晨的阳光把村落照得一
片明净。清澈的池水边耸立着高大的树木，阵风吹来，
将树上留存的雨水点点滴滴洒向池中，荡起层层的涟
漪。观赏这景物的作者是独自一人，他静默地站在池
边，看自然造化如何播弄万物，如何变幻自身的形态。
他呼吸着雨后晨曦中清爽的气息，心里一无杂念，甚至
将自己也融进了景物之中，与之互为宾主，如同友朋，静
静地对视着、交流着。

　　这就是读完此诗后的直接感受。如果从其艺术特

点来看，更有可圈可点之处。诗仅六句，似是顺手写来，兴尽即止，没有丝毫人工安排的痕迹。但细细品味，其中每个词语都被运用得恰到好处：云是"宿云"，已暗点昨夜之"雨"；云散日出，晨曦初照，却不用照而用"明"，就将客观的描写变为主观的视觉感受；树是"高树"，则其枝叶茂密易于储存雨水可知；高树又"临"清池，则风吹雨落尽入池中便属无疑；而落于池中的雨点及其激起的涟漪却不去写，全留给读者想像，这就扩展了诗歌的蕴涵和空间；至于一个"惊"字，用得尤其超妙。唐汝询分析说："宿雨初霁，树间余点未消，风触之而散洒，若惊之使然。"（《唐诗解》卷十）这就是说，作者将"惊"字用活了。由于有了"惊"，自然带出"夜来雨"，于是呼应题面，补足"宿云"，使诗意更为密合。最后两句，虽平平写来，却极具哲理，具体视之，是作者"雨后晓行独至愚溪北池"的境与神会，大而言之，又何尝不是人与自然关系之深层内涵的诗意表述？寂寞的诗人，在静默中发现了自然的大美，也使自己忧怨的心绪得到了暂时的消解，从而趋于一种平和。高步瀛说子厚南迁后咏愚溪诸诗"皆神情高远,词旨幽隽,可与永州山水诸记并传"(《唐宋诗举要》卷一),诚然。

酬娄秀才寓居开元寺
早秋月夜病中见寄①

客有故园思②,潇湘生夜愁③。病依居士室④,梦绕羽人丘⑤。味道怜知止⑥,遗名得自求⑦。壁空残月曙,门掩候虫秋。谬委双金重⑧,难征杂佩酬⑨。碧霄无枉路⑩,徒此助离忧。

① 娄秀才:即娄图南,唐初侍中娄师德曾孙,时寓居永州,后赴淮南入道。据柳宗元《送娄图南秀才游淮南将入道序》,知图南少好道士言,善诗能文,宗元未冠求进士时已知其文名,而至永州与之相见,图南犹为白衣,"居无室宇,出无僮御……因为余留三年"。然据宗元元和四年(809)所作《序饮》,知图南尚在,则此诗创作的准确时间即颇难确定,

疑在元和五、六年秋。秀才，唐初有秀才科，后来逐渐废去，秀才便成为对一般读书人的通称。开元寺：在永州。据《唐会要》卷四八《议释教下》："天授元年（690）十月二十九日，两京及天下诸州，各置大云寺一所。至开元二十六年（738）六月一日，并改为开元寺。"

② 客：指娄图南。

③ 潇湘：潇水和湘水在零陵北合流，谓之潇湘。

④ 病依句：用维摩诘事。《维摩诘所说经》卷中载维摩居士病，"即以神力空其室内，除去所有及诸侍者，唯置一床，以疾而卧"。居士，佛教名词，意译"家主"，后多指在家修道的佛教徒。

⑤ 羽人：神话中的飞仙，旧称追求飞升的道士。《楚辞·远游》："仍羽人于丹丘兮，留不死之旧乡。"王逸注："《山海经》言：有羽人之国，不死之民，或曰人得道，身生羽毛也。"

⑥ 味道：体会道家学说或经典的义理。知止：《老子》："知足不辱，知止不殆。"

⑦ 遗名：流传后世的声名。

⑧ 谬委：枉赠。受人之礼的谦词。双金：喻指贵重之物。张

载《拟四愁诗》:"佳人遗我绿绮琴,何以赠之双南金。"

⑨ 杂佩:古代的玉佩,用各种佩玉构成,故称。《诗·郑风·
女曰鸡鸣》:"知子之来之,杂佩以赠之。"这两句用委金酬
佩表示唱和赠答之意。

⑩ 枉路:孙汝听注:"枉路,犹言径路也。"(《柳宗元集》卷四
十二)枉,一作"往"。

此诗是写给娄图南的答赠之作。娄的赠诗今已不
存,但从本诗"谬委双金重"的表述来看,其赠诗是深得
柳宗元赞赏的,以至于作者在写答诗时感到"难征杂佩
酬"。这既是客气话,也暗示了娄图南是位有才华的诗
人。然而,图南尽管有才华,尽管柳宗元在少年时即已
知其文名,但到头来却只落得个"秀才"的名分,而且漂
泊永州,"居无室宇,出无僮御",卧病于开元寺中。这
种遭遇,不能不使同样处于困境中的柳宗元与之惺惺相
惜,并为整个答诗笼罩了一层悲凉的气氛。

不过,诗情虽悲凉,诗的意境却幽雅深远,令人回味
不尽。如开篇"客有故园思,潇湘生夜愁"二句,写愁思

而不限于愁思，借助"故园"、"潇湘"两个方位词将空间距离骤然拉大，而一个"夜"字，在点明时间的同时，又给诗句增添了朦胧幽远的意趣。这是潇湘的夜，又是夜中的潇湘，此时此地，只有孤独之"客"在翘首夜空，遥念"故园"。这其中固然渗透着悲情，但悲情中却透出寂寥古淡甚至有些超忽的美来，从而给人一种难以言说的凄美感受。汪森认为此诗"起极超，似王、孟"（《韩柳诗选》），孙月峰说："起有逸思，律中带古意"（《评点柳柳州集》卷四十二），都从某一方面点出了起句的特点。

与开篇相比，篇中"壁空残月曙，门掩候虫秋"二句更是得到了后人众口一词的称赞。宋人张耒誉之为柳诗第一（见叶梦得《石林诗话》卷上），曾季狸认为"语意极佳"（《艇斋诗话》），汪森进一步指出其"声光俱见，正在'曙'字、'秋'字用得活耳"（《韩柳诗选》）。细味此二句，可以发现，除了精确地选字、造词，使得近曙的月色与秋虫的鸣叫交织在一起，以致具有"声光俱见"的特点外，还在于诗人仅用寥寥十字，就创造了一个清新幽雅而又不无荒冷寂寥的意境，并将此意境与描写对象的处境、心境非常贴切地关合起来。"壁空",见出家徒四壁、一贫如洗;"门掩",见出独居空室、寂寞无聊。月"残"且已近曙,暗示居者彻夜难眠;候虫鸣叫表明秋气萧瑟,越发触动了客子的乡愁。进一步看,两句诗一写高空月照,一写旷野虫鸣;一写夜即将曙,一写时已至秋;一写视觉感受,一写听觉感受:而在整体上,二者又交融在一起,组合成了一幅有声有色的秋夜客思图。这样的情境,一般作手是不易创造出来的。

同刘二十八哭吕衡州兼寄
江陵李元二侍御①

衡岳新摧天柱峰②,士林憔悴泣相逢。只令文字传青简③,不使功名上景钟④。三亩空留悬磬室⑤,九原犹寄若堂封⑥。遥想荆州人物论,几回中夜惜元龙⑦。

① 刘二十八:刘禹锡,因在同祖父的兄弟辈中排行第二十八,

故称。吕衡州：吕温，字和叔，一字化光，河中府河东县(今山西永济)人。从陆质学《春秋》，留心当世之务，讲求王霸富国之术。与王叔文、柳宗元、刘禹锡交好。元和三年(808)被贬道州刺史，五年转衡州刺史，六年八月卒于任上。江陵：即今湖北江陵。李、元二侍御：谓李景俭、元稹。二人皆由御史贬官江陵，且同与吕温交好。

② 衡岳：南岳衡山，在今湖南南部。天柱峰：衡山五大主峰之一。

③ 青简：竹简，因古代书籍用竹简编成，故后来泛指典籍。

④ 景钟：又称景公钟，《国语·晋语》七："昔克潞之役，秦来图败晋功，魏颗以其身却退秦师于辅氏，亲止杜回，其勋铭于景钟。"韦注："景钟，景公钟。"后因以景钟为褒功的典故。

⑤ 三亩：言其所居狭小。《淮南子·原道训》："故任一人之能，不足以治三亩之宅也。"悬磬(qìng)室：形容室内空无一物，因贫困见其廉洁。语出《国语·鲁语》上："室如悬磬，野无青草，何恃而不恐？"

⑥ 九原：春秋时晋国卿大夫的墓地，后泛指墓地。寄：吕温葬于江陵，未迁故土安葬，故言"寄"。堂封：指坟冢。《礼

记·檀弓上》："吾见封之若堂者矣。"郑注："封,筑土为垄;
堂,形四方而高。"

⑦ 遥想二句: 活用陈登英年早卒而为时人所惜的历史典故,
兼指远在江陵(古属荆州)的李、元二人也在为吕温的逝世
而痛惜。《三国志·魏书·陈登传》："陈登者,字元龙,在
广陵有威名,又掎角吕布有功,加伏波将军,年三十九卒。
后许汜与刘备并在荆州牧刘表坐,表与备共论天下
人。……备因言曰:'若元龙文武胆志,当求之于古耳,造
次难得比也。'"中夜,夜中,深夜。

吕温是柳宗元最亲密的友人之一,二人既有同乡之
谊(郡望均为河东,即今山西永济),又为中表之亲(见
柳《送表弟吕让将仕进序》),更为重要的是,二人都曾
师事陆质,与王叔文交好,志在革除弊政,在思想上有着
惊人的一致性。永贞革新之际,吕温因出使吐蕃而避免
了被贬厄运,但三年之后,还是与柳宗元殊途同归,被贬
道州,再迁衡州,年仅四十即卒于任所。噩耗传来,柳宗
元悲痛欲绝,于元和六年(811)先后写下此诗和《祭吕

衡州文》、《衡州刺史吕君诔》等，表达了失去友人的极度痛楚和绵绵哀思。

诗一反此前诗人多作五言古体的习惯，而用七言律体写成，精练严整，沉郁顿挫，深重的悲情贯穿始终。首联先用"衡岳新摧天柱峰"喻指吕温在衡州的去世，继以"士林憔悴泣相逢"状写吕温逝后引起的反响，兼顾诗题"同刘二十八哭吕衡州"之语。寥寥十四字，即使读者骤觉悲风迎面袭来，难以自持。

颔联总括吕温一生，而突出其"文字"和"功名"两项。就吕温的文章而言，当时即有定评，如《新唐书·吕温传》即谓："温操翰精富，一时流辈咸推尚。"后世也颇多知音，如李慈铭《越缦堂读书记》指出："和叔之文，当时拟之左丘、班固，诚非其伦；然根柢深厚，自不在同时刘梦得、张文昌之下。其文……置之韩、柳集中，亦为高作。"正因为如此，所以柳宗元深信其文是可以传之"青简"的。至于吕温的功名亦即事业，在当时却多不为人知。考吕温为人及其政绩，知其学殖丰厚，识见卓绝，颇具器识才干。刘禹锡《哭吕衡州时予方谪居》

诗说他"空怀济世安人略",元稹《哭吕衡州六首》其二用"望有经纶钓,虔收宰相刀"来喻指其经纶之才,这说明吕温之才略已得到友人的认可。进一步看,在道、衡二州任上,吕温曾力革"政令之弊",遣吏捕盗,整饬治安,核查隐户漏税、奸吏中饱、兼并盛行等弊端,并以俸禄抚恤百姓,故深得当地民众爱戴,以至于"君之卒,二州之人哭者逾月"(柳宗元《衡州刺史吕君诔》)。就此而言,柳宗元认为吕温的"功名"本来是可上"景钟"的,但如今却未能上,因而为之感到深深的遗憾。

颈联承上作转,写吕温身后的简朴和凄凉。"三亩"言其所居狭小,"悬磬"言其室内无物。做了数年州刺史,只落得如此贫困的结局,既令人感叹,又见出亡者居官的廉洁。"九原"本指古时晋国卿大夫的墓地,吕温是晋人,按理应安葬于故土的,但如今却只能"寄"葬在千里之外的江陵。生时漂泊,死亦难归,想到这一点,怎能不令作为好友的柳宗元为之流泪!

尾联照应题面,将远在江陵同是吕温好友的李景俭、元稹一笔绾合,又借刘备当年在荆州与刘表共论天下人而独赞陈登(字元龙)的历史典故,深情无限地说道:"遥想荆州人物论,几回中夜惜元龙!"将吕温与当年颇有威名、被封伏波将军、年仅三十九即逝世的陈元龙作比,既表沉痛的惋惜之情,又对吕温作了极高的赞誉。

这是一首哀悼友人的上佳之作。使事用典的妙合无间,使诗意得以大大拓展,而真情挚意的自然喷涌,更给诗情增添了动人肺腑的力量。前人谓此诗"使事甚切而且化"(蒋之翘《柳集辑注》卷四十三),于"哀挽体中最为得体"(黄周星《唐诗快》卷十一),堪称中的。

晨诣超师院读禅经①

汲井漱寒齿,清心拂尘服②。闲持贝叶书③,步出东斋读。真源了无取,妄迹世所逐④。遗言冀可冥⑤,缮性何由熟⑥?道人庭宇静⑦,苔色连深竹。日出雾露余,青松如膏沐⑧。澹然离言说,悟悦心自足⑨。

① 诣：往，到。超师：永州僧人，据宗元《霹雳琴赞》"超道人闻之，取以为三琴"之句，知超师善琴。院：寺院。禅经：即佛经。诗作于永州，年月不可考。

② 汲井二句：谓以井水漱齿，将衣上尘土掸去。章燮《唐诗三百首注疏》谓："漱井水，内可以清心；拂尘服，外可以去垢。谓内外洁净诚心，方可读禅经也。"

③ 贝叶：古代印度人用以写经的树叶，后借指佛经。

④ 真源二句：谓世人不悟佛教真谛，而追逐邪妄之道。真源，佛教真谛。妄迹，佛教谓人有真、妄二心，《大乘义章》五："谬执不真，名之为妄。"

⑤ 遗言句：谓读佛书希望能求得对其义理的深入领会、契合。遗言，指佛经之言。冀，希望。冥，暗合、契合。

⑥ 缮（shàn）性：修养心性。熟：圆熟、精通。

⑦ 道人：指超师。《释氏要览》上引《智度论》语曰："得道者名为道人，余出家未得道者亦名道人。"

⑧ 膏沐：妇女润发的油脂。孙汝听注："如膏沐者，言雾露之余，松柏皆如洗沐也。"

⑨ 澹然二句：谓离开佛经的义理言说，面对清新之景而自有感悟，由此获得愉悦满足。

　　谪居永州期间,柳宗元用以抵御忧患、克服苦闷的方法,除游览山水外,还常常潜心佛典,借以打消繁杂的思虑,获取心灵的宁静。此诗即反映了他晨起至寺院读禅经的情形和感受。

　　前四句总起,写其读经前的准备和读的过程:漱齿以清净心灵;拂尘以除去污垢;"闲"字见其心境宁静平和;"步"字见其行态缓慢悠然。即此四句,一种清雅脱俗、闲逸安然之态便已呼之欲出了。

　　次四句写其对经义与修身关系的理解:学禅即须直探真源,而不能像世人那样空逐妄迹;内心的感受也许有望与佛祖遗言相契合,但修身养性却难以达到圆熟之境。这是在说理,理不艰深,却说得透彻,不独学禅,任何事情都是行难于知。所以元好问赞其"深入理窟,高出言外"(《木庵诗集序》)。

　　"道人"四句转写超师院之景:清晨的庭宇宁静至极,浅绿的苍苔蔓延到深绿的竹根。缕缕晨曦驱散薄雾,射向庭院;高耸的青松承受着辉光,一片圣洁而鲜亮。四句写景极佳,蕴涵亦深。它不仅是"幽闲清净,游目赏心"的"雅趣"(章燮《唐诗三百首诗注疏》),而且具有特定事理的象征意义,所以何焯指出:"日来雾去,青松如沐,即去妄迹而取真源也。故下云澹然有悟。"(《义门读书记》卷三十七)

最后二句写其感悟:如此良辰清景,真能澡雪人的精神,摆脱了言说思辨,反倒如有所悟,因而感到一种满足。这种情形,有如陶渊明《饮酒》其五所说:"此中有真意,欲辨已忘言。"通观全诗,平和清雅,淡泊纡徐,而写景尤能简洁传神。人言柳诗与陶诗相近,由此可以略见端倪。

范温《潜溪诗眼·柳子厚诗》有言:"子厚诗尤深远难识,前贤亦未推重。自老坡发明其妙,学者方渐知之。余尝问人:'柳诗何好?'答云:'大体皆好。'又问:'君爱何处?'答云:'无不爱者。'便知不晓矣。识文章者,当如禅家有悟门。夫法门百千差别,要须自一转语悟入。如古人文章,直须先悟得一处,乃可通其他妙处。向因读子厚《晨诣超师院读禅经》诗,一段至诚洁清之意,参然在前。'真源了无取,妄迹世所逐。遗言冀可冥，缮性何由熟'，真妄以尽佛理，言行以尽熏修，此外亦无词矣。'道人庭宇静，苔色连深竹'，盖远过'竹径通幽处，禅房花木深'。'日出雾露余，青松如膏沐'，予家旧有大松，偶见露洗而雾披，真如洗沐未干，染以翠色，然后知此语能传造化之妙。'澹然离言说，悟悦心自足'，盖言因指而见月，遗经而得道，于是终焉。其本末立意遣词，可谓曲尽其妙，毫发无遗恨者也。"（见郭绍虞《宋诗话辑佚》）读这段评说，当有助于对此诗的理解。

中夜起望西园值月上[①]

觉闻繁露坠[②]，开户临西园。寒月上东岭，泠泠疏竹根[③]。石泉远逾响，山鸟时一喧[④]。倚楹遂至旦[⑤]，寂寞将何言？

① 中夜：夜中、夜半。西园：当指永州寓所西边之园。
② 觉：醒。繁露：即露水。

③ 泠泠(líng líng)：清凉、冷清貌。

④ 时一喧：时不时地叫一声。

⑤ 楹(yíng)：厅堂的前柱。

　　诗人夜半醒来，听到庭中露滴之声，于是起身开门，向西园观望。这时，一轮明月爬上东边的山岭，洒下清寒似水的辉光，照在几株稀疏的竹根上。远处的山泉传来水石相击的声响，林间的鸟儿也时不时地鸣叫一声，整个天地之间真是凄清幽渺极了。在这样的环境中，寂寞的诗人独自倚靠在厅前的楹柱上，目视月色，耳闻鸟鸣，默默地一直待到了天亮。唐汝询解释此诗说："此伤志之不伸也。……泉响鸟喧，夜景清绝，令人竟夕不寐，寂寞之怀，将复何言。此盖有不堪者，其迁谪之意乎?"(《唐诗解》卷十)

　　诗中选景设色、写事言情均极见匠心。从选景设色看，"繁露"、"寒月"、"竹根"、"石泉"均为清冷色调的物象，这些物象在夜半时分最易令人产生"清绝"之感。进一步看，繁露在"坠"，寒月在"上"，石泉在"响"，山鸟在"喧"，四个动词，恰到好处地摹写了极静中的微动。这种动感是细微的、缓慢的、悠闲的、间歇的：露坠、月上可以不说，石泉虽远而逾响，但其响声毕竟从远处传来，于是就有了因距离而形成的有节奏的乐感；山鸟的鸣叫虽打破了夜的宁静，但它只是时不时地一喧，某种意义上反而衬托得原本寂静的夜更加寂静。从写事言情看，诗先用一"觉"字领起全篇，就大含深意。诗人何以"中夜"时分就醒来，而且开门远望呢？原因可能很多，但最重要的一个便是心中烦忧，睡不安稳。阮籍在其《咏怀诗》第一首中开篇就说："夜中不能寐，起坐弹鸣琴。"表现的是他的忧生之嗟；柳宗元此诗以类似的形式开篇："觉闻繁露坠，开户临西园。"表现的则是他的迁谪之感。这种迁谪之感横亘胸中，是极为沉重的，接下来本应加以抒发，但他却压下不说，转而写景，最后仅用"倚楹遂至旦，寂寞将何言"二句作结，在独对幽景的不言之言中，作者寂寞悲伤之情已跃然欲出。这种将主观情意投射景中，借景达情、不写而写的手法，形成了柳宗元咏山水诸作的一个基本特点。

渔　翁

渔翁夜傍西岩宿^①，晓汲清湘燃楚竹^②。烟销日出不见人，欸乃一声山水绿^③。回看天际下中流，岩上无心云相逐^④。

① 西岩：指西山，在永州西、湘江近旁。

② 湘：指湘江之水。楚：指永州。

③ 欸（ǎi）乃：摇橹声。

④ 无心：自然而然。

这是一首颇受后人称道的诗作。较早对此诗作出评价的是苏轼。《冷斋夜话》引东坡评语云："诗以奇趣为宗，反常合道为趣。熟味之，此诗有奇趣。其尾两句，虽不必亦可。"此后，围绕后二句的优劣、删留问题，展开了长时间的讨论。有人认为苏轼的意见不足取，"此诗气泽不类晚唐，正在后两句，非蛇安足者"（《柳集辑注》引刘辰翁语）；"高正在结。欲删二语者，难与言诗矣"(《唐风定》)；"后二句尤妙，意竭中复出余波，含景无穷"(《评点柳柳州集》)。当然，也有不少人支持苏轼的看法，如严羽就说："东坡删去后二句，使子厚复生，亦必心服。"(《沧浪诗话》)沈德潜也说："东坡谓删去末二语，余情不尽。信然！"(《唐诗别裁》)那么，这两种意见，究竟谁是谁非呢？笔者以为，这是一个仁者见仁、智者见智的问题，很难绝对地说哪种意见一定对或一定不对；但就诗的整体意境言，若删去后二句，便显得短促急切，少了些古朴清淡、悠远不尽的韵味。

当然，此诗的妙处主要在前四句，而在前四句中，又以后二句最为精彩。前二句写渔翁夜宿西岩，晨起炊饭，本是极平常之事，却借助"汲清湘"、"燃楚竹"一下雅化了，由此产生一种超越凡俗的感觉。"烟销日出"却"不见人"，则与渔翁相伴者只有青山绿水了；但作者却不将这原本即有的青山绿水客观写出，而是借"欸乃一声"逗引出来，好像山水之"绿"是因了一声"欸乃"才被召唤出来的，这就有了一种出人意料的奇趣。进一步看，"欸乃"本是行船摇橹之声，但使山水变"绿"的除了声音之外,还在于摇橹动作产生的效果。试想,清晨的湘水深碧而平静,船桨插入水中用力一摇,马上就打破了这种平静,使深碧的水面荡起层层涟漪,而日光的照射,则使这涟漪变得深浅不一,倒映在水中的山林也随之变幻着色泽,轻微地晃动起来。这种情形,易于使人的视觉感受变得敏锐,对绿色的体验变得真切。于是,随着"欸乃一声",渔翁面前的山水(更准确地说,应是眼前的水和水中的山)就"绿"了。

不管这种分析有无道理,有一点却是可以肯定的,那就是作者写此诗时绝不会想得如此复杂,他除了花些必要的炼字炼意功夫而又使之浑然无迹外,更多的只是凭其生活体验和艺术才情放笔写来就是了,但岂不知这一放笔,就使得摇橹的声响转换成了空间的色彩,使得寻常生活的描写变成了一首"无色无相,潇然自得"(《批选唐诗》)的"古今绝唱"(《批点唐诗正声》)!

前人说得好:"诗贵意,意贵远不贵近,贵淡不贵浓,浓而近者易识,淡而远者难知。"(《诗话类编》)细味此诗,便是一首清新纡徐、淡远入妙的佳作。这种风格,与作者谪居永州后一些颇具孤直冷峭格调的作品不同，它走的更多的是陶渊明、韦应物一路。所以古今论者便多将柳诗与陶、韦等人的诗风联系在一起，认为"柳子厚诗在陶渊明下，韦苏州上。……所贵乎枯澹者，谓其外枯而中膏，似澹而实美，渊明、子厚之流是也"(《东坡题跋·评韩柳诗》)，"中唐韦苏州、柳柳州，一则雅澹幽静，一则恬适安闲。汉魏六朝诸人而后，能嗣响古诗正音者，韦、柳也"(《古欢堂集·杂著》)。从风格之淡泊、古朴一点上看，部分柳诗与陶、韦诗确有近似之处，亦即都能以其接近自然、不事藻绘的风貌给人以清新闲雅之感。然而，若细加体味，他们的诗风又是颇有差异的：陶诗淡泊而近自然，最能反映心境的平和旷远；韦诗淡泊而近清丽，令人读后怡悦自得。而柳诗则于淡泊中寓忧怨，见峭厉，尽管诗人曾有意识地将此忧怨淡化，但痕迹却未能全然抹去；加上诗人在遣词造意上多所经营，致使很多诗作仍于隐显明暗之间传达出冷峭的信息。对这一情况，前人亦曾屡加指明："柳子厚诗，雄深简淡，迥拔流俗，至味自高，直揖陶、谢；然似入武库，但觉森严。"(《苕溪渔隐丛话》后集卷三三引蔡绦语)"宋人又多以韦、柳并称,余细观其诗,亦甚相悬。韦无造作之烦,柳极锻炼之力;韦真有旷达之怀,柳终带排遣之意。诗为心声,自不可强。"(《载酒园诗话又编》)"世称韦、柳,其不及柳州者,少一峭耳。"(《石遗室诗话》)将这里的"森严"、"锻炼"、"排遣"、"峭"综合起来看,便足可看出柳与韦、与陶的区别,看出柳之为柳的关键所在了。

南 涧 中 题①

秋气集南涧,独游亭午时②。回风一萧瑟,林影久参差③。始至若有得,稍深遂忘疲。羁禽响幽谷④,寒藻舞沦漪⑤。去国魂已游⑥,怀人泪空垂。孤生易为感,失路少所宜⑦。索寞竟何事,徘徊只自知。谁为后来者,当与此心期⑧。

① 南涧:即石涧,在永州朝阳岩东南。诗与《石涧记》约作于

同时，即元和七年(812)秋。

② 亭午：正午。

③ 回风二句：谓回风一起，林木即瑟瑟作响，随风摇动，树影亦忽长忽短地晃动着。回风，即旋风。萧瑟，树木被风吹拂所发出的声音。参差，高下不齐貌。

④ 羁禽：在外漂泊的鸟儿。

⑤ 藻(zǎo)：生长在水中的绿色植物。沦漪(yī)：水受震动而形成的圆形波纹。

⑥ 去国：谓被贬而离开京都长安。游：一作"远"。

⑦ 失路：喻不得志、身在困境。扬雄《解嘲》："当途者入青云，失路者委沟渠。"

⑧ 谁为二句：谓日后贬谪至此的人，当可与我的这种心情契合。期，约定。引申为理解、契合。

"独游"是全诗主线。时当正午，地在南涧，秋气毕集，回风萧瑟，林影参差晃动，气氛幽寂凄冷。由"始至若有得"四句看，诗人耳闻幽谷禽鸣，目观清流寒藻，入深探奇，竟忘记了疲劳，心境是愉悦的。诚如他在同期所作游同一南涧的《石涧记》中所说："交络之流，触激之音,皆在床下;翠羽之木,龙鳞之石,均荫其上。古之人其有乐乎此耶?后之来者有能追予之践履耶?得意之日,与石渠同。"可是,诗人这种"得意"却是有条件的:得意之前,便先已存有沉重的失意之感;得意之中,失意之感虽暂时下沉到潜意识层次,却并未消失;而在得意之后,这种失意之感便益发浓烈地涌上心头。何况他所游之南涧是那样寂寥清冷!所当之秋气是那样凛冽肃杀!而所闻之声响又是羁禽的幽谷哀鸣!所有这些,作为触发他内心深层悲感的媒介,不能不使他得意未终便忧从中来,在对"孤生"、"失路"的习惯性联想中,生发出"去国魂已游,怀人泪空垂"的深沉至极的凄怆感受。贺裳有言:"《南涧》诗从乐而说至忧,《觉衰》诗从忧而说至乐,其胸中郁结则一也。柳子之答贺者曰:'庸讵知吾之浩浩非戚戚之尤者乎?'读此文可解此诗。"(《载酒园诗话又编》)于浩浩中寓戚戚,实乃柳氏贬谪文学的一个基本特征,而乐中有忧,以乐衬忧,更是《南涧中题》等众多游记诗文间接表现乃至直接表现方法的集中体现。何焯指出:"'羁禽响幽谷'一联,似缘上'风'字,直书即目,其实乃兴中之比也。羁禽哀鸣者,友声不可求,而断迁乔之望也,起下'怀人'句;寒藻独舞者,潜鱼不能依,而乖得性之乐也,起下'去国'句。"(《义门读书记》卷三十七《河东集》下)此论甚确;由此转想开去,联及《诗经·伐木》"伐木丁丁,鸟鸣嘤嘤。……嘤其鸣矣,求其友声"的"兴"而兼"比"的诗句,可以对之获得进一步的理解:在深山大谷之中,失群的鸟儿独自哀鸣,以求同伴,以觅归途,这本身就是一种象征基础上的间接的悲情表现;然而友声竟不可觅,归途亦不可觅,当此之际,这只孤独的鸟儿该是何等的悲伤!它那凄楚的鸣叫,正如同被拘一隅的诗人将"羁禽响幽谷"的间接表现一变而为对"去国"、"怀人"之巨大寂寞和忧怨情怀的直接表述,听来令人为之心颤神凄!

整体上看,此诗清劲纡徐,境幽神远,看似质朴平淡而实则古雅冷峭,极具情感的包蕴力和深厚度,苏轼极力称道此诗"忧中有乐,乐中有忧,盖妙绝古今矣"(胡仔《苕溪渔隐丛话》前集卷十九引),是有道理的。与此

诗写法、风格类同的,还有作者初至永州所作《构法华寺西亭》一诗,录之如下:

> 窜身楚南极,山水穷险艰。步登最高寺,萧散
> 任疏顽。西垂下斗绝,欲似窥人寰。反如在幽谷,
> 榛翳不可攀。命童恣披剪,葺宇横断山。割如判清
> 浊,飘若升云间。远岫攒众顶,澄江抱清湾。夕照
> 临轩堕,栖鸟当我还。菡萏溢嘉色,篁筜遗清斑。
> 神舒屏羁锁,志适忘幽屏。弃逐久枯槁,迨今始开
> 颜。赏心难久留,离念来相关。北望间亲爱,南瞻
> 杂夷蛮。置之勿复道,且寄须臾闲。

入黄溪闻猿[①]

溪路千里曲,哀猿何处鸣。孤臣泪已尽,
虚作断肠声[②]。

① 黄溪:在永州州治东七十里处。元和八年(813),柳宗元
作《游黄溪记》,诗亦当作于同年。

② 断肠声：谓猿声凄厉，闻之令人断肠。

在中国文学史上，关于猿声的描写早已有之，但将之与悲挂起钩来，形成创作中的定向联想，却是在六朝时期。吴人陆玑《毛诗草木鸟兽虫鱼疏》谓："猿，猕猴也。……其鸣嗷嗷而悲。"北魏郦道元在《水经注·江水》中进一步说道："自三峡七百里中，两岸连山，略无阙处……每至晴初霜旦，林寒涧肃，常有高猿长啸，属引凄异。空谷传响，哀转久绝。故渔者歌曰：'巴东三峡巫峡长，猿鸣三声泪沾裳。'"猿声凄厉悠长，每易使无愁者生愁，有愁者添愁。所以众多作者在写愁情时总是习惯性地引入猿声，以增加作品的悲凄程度。

柳宗元这首诗也不例外。时间是元和八年，亦即他被贬永州的第九个年头；地点是黄溪，此溪回环弯曲，石皆巍然。"溪路千里曲，哀猿何处鸣"，这是实写景物，也是借所闻表现悲情。猿前着一"哀"字，已见出诗人心态；"鸣"而不知"何处"，说明哀猿的鸣叫在山林间有回声。也许是很多猿在叫，也许只是一声孤鸣，这叫声在"侧立千尺"(《游黄溪记》)的石壁间久久回荡,不能不让谪居已久的"孤臣"闻之心动神凄。然而,诗的后两句却并未按习惯思维写猿声如何使人断肠,而是笔锋陡转,翻进一层:"孤臣泪已尽,虚作断肠声。"在闻猿鸣之前泪已滴尽,可见其悲本不待猿声催发,也见出此断肠之声为"虚作"。唐汝询说"猿声虽哀而我无泪可滴,此于古词中翻一新意,更悲"(《唐诗解》卷二十三),吴逸一说"只就猿声播弄,不添意而意自深"(《唐诗正声》),都十分精到地揭示了此诗的特点。

田 家 三 首①(选二)

蓐食徇所务②,驱牛向东阡③。鸡鸣村巷白,夜色归暮田④。札札耒耜声⑤,飞飞来乌鸢⑥。竭兹筋力事,持用穷岁年⑦。尽输助徭役,聊就空舍眠⑧。子孙日已长,世世还复然⑨。

① 诗当作于永州,年月不可考。

② 蓐(rù)食:早食。《左传·文公七年》:"训卒利兵,秣马蓐食,潜师夜起。"杜预注:"蓐食,早食于寝蓐也。"蓐,铺在床上的草垫子。徇(xùn):谋求、营求。所务:所要做的事。

③ 阡:田间小路。

④ 鸡鸣二句:谓"向东阡"之时鸡在鸣叫,天才发亮,而回家时已是夜色笼罩了。此句"夜色"与"暮"有重复之嫌,且诗意不够串合,前人曾多有议论,见吴昌祺《删订唐诗解》、姚范《援鹑堂笔记》等。

⑤ 札札:像垦地之声。耒耜(lěi sì):古代耕地翻土的农具。耒是耒耜的柄,耜是耒耜下端的起土部分。

⑥ 飞飞:鸟飞貌。鸢(yuān):鹰。

⑦ 竭兹二句:谓尽力干活,以维持一年的生活。

⑧ 尽输二句:谓把收获物尽数缴纳,以代替应服的劳役,然后回到空无一物的屋里睡觉。助,帮助,代替。聊,姑且。

⑨ 世世:一代一代。还复然:还是老样子。

　　谪居永州期间,柳宗元除大量创作山水游记和写事抒怀的作品外,还将关注的目光投向艰苦的民生,写下了著名的《捕蛇者说》和这里选的《田家三首》。

第一首写农家从黎明到天黑、终年劳碌却一无所获的悲剧命运,虽平平道来,却入木三分。诗中"尽输助劳役,聊就空舍眠"二句最为核心,一个"尽"字,揭示了官府对农民敲骨吸髓的榨取;一个"空"字,反映了农民一年到头辛苦劳作后竟一无所有。更可悲的是,这样的日子是没有尽头的,是年复一年、周而复始地持续着的,即使到了子孙辈,也还要这样按部就班地过下去。诚如周珽所说:"朝作暮归,终岁勤勤,只足供上官之征,子孙还相服业,田家能事止于如此。有悯农之思者,读是诗宁无恻然!"(《唐诗选脉会通》引)

　　篱落隔烟火①,农谈四邻夕。庭际秋虫鸣,疏麻方寂历②。蚕丝尽输税,机杼空倚壁③。里胥夜经过④,鸡黍事筵席。各言官长峻⑤,文字多督责⑥。东乡后租期,车毂陷泥泽⑦。公门少推恕⑧,鞭扑恣狼藉⑨。努力慎经营,肌肤真可惜。迎新在此岁,唯恐踵前迹⑩。

① 篱落：篱笆。烟火：炊烟和灯火。

② 疏麻：稀疏的麻田。寂历：寂寥。

③ 机杼：织机。杼，织梭。

④ 里胥：乡间小吏。

⑤ 峻：严厉。

⑥ 文字：指官府征赋的文告。督责：督促、责备。此句以下六句,当为里胥恐吓农民的话。

⑦ 东乡二句：谓东乡之人拖延了交租的日期,原因是车子陷到泥潭中了。车毂(gǔ),车轮中心圆木,中有圆孔用以贯轴。这里指车轮。

⑧ 公门：官府。推恕：宽恕。

⑨ 鞭扑：鞭打。恣：肆意。狼藉：散乱、破败,形容农民被打得皮开肉绽。

⑩ 迎新二句：谓今年新谷马上要登场了,只怕再碰到东乡人那样的遭遇。踵：跟随、因袭。

　　第二首较之第一首更为具体,写农民所受迫害也更为惨重。开篇四句写农人生活场景:傍晚时分,家家都冒着炊烟,点起了灯火,农民们吃过晚饭,三五成群地聚

在一起谈论着。在他们周围，有鸣叫的秋虫，有稀疏的麻田，宁静疏野，真朴平淡，以致前人称赞道："起四句如绘。"（陆时雍语）

　　然而，往下再看，情形就大不一样了："蚕丝尽输税，机杼空倚壁。"又是一个"尽"、一个"空"，但情形与前诗却稍有不同：前诗是一年到头的收获全部交了租，农民家中已空空如也；这里"尽"交的还只是蚕丝，"空"的主语也只是机杼。这是承上启下之语，一方面，它补充交待了前面农人们谈论的内容；另一方面，它则说明交租之事这才是一个开头，更多的租税还在等着他们。果不其然，就在农人们谈论的当口，督办租税的里胥（差役）来了，他的"夜经过"并不是偶然路过，而是负有任务、专门前来恐吓农民的。"东乡后租期，车毂陷泥泽。公门少推恕，鞭扑恣狼藉"，从这几句话中，可以真切了解到"东乡"之人所受鞭打的惨状。最后两句是农人间的相互告诫之语："迎新在此岁，唯恐蹈前迹。"为了应付即将压在头上的新的租税，农民们真是战战兢兢，如临大敌，他们唯恐又碰上那位东乡人的遭遇。

这首诗语言平淡质朴,情感却极沉痛。钟惺谓:"诉得静,益觉情苦。"(《唐诗归》)周敬说:"本实事真情以写痛怀,如泣如诉,读难终篇。"(《唐诗选脉会通》引)可谓知言。

零 陵 早 春①

问春从此去,几日到秦原②。凭寄还乡梦,殷勤入故园。

① 零陵:永州治所。
② 秦原:秦地平原,这里代指长安。

柳宗元谪居永州时写过多首思念故乡的诗作,每一首都情深意切,感人至深。

这首《零陵早春》寄意于"春",而着力写其"早"。因"零陵在南,春最早;秦原在北,春稍迟。故问春从此而去,几日而到秦原乎?"(唐汝询《唐诗解》卷二十三)

在这里,春是自由的象征,它可以不受任何拘束地由南向北蔓延,而人则是不自由的,眼望春色,虽然屡兴思乡之梦,却有家难归,在这种情况下,只好将其"殷勤"之梦寄托于"早"到之"春",凭借它将梦带回故园去。王尧衢指出:"此意殷勤,惟思故园,故亦作殷勤之梦,身不能到而梦到,庶同春以入故园耳。"(《古唐诗诗解》卷四)说的正是这个意思。

春 怀 故 园

九扈鸣已晚[①],楚乡农事春。悠悠故池水,空待灌园人[②]。

① 九扈(hù):相传为少皞时主管农事的官名,后转指农桑时节的候鸟。

② 灌园:浇灌菜园。《柳宗元集》卷四十三《集注》云:"於陵子辞卿相而桔槔灌园。戴宏为河间相,自免归而灌蔬,以经教授。向秀与吕安灌园山阳,收余利以供酒食之费。范

丹学通三经,常自赁灌园。"

与《零陵早春》相比,这首思乡之作更多一些感伤的气息。

九扈是报春的候鸟,其鸣已晚,说明春色已浓,既然楚地春色已浓,而且开始了农事劳作,那么,远在北地的故园当此春来之际,又由谁来照料呢？诗因九扈鸟的鸣叫而联及春天,由春色已浓而联及楚地的农事,又由楚地农事而忆及故园田地的浇灌,顺序写来,思乡之情展露无遗。

不过,这种顺序只是情感发展的顺序,而不是写法上的顺序。在表现手法上,后两句打破常规,从对面写来,不说自己思念故园,而说故池之水在等待自己,这就将思乡之意向深处推进了一层;待前着一"空"字,说明这种等待是徒然的,是没有结果的,自己是根本无法回去的,这就又给诗人的思乡之情增添了无限的感伤。"悠悠"是形容水的,但此词又有思念的含意,将"悠悠故池水"一句连读,就会感到内中含有一种悠长不尽的期盼意味,而这期盼因了"空待"二字,顷刻即告破灭,令人读来,感伤中还有一种无法言说的辛酸。

江　雪

　　千山鸟飞绝,万径人踪灭。孤舟蓑笠翁,独钓寒江雪。

　　这首曾被宋人范晞文誉为唐人五言绝句最佳者的小诗,可以说是柳宗元诗文冷峭风格和悲剧精神的集中反映。

　　一个"绝",一个"灭",见出环境极度的清冷寂寥;一个"寒",一个"雪",更给这清冷寂寥之境添加了浓郁的严寒肃杀之气;而渔翁竟丝毫不为此寒冷肃杀所惧,仍执意垂钓,则其意志之顽强、坚韧,其精神之孤傲、劲拔,便都在不言之中了。一方面,这里有冷,也有峭,是峭中有冷,冷以见峭,二者的高度结合,形成了迥拔流俗、一尘不染的冷峭格调;另一方面,冷峭的格调反映了诗人精神的卓绝。从诗意看,孤舟垂钓的渔翁象征着贬谪诗人是不言而喻的,而渔翁不畏严寒坚持垂钓的精神,不啻也是贬谪诗人不屈不挠之悲剧精神的典型写照。徐复观在评论南宋马、夏诸人的画作时这样说道:"他们奇峭的峰峦,盘根屈铁的树木枝干,这实在象征了在屈辱地位中,人格向上的挣扎;在卑微的国势中,人心向前的挣扎。"(《中国艺术精神》第391页)这话说得何等深刻! 联及柳宗元笔下的渔翁,以及他山水记中那突怒偃蹇的怪石、颠委势峻的激流、雷鸣骤雨般的瀑布,不是也很可以看出在屈辱、苦难的境遇中,贬谪诗人不肯降心辱志而努力挣扎的灵魂么?

从写法上看,作者采用层层排除和步步收缩的方法,用"鸟飞绝"、"人踪灭"将多余的物和人剔出画面;视线则由远而近,范围由大而小,从"千山"、"万径"到"孤舟",最后集聚到独自垂钓的"蓑笠翁"身上。表面上看,视野中的景物是越来越小了,但在读者的感觉中,独自垂钓的老翁的形象却越发高大起来。宛如电影中的特写镜头,最后的一点被加工放大,以致占据了整个画面,从而有效地突出了主题。此外,作者巧用藏头格,将其欲表达的旨意隐藏在每句第一字中,将四句首字连读,就成了"千万孤独"这样一个句子。至于诗中字词、韵脚用字,都经过了精心的选择,"绝"、"灭"、"雪"三字均属"屑"部入声,短促斩截,读来有劲峭之感,而其意义也都通向峭拔寒冷一路,从而有力地烘托了诗的肃杀气氛。

前人对此诗有很多精到的评述,选录几则以供参考:

二十字骨力豪上,句格天成。(胡应麟《诗薮内编》卷六)

此等作真是诗中有画,不必更作寒江独钓图也。(黄生《唐诗摘钞》卷二)

清极,峭极,傲然独往。(吴昌祺《删订唐诗解》)

空江风雪中,远望则鸟飞不到,近观则四无人踪,而独有扁舟渔夫,一竿在手,悠然于严风盛雪间。其天怀之淡定，风趣之静悄，子厚以短歌为之写照。子和（当作"志和"或"子同"）《渔夫词》所未道之境也。（俞陛云《诗境浅说续编》）

吊 屈 原 文

后先生盖千祀兮，余再逐而浮湘①。求先生之汨罗兮，揽蘅若以荐芳②。愿荒忽之顾怀兮，冀陈辞而有光③。

先生之不从世兮，惟道是就。支离抢攘兮④，遭世孔疚⑤。华虫荐壤兮，进御羔袖⑥。牝鸡咿嘎兮，孤雄束咮⑦。哇咬环观兮，蒙耳大吕⑧。堇喙以为羞兮，焚弃稷黍⑨。犴狱之不知避兮⑩，宫庭之不处。陷涂藉秽兮，荣若绣黼⑪。檓折火烈兮⑫，娱娱笑舞。逸巧之晓晓兮，惑以为咸池⑬。便媚鞠恧兮，美逾西施⑭。谓谟言之怪诞兮，反真瑱而远违⑮。匿重痼以

127

讳避兮,进俞、缓之不可为^⑯。

① 后先生二句:谓自己在屈原流放千年之后,又一次被贬谪,
来到了湘江之畔。祀,年。再逐,永贞元年(805)九月,柳
宗元先被贬为邵州刺史,途中又被改贬为永州司马。

② 汨罗:水名,发源于江西,流入湖南。当年屈原即投汨罗江
殉身。蘅若:杜蘅、杜若,两种芳草名。荐:祭献。

③ 荒忽:同恍惚。冀:希望。

④ 抢攘:纷乱貌。

⑤ 孔:甚。疚:病患,痛苦。

⑥ 华虫二句:谓高贵的礼服被抛弃在地,而穿着低贱的羊皮
袄。华虫,即山鸡,雄性尾巴长,羽毛美丽,此指绣着山鸡
图案的古代礼服。羔袖,羊羔皮制成的衣服。

⑦ 牝鸡二句:借母鸡司晨、公鸡束口喻贤者吞声、小人昌言。
咿嚘(yī yōu),象声词,鸡鸣声。咮(zhòu),鸟嘴。

⑧ 哇咬二句:谓听淫歌则环观,闻大吕则掩耳。哇咬,淫歌。
大吕,乐调名,借指高级的庙堂音乐。

⑨ 堇(jǐn):乌头。喙(huì):乌嘴,与堇皆有毒植物。羞:同
"馐",美味食品。稷黍:泛指粮食。

⑩ 犴(àn)狱：牢狱。犴，一作"岸"，古代乡亭的拘留所。

⑪ 陷涂二句：谓陷在泥潭里、坐在污秽中，却如同穿着华丽衣服般荣耀。涂，污泥。藉，靠、坐。绣黼(fǔ)，华丽精美的服饰。

⑫ 榱(cuī)折火烈：房屋的椽子摧折焚烧。榱，屋椽屋桷的总称。

⑬ 哓哓(xiāo)：争辩不休。咸池：周代六舞之一，相传为尧时的乐舞。

⑭ 便(pián)媚：逢迎谄媚。鞠恧(nǜ)：弯着身子不顾廉耻。恧，惭愧。西施：春秋时越国的美女。

⑮ 谟(mó)言：有谋略的话。寘：同"置"。瑱(tiàn)：古人冠冕上垂在两侧用来塞耳的玉。

⑯ 痼(gù)：经久难治之病。俞、缓：俞跗、秦缓，古代良医。

何先生之凛凛兮，厉针石而从之⑰？但仲尼之去鲁兮，曰吾行之迟迟⑱。柳下惠之直道兮，又焉往而可施⑲！今夫世之议夫子兮，曰胡隐忍而怀斯⑳？惟达人之卓轨兮，固僻陋之所

疑㉑。委故都以从利兮㉒,吾知先生之不忍;立
而视其覆坠兮㉓,又非先生之所志。穷与达固
不渝兮㉔,夫惟服道以守义。矧先生之悃愊兮,
蹈大故而不贰㉕。沉璜瘗佩兮,孰幽而不光?
荃蕙蔽匿兮,胡久而不芳㉖?

⑰ 厉:同"砺",磨。针石:古人用以刺穴治病的金针和石针。

⑱ 但仲尼二句:《孟子·尽心》下:"孔子之去鲁,曰:'迟迟吾
行也。'去父母国之道也。"

⑲ 柳下惠二句:《论语·微子》:"柳下惠为士师,三黜。人
曰:'子未可以去乎?'曰:'直道而事人,焉往而不三黜?'"

⑳ 胡隐忍句:谓为什么忍受这样的痛苦还要怀恋这里而不
离开。

㉑ 达人:通达事理的人。轨:规矩法度,指行为。僻陋:浅陋
褊狭的人。

㉒ 委:抛弃。

㉓ 覆坠:指国家败亡。

㉔ 渝:改变。

㉕ 矧(shěn)先生二句：谓屈原以至诚之心报国，宁可赴死也
　不改变志节。矧，况且。悃愊(kǔn bì)，至诚。大故，大的
　变故，指死亡。不贰，没有二心。

㉖ 沉璜四句：谓把美玉沉入水中或埋在地下，即使幽暗仍有
　光彩；将香草封藏起来，即使长久也有芳香。璜(huáng)、
　佩(pèi)，皆美玉名。瘗(yì)，掩埋。荃、蕙，皆香草名。

　　先生之貌不可得兮，犹仿佛其文章㉗。托
遗编而叹唶兮，涣余涕之盈眶㉘。呵星辰而驱
诡怪兮，夫孰救于崩亡㉙？何挥霍夫雷电兮，苟
为是之荒茫㉚。耀姱辞之晥朗兮㉛，世果以是
之为狂。哀余衷之坎坎兮㉜，独蕴愤而增伤。
谅先生之不言兮，后之人又何望㉝。忠诚之既
内激兮，抑衔忍而不长㉞。芈为屈之几何兮㉟，
胡独焚其中肠。

　　吾哀今之为仕兮，庸有虑时之否臧㊱。食
君之禄畏不厚兮，悼得位之不昌㊲。退自服以
默默兮，曰吾言之不行㊳。既媮风之不可去

兮㊴,怀先生之可忘!

㉗ 先生二句：谓屈原的容貌已看不见了,但在他的辞赋中似乎还能见到其形象。仿佛,见得不真切,大致可以看到。

㉘ 遗编：屈原遗留下来的作品。涣：水盛貌,这里指眼泪流淌。

㉙ 呵星辰二句：谓屈原在《天问》中对日月星辰和神话传说中的怪异问题一一追问,又怎能挽救国家的崩溃灭亡。

㉚ 何挥霍二句：谓屈原在作品中指挥风云雷霆,实际上是空虚渺茫的幻想。挥霍,指挥的意思。

㉛ 耀姱辞句：谓屈赋辞句华丽而含义难明。姱(kuā)辞,丽辞。晱(tǎng)朗,日不明貌。

㉜ 坎坎：不平。

㉝ 谅先生二句：谓屈原若不留下这些作品,后世之人又通过什么来揣想仰望。谅,料想。望,或解作怨望。

㉞ 忠诚二句：谓忠愤之气在胸中涌动,是难以长久忍住不说的。衔忍,压在心底,强行忍耐。

㉟ 芈(mǐ)：春秋时楚国祖先的族姓。屈：楚同姓,屈原的祖先屈瑕是楚武王熊通之子,因受封于屈,故以屈为姓。

㊱吾哀二句:谓我感叹当今的为官者,哪有人去关心时政的好坏。庸,岂。否臧(pǐ zāng),俗作臧否,犹言好坏、得失。

㊲食君二句:谓这些为官者拿国家的俸禄唯恐不多,得到的官位唯恐不高。悼,怕、耽心。昌,盛、高。

㊳退自服二句:谓还是退而自守沉默吧,因为我的主张已无法实行。

㊴媮风:苟且偷安的浇薄风气。

屈原是中国历史上坚持理想、固守信念的早期范型,其影响是深远的,而这种影响对那些与之具有相似命运的士人而言,来得尤其巨大。汉初的贾谊被贬长沙,"及度湘水,为赋以吊屈原"(《汉书·贾谊传》),首开贬谪士人直接哀悼、效法屈原的先河;而柳宗元这篇《吊屈原文》,则是千年之后追步贾谊、取法屈子的又一杰作。

这篇作品也许完成于柳宗元初至永州之后,但其构思则当始于贬谪途中。永贞元年(805)九月,柳宗元被出为邵州刺史,仓皇南下,还未过长江,即接到改贬永州司马的诏令,受到更为沉重的打击。他怀着悲愤的心情,由洞庭湖上溯湘江,来到了当年屈原沉身于斯的汨罗江畔。耳闻阴风怒号,眼望浪滔滚滚,无罪被贬的诗人自然而然地会想起千年以前"信而见疑,忠而被谤",在此写下大量怨悱之作的屈子。相似的遭遇,使他与屈原获得了思想上的深层共鸣;地域的巧合,则使他对屈原的生存状态感同身受;时间上的悬隔,更使他蓦然生出"怅望千秋一洒泪,萧条异代不同时"的无限悲怆。所以吊文开篇就说:"后先生盖千祀兮,余再逐而浮湘。求先生之汨罗兮,揽蘅若以荐芳。愿荒忽之顾怀兮,冀陈辞而有光。"短短六句,点出时地和人事,说明作文的缘由,其中既包含在此有幸凭吊先贤的一缕温馨,更显示出情感剧烈起伏的无比酸辛和沉痛。

"先生之不从世兮,惟道是就。"这是屈原品格的核心所在。正因为不屈从于流俗而坚持理想,高标独树,所以屈原遭到了来自宫廷和世俗的多重打击。从"华虫荐壤兮,进御羔袖"到"便媚鞠恧兮,美逾西施",作者用了一连串的比喻,以正反对比的手法,深刻揭示了当年楚国贤不肖倒置的混浊状况。黄钟毁弃,瓦釜雷鸣,贤人遭弃,群小当权,必然导致大厦将倾的危殆时局,而等到病症已重时,即使请来俞跗、秦缓这样的良医,也无济于事了。

既然楚国政局已混浊、危殆到了这种地步,那么屈原何以还要对之痛下针砭,拯救危亡,而不远走高飞呢?作者认为,其主要原因有二:一是屈原不忍心离开生于斯长于斯的故国,这就如同当年孔子离开鲁国时叹喟的那样:"迟迟吾行也,去父母国之道也。"二是屈原以直道事人,不容于楚国,也就难以容于他国,既如此,又何必远适他乡?这就如同当年的柳下惠三次遭黜时所说:"直道而事人,焉往而不三黜?"屈原的不去国,正是他热爱故国的执著精神的体现,可是,后世的贾谊、扬雄等人对此均不理解,或谓"瞩九州而相君兮,何必怀此都也"(贾谊《吊屈原赋》),对屈原的终老楚国表示惋惜;或批评屈原不能审时度势,"弃由聃之所珍兮,蹠彭咸之所遗"(扬雄《反离骚》)。对这些看法,柳宗元是不同意的,将之视为"僻陋之所疑"。在他看来,"委故都以从利兮,吾知先生之不忍;立而视其覆坠兮,又非先生之所志。穷与达固不渝兮,夫惟服道以守义"。这是灵魂的相通,是情感的共鸣,更是执著意识的深层契合。在这里,柳宗元以其对屈原服道守义、穷达不渝之人品志节的高度赞扬,展示了自己与之相通的志节和品格,以及对人生忧患的傲视和执意克服的精神。

在作了上述驳论和正面申述之后,文章回应篇首,转入哀悼。先写自己读屈子遗文的悲伤感愤,次写对屈赋中呵星辰、驱诡怪、挥雷电、耀姱辞等行为的理解,认为这些奇异荒茫、于救亡无补、世人以为狂的举动,实质上都是屈子忠诚内激而强烈发泄的结果。屈原的忧愤委实太深重了,所以他只有借助非常的词语和言行,才能一泻悲情。可是,"芈为屈之几何兮,胡独焚其中肠"——从楚国的芈姓到屈姓该有多少人哪,为什么只有先生你如此焦虑悲伤?这是对屈原的深深叹惋,叹惋中蕴涵着自己与之同病相怜、惺惺相惜的心曲。作者在这里既说屈原,又说自己,一笔双写,明暗互衬,既大大增加了文章的情感力度,也自然开启了下文"吾哀今之为仕兮"的现实批判。

怀古以资刺今，吊屈适以自悼。面对当今的为官者只想发财升官、无人顾及时政好坏的"媮风"，身遭"吾言之不行"的被贬厄运，作者只有默默地将视线再次投向浩浩的江水，沉痛地说道："怀先生之可忘！"文以浮湘吊屈始，又以怀屈怅叹结，令人读后为之唏嘘感怀者久之。

在唐代贬谪文学的吊屈作品中，这篇仿照《离骚》、以赋体写成的《吊屈原文》可谓最具深度的孤凤独鸣。以此为开端，柳宗元写下了大量效法楚辞、抒忧泻愤的篇章。《新唐书》本传说：宗元"既窜斥，地又荒疠，因自放山泽间，其堙厄感郁，一寓诸文，仿《离骚》数十篇，读者咸悲恻。"这段话仅从形式上看到了柳对屈之辞赋的仿效，而没能发现二人在精神实质上的紧密关联。事实上，正是后者，才构成柳之所以为柳的关键所在。综观柳宗元在谪居其间所作其他哀吊文字，几乎毫无例外地将视线指向了诸如苌弘、乐毅这样一些以志节著称的先贤。在《吊乐毅文》中，他既哀吊古人，又联系自身痛切陈辞："谅遭时之不然兮，匪谋虑之不长。跽陈辞以陨涕兮,仰视天之茫茫。苟喻世之谓何兮,言余心之不臧!"在《吊苌弘文》中,他更联及比干、伯夷等忠直之士的行迹,明确宣称:"图始而虑末兮,非大夫之操。陷瑕委厄兮,固衰世之道。知不可而愈进兮,誓不喻以自好。陈诚以定命兮,侔贞臣与为友!"这些文辞中一再流露的那种强烈忧愤和绝不肯变志从俗的精神,正是以屈原为代表的执著意识的明确显现。"屈子之悁微兮,抗危辞以赴渊"。(《闵生赋》)"鸣玉机全息,怀沙事不忘!"(《弘农公以硕德伟材屈于诬枉……》)"神明固浩浩,众口徒嗷嗷。投迹山水地,放情咏《离骚》!"(《游南亭夜还叙志七十韵》)显而易见,柳宗元在此表现的,乃是与屈原同一机杼的意识倾向,在他的心理底层,始终沉积着屈原执著意识的强大因子。从这点说,柳宗元可谓屈原在后代历史上的真正知音,也是屈原精神最坚定的持守者。

与李翰林建书①

杓直足下:州传遽至②,得足下书,又于梦

得处得足下前次一书③，意皆勤厚④。庄周言：逃蓬藋者，闻人足音，则跫然喜⑤。仆在蛮夷中，比得足下二书⑥，及致药饵，喜复何言！仆自去年八月来，痞疾稍已⑦。往时间一二日作，今一月乃二三作。用南人槟榔余甘，破决壅隔大过⑧，阴邪虽败，已伤正气。行则膝颤，坐则髀痹⑨。所欲者补气丰血，强筋骨，辅心力，有与此宜者，更致数物。忽得良方偕至⑩，益善。

① 李翰林建：即李建，字杓（biāo）直。德宗贞元末以校书郎充任翰林学士，擢左拾遗，后官至工部尚书。据文中"前过三十七年"语，本文当作于元和四年（809），时在永州。

② 州传（zhuàn）：州中的驿车。

③ 梦得：刘禹锡字，时禹锡贬任朗州司马。

④ 勤厚：恳切深厚。

⑤ 庄周四句：谓隐于草野的人，听到人的脚步声都感到高兴。蓬藋（diào），蓬蒿藋草。跫（qióng）然，高兴貌。

⑥ 比（bǐ）：近来。

⑦ 痞(pǐ)疾：因郁闷而导致胸腹间气结不舒的病。稍已：稍
　　见好转。

⑧ 槟榔：常绿乔木，果实可入药，有消积、行气之效。余甘：
　　即橄榄。壅隔：阻塞不通。大过：太过分。

⑨ 髀痹(bì bì)：大腿疼痛麻木。髀，大腿或大腿骨。

⑩ 偕至：指将药与药方一起寄来。

　　　永州于楚为最南，状与越相类⑪。仆闷即
出游，游复多恐。涉野则有蝮虺大蜂⑫，仰空视
地，寸步劳倦；近水即畏射工沙虱⑬，含怒窃发，
中人形影，动成疮痏⑭。时到幽树好石，暂得一
笑，已复不乐。何者？譬如囚拘圜土⑮，一遇和
景，负墙搔摩，伸展支体⑯，当此之时，亦以为
适；然顾地窥天，不过寻丈，终不得出，岂复能
久为舒畅哉？明时百姓，皆获欢乐；仆士人，颇
识古今理道，独怆怆如此⑰。诚不足为理世下
执事⑱，至比愚夫愚妇，又不可得，窃自悼也。

⑪ 越：古代江浙闽粤之地，为越族所居，统称百越。这里泛指荒僻的南方。

⑫ 蝮虺(huǐ)：蝮蛇。大蜂：一种毒蜂。

⑬ 射工：一名蜮，南方水中的一种毒虫，据说可在水中以毒气射人或人影，射中后人即生疮。沙虱：一种能钻入人皮肤内的微小的虫。

⑭ 疮痏(wěi)：疮疖。

⑮ 圜(yuán)土：监狱。

⑯ 支体：即肢体。

⑰ 怆怆：忧伤痛苦。

⑱ 理世：治世。下执事：等级低下的官吏。

　　仆囊时所犯，足下适在禁中，备观本末⑲，不复一一言之。今仆瘴残顽鄙⑳，不死幸甚。苟为尧人，不必立事程功㉑，唯欲为量移官，差轻罪累㉒，即便耕田艺麻，取老农女为妻，生男育孙，以供力役，时时作文，以咏太平。摧伤之余，气力可想，假令病尽已，身复壮，悠悠人世，

越不过为三十年客耳㉓。前过三十七年，与瞬
息无异。复所得者，其不足把玩，亦已审矣㉔。
杓直以为诚然乎？

⑲ 仆曩时三句：谓我当年因参加革新而遭贬之事，您身为翰
　林学士正在朝中，已看到了事情的全部经过。禁中，宫中。

⑳ 癃（lóng）残：瘦弱多病。顽鄙：冥顽鄙野。

㉑ 尧人：尧民，指太平盛世的百姓。立事程功：建功立业。

㉒ 量移：将远恶处所的贬官调到离京师较近的稍好一点的处
　所。差轻罪累：稍微减轻一些罪过。

㉓ 越不过：至多不过。客：过客。汉《古诗》："人生天地间，
　忽如远行客。"

㉔ 审：确实。

　　仆近求得经史诸子数百卷，常候战悸稍
定㉕，时即伏读，颇见圣人用心、贤士君子立志
之分。著书亦数十篇，心病，言少次第㉖，不足
远寄，但用自释。贫者士之常㉗，今仆虽羸馁，

亦甘如饴矣㉘。

足下言已白常州煦仆㉙，仆岂敢众人待常州耶㉚！若众人，即不复煦仆矣。然常州未尝有书遗仆㉛，仆安敢先焉？裴应叔、萧思谦仆各有书㉜，足下求取观之，相戒勿示人㉝。敦诗在近地，简人事㉞，今不能致书，足下默以此书见之。勉尽志虑，辅成一王之法，以宥罪戾㉟。不悉㊱。宗元白。

㉕ 战悸：颤抖心跳。

㉖ 言少次第：语言缺少顺序。

㉗ 贫者句：语出《列子·天瑞》："贫者士之常也，死者人之终也，处常得终，当何忧哉？"

㉘ 羸（léi）馁：疲弱饥饿。饴：用米做成的糖膏。

㉙ 常州：指李建之兄李逊，李逊时任常州刺史，故借以代称。
  煦（xù）：阳光温暖，这里引申为关怀照顾。

㉚ 众人：一般人。此句谓自己不敢以一般人来看待李逊。

㉛ 遗（wèi）：给。

㉜ 裴应叔：裴坞，字应叔，柳宗元姊夫裴墐之弟。萧思谦：萧
俛，字思谦。此前宗元曾分别寄书与裴、萧二人。

㉝ 相戒句：谓请告诫几位友人，不要让别人看到。柳宗元被
贬前后曾屡受指责中伤，不愿为此再生事端，故云。

㉞ 敦诗：崔群字，贞元八年（792）进士，元和二年（807）自右
补阙任翰林学士。近地：近密之地，指翰林院。简人事：
减少人事往来。

㉟ 勉尽三句：谓希望你努力尽心，辅助朝廷成就功业，以宽
免我这样的有罪之人。一王之法，一代王朝的法度。
宥（yòu），宽免。

㊱ 不悉：不再详说。

　　柳宗元被贬永州后，心情始终处于哀伤悲怨之中。
地域的荒远僻陋和异质文化的隔膜，使他具有一种强烈
的被抛弃、被拘囚和生命荒废的感受；梗直的性格，使他
对当年因正道直行却无罪被贬的遭遇耿耿不能忘怀；曾
经具有的许身报国的理想时时涌动于胸中，总希望能有
东山再起的一天。出于这些原因，从元和四年始，他先
后给朝中故旧亲友写了不少书信，如《寄许京兆孟容

书》、《与杨京兆凭书》、《与裴埙书》、《与萧翰林俛书》等，大都叙述自己在贬地的处境、心情和愿望，希望友人理解并一伸援手，使自己能早日脱离谪籍，重返京城。这封写给李建的信，就是其中较有代表性的一篇。

文章开篇即用庄子的话把自己比作"逃蓬藋者"，而将得到李建来信比作"闻人足音，则跫然喜"，深刻地表现了作者被贬后几乎与世隔绝的孤独处境和似喜实悲的心情。下面由李建寄药饵一事，引出自己"行则膝颤，坐则髀痹"的身体状况，为后文"悠悠人世，越不过三十年客耳"的人生叹喟预作铺垫。身体如此之差，心绪更为不佳。由于永州地处偏远，环境恶劣，蝮虺、大蜂、射工、沙虱所在多有，想借出游排解郁闷，也只能小心翼翼，恐畏多端。偶尔遇到"幽树好石"，也只是"暂得一笑，已复不乐"。在这里，"乐"是暂时的，"不乐"是永久的，暂时的"乐"难以冲淡永久的"不乐"，而且这"不乐"因有"乐"的短暂对照衬托，益发显得深重无边。用作者的话说，这就好比被拘囚于"圜土"——监狱，"顾地窥天，不过寻丈，终不得出，岂复能久为舒畅哉！"比喻非常贴切，象征含意无穷,但这比喻本身也是极其哀凉的。

环境如此恶劣,身体如此衰弱,往日强加的政治罪名又如此沉重,使作者由衷地萌发出"不死幸甚"的感慨。他的愿望,就是能减轻罪罚,稍移近地,哪怕做一个平民百姓也行。因为在他看来,人生"与瞬息无异",现在已经三十七岁,且不说疾病缠身,即令身体复壮,也顶多再活三十年,"复所得者,其不足把玩,亦已审矣"。既然如此,还有什么必要与他人较短量长呢?由此,文章自然转到眼下自己所做之事上来:阅读经史,探讨古道,著书立说,既在孤寂的生活中以自慰,亦借以使自己的思想突破时空的限制,传播久远。"贫者士之常,今仆虽羸馁,亦甘如饴矣",这种认识和态度,可以说是作者身在困境而又能在一定程度上超越困境的一个基本支撑点。文章以此作结,虽悲伤而并不绝望,表现出作者的毅力和韧性。

这篇书信的一大特点是真切自然,在向友人毫无拘束的陈述中,将自己的境遇、情怀一一道来,貌似琐屑,实则文字简洁,层次分明,尤以哀痛之情一线贯穿,使整个叙述、陈说具有一种内在的灵性,属于无意作文而文自工的一篇佳作。

始得西山宴游记①

　　自予为僇人②,居是州,恒惴栗③。其隙也④,则施施而行,漫漫而游⑤。日与其徒上高山,入深林,穷回溪⑥,幽泉怪石,无远不到。到则披草而坐,倾壶而醉⑦。醉则更相枕而卧⑧,卧而梦,意有所极,梦亦同趣⑨。觉而起,起而归。以为凡是州之山水有异态者,皆我有也,而未始知西山之怪特⑩。

　　今年九月二十八日,因坐法华西亭⑪,望西山,始指异之⑫。遂命仆人过湘江,缘染溪⑬,斫榛莽,焚茅茷⑭,穷山之高而止。攀援而登,箕踞而遨⑮,则凡数州之土壤,皆在衽席之下⑯。其高下之势,岈然洼然,若垤若穴⑰,尺寸千里,攒蹙累积,莫得遁隐⑱。萦青缭白,外与天际⑲,四望如一。然后知是山之特立,不与培塿为类⑳,悠悠乎与颢气俱㉑,而莫得其涯;洋洋乎与造物者游㉒,而不知其所穷。引觞满酌,颓然就醉㉓,不知日之入。苍然暮色,自远而至,至无所见,而犹不欲归。心凝形释,与万化冥合㉔。然后知吾向之未始游㉕,游于是乎始,故为之文以志。是岁,元和四年也。

① 西山:在今湖南零陵西。柳宗元到永州后,曾遍游附近山水,写下多篇游记,其中最著名的是"永州八记"。这是"八记"中的第一篇,作于元和四年(809)。

② 僇(lù)人:罪人。僇,同"戮"。

③ 是州:指永州。恒惴(zhuì)栗:常常恐惧不安。

④ 隙:空隙,指闲暇。

⑤ 施施(yì):缓缓貌。漫漫:漫无目的的样子。

⑥ 徒:徒侣,指随行者、同伴。回溪:曲折迂回的溪流。

⑦ 披草:把草分开。倾壶:把壶中的酒倒尽,指尽情饮酒。

⑧ 相枕：相互靠着、枕着。

⑨ 所极：所至，所能想到的。同趣：同样到达。趣，同"趋"。

⑩ 怪特：怪异独特。

⑪ 法华：寺名。寺在永州城东山，柳宗元至永州后，曾出资建造了法华寺西亭。

⑫ 指异：指点称奇。

⑬ 湘江：源出广西兴安海阳山，流经湖南，与潇水在零陵合流后入洞庭湖。染溪：又名冉溪，柳宗元后来曾卜居溪上，改名为愚溪。溪在零陵西南，东流注入潇水。

⑭ 榛莽：丛生的草木。茅茷：茅草。

⑮ 箕踞：一种随意放任的坐姿，两脚伸开如簸箕状。

⑯ 衽（rèn）席：席子。

⑰ 岈（xiā）然：山谷空阔貌。洼然：溪谷低洼貌。垤（dié）：蚁穴外的积土。穴：洞穴。

⑱ 攒蹙：聚集收缩。遁隐：隐藏。

⑲ 萦青缭白：青山、白水萦回缭绕。与天际：与天相接。

⑳ 培塿（pǒu lǒu）：小土堆。

㉑ 悠悠乎：悠闲邈远的样子。颢（hào）气：即浩气，大自然之气。俱：同在一起。

㉒ 洋洋：广大完满的样子。造物者：指化育万物的大自然。

㉓ 引觞：举起酒杯。满酌：斟满酒。颓然：醉倒貌。

㉔ 心凝形释：心神与自然凝合，形体消散似不复存在。万化：
万物。冥合：暗合，融为一体。

㉕ 向：此前。

　　元和四年，是柳宗元全面进入创作状态并取得丰硕
成果的一年。这一年，他除写有诸多诗作、书信外，还一
口气写下了"永州八记"中的前四篇，即《始得西山宴游
记》、《钴鉧潭记》、《钴鉧潭西小丘记》和《至小丘西小石
潭记》，从而为他彪炳后世的山水游记打下了半壁江山。

　　《始得西山宴游记》与此后诸记有着很不相同的一
些特点。特点之一，是紧扣文题，就"始得"二字浓墨重
染，反复申发，淋漓尽致地表现了第一次发现西山和游
历西山的满心畅悦。文中"始"字凡四见，均含义有别，
层进层深。"未始知西山之怪特"——这是谪居永州后
至闻知西山前的情况。因为不知有西山，"以为凡是州之
山水有异态者，皆我有也"，所以内心存有一种低层级的

满足感，作者意在借此与西山的"怪特"作比，反跌出更高层级的满足感。"望西山，始指异之"——这是初次远观西山的情况。因为是初见，有一种惊讶感，所以指点称奇；"然后知吾向之未始游，游于是乎始"——这是游历过西山后的情况。因为有了亲身经历，西山的妙处已经尽知，所以才知道以前之游根本算不得游，真正的游览从这次才开始。经过如此三层演进，文题中"始得"二字的内涵得到了充分的发掘，全文于是戛然收笔。

本文的特点之二，是视野开阔、气象博大，具有一种挣脱束缚后的愉悦感和自由感。就柳宗元笔下的奇山异水而言，大都奥狭深僻、幽寂凄冷。举凡东丘、钴鉧潭西小丘、小石潭、石渠等，无不如此。由于奥狭深僻，且被外物环围，势必使人的视野受到极大限制，向外观望往往须抬头仰视，这就极易令人产生出踞天脊地、坐井观天的被拘囚感和压抑感；由于幽寂凄冷，势必愈发强化了作者原本即有的孤独感，甚至使他慑于"凄神寒骨，悄怆幽邃"的气氛而不敢久留，匆匆"记之而去"（《至小丘西小石潭记》）。然而，此篇所写却是登高山而俯视远观，展现在眼前的是"皆在衽席之下"的"数州之土壤"，是"尺寸千里，攒蹙累积，莫得遁隐。萦青缭白，外与天际，四望如一"。这样一种视野远非其此前所游"深林"、"回溪"、"幽泉怪石"能比，由此而带来的心情自然是极度的放松，是"心凝形释，与万化冥合"。它表现的既是"山之特立"，也是人之特立，是人登高山而放眼远望后的身心解脱和精神自由。

由于以上特点，自然带来本文的第三个特点，那就是文情洒脱恣肆，格调轻松昂扬。通读全文，从过湘江、缘染溪、斫榛莽、焚茅茷的登山过程，到高下起伏、尺寸千里的山势描写，再到"引觞满酌，颓然就醉，不知日之入。苍然暮色，自远而至，至无所见，而犹不欲归"的心态呈露，都洋溢着一种新奇、激动乃至全身心投入的情绪。清人孙琮评此文说："篇中欲写今日始见西山，先写昔日未见西山；欲写昔日未见西山，先写昔日得见诸山。盖昔日未见西山，而今日始见，则固大快也；昔日见尽诸山，独不见西山，则今日得见，更为大快也。中写西山之高，已是置身霄汉；后写得游之乐，又是极意赏心。"(《山晓阁选唐大家柳柳州全集》卷三)既揭示其描写技法，又点出其"极意赏心"的特征，颇有见地。唯需指出的是，这种特征，在柳宗元的游记文中是不多见的。

钴鉧潭记①

钴鉧潭在西山西，其始盖冉水自南奔注②，抵山石，屈折东流，其颠委势峻，荡击益暴③，啮其涯，故旁广而中深④，毕至石乃止⑤。流沫成轮，然后徐行⑥，其清而平者且十亩余，有树环焉，有泉悬焉。

其上有居者⑦，以予之亟游也⑧，一旦款门来告曰⑨："不胜官租私券之委积⑩，既芟山而更居⑪，愿以潭上田贸财以缓祸⑫。"予乐而如其言。则崇其台⑬，延其槛⑭，行其泉于高者而坠之潭⑮，有声潀然⑯。尤与中秋观月为宜，于以见天之高，气之迥⑰。

孰使予乐居夷而忘故土者⑬,非兹潭也欤?

① 钴𬭁(gǔ mǔ):熨斗,潭因形似熨斗而得名。据《钴𬭁潭西
小丘记》,知此篇作于游西山八日之后。

② 冉水:即上文之冉溪。奔注:奔腾直下。

③ 其颠二句:谓水头至水尾的落差甚大,故水势峻急,冲撞非
常猛烈。颠委,水头与水尾。颠,头顶。势峻,因上下地势
落差而形成的峻急之势。

④ 啮(niè):咬,引申作冲刷。旁广而中深:谓潭四周宽阔平
浅,中间很深。

⑤ 毕至句:谓水流最终碰到岸边的石头才停止。

⑥ 流沫二句:谓由荡击形成的水沫像车轮一样,而后开始缓
慢流动。

⑦ 居者:住户。

⑧ 亟:屡次。

⑨ 旦:早晨。款门:叩门。

⑩ 不胜(shēng):受不了。私券:借私人的钱款。

⑪ 芟(shān):割、除去(草木)。更居:变更住所,迁居。

⑫ 愿以句:谓愿将潭上田地卖掉,换回钱来抵债。缓祸,延

154

缓、解除因所欠官租私券而可能引起的灾祸。

⑬ 崇：加高。

⑭ 延：加长。

⑮ 行其句：谓将泉水引至高处,使之落到潭中。

⑯ 渫(cóng)然：泉水落入潭中的声响。

⑰ 迥(jiǒng)：高远。

⑱ 夷：古时对边远少数民族的贬称,这里指永州。

　　本文紧承上文而来,由写山转至写水。先交待钴
铒潭的地理方位和形成过程,而将描写重点放在水流
的奔腾转折和激烈气势上。"自南奔注",见出来势迅
猛;而这奔注之水又"抵山石",造成强烈的撞击;撞击
之后,遂"屈折东流",使得水势稍缓;然而,由于上游
与下游的地势落差,稍缓的水势又骤然强劲起来,而
且"荡击益暴",凶猛地向岸边冲撞,撕咬着裸露的石
崖。一个"啮"字,令人如见其狂暴之状,如闻其咆哮
之声。这段描写仅寥寥二十八字,却极尽腾挪跌宕
之能事,将一段在弱手那里本应是平铺直叙的介绍

性文字,一变而为屈折奔流、狂怒不止的动态景观,充分展示了作者对事物的细微观察和驾驭语言的高超能力。

由于水流对石崖年复一年不断地"啮",便逐渐扩大着自己的地盘,最终形成一个"旁广而中深"的钴鉧潭。至潭以后,水流便失去了其先前的狂暴猛烈,开始带着水石相击后形成的车轮状的白色泡沫,缓缓地、平静地流淌开去。"其清而平者且十亩余,有树环焉,有泉悬焉",宛如一幅工笔的静态写生,其宁静轻盈之态,与前文的猛烈动荡恰成鲜明的对比。

在简略交待了购买此潭的经过之后,作者开始以闲雅的笔致,写其对钴鉧潭的再度改造以及改造后的观赏效果。结句出之以"孰使予乐居夷而忘故土者,非兹潭也欤",点明此潭带给自己的乐趣。然而,钴鉧潭的美景虽好,却无论如何冲淡不了作者"居夷"的悲怆和对故土的怀念。徐幼铮说得好:"结语哀怨之音,反用一'乐'字托出,在诸记中,尤令人泪随声下。"(高步瀛《唐宋文举要》甲编卷四引)

钴鉧潭西小丘记①

得西山后八日,寻山口西北道二百步②,又得钴鉧潭。潭西二十五步,当湍而浚者为鱼梁③。梁之上有丘焉,生竹树。其石之突怒偃蹇,负土而出,争为奇状者,殆不可数④。其嵚然相累而下者⑤,若牛马之饮于溪;其冲然角列而上者,若熊罴之登于山⑥。丘之小不能一亩,可以笼而有之⑦。

问其主,曰:"唐氏之弃地,货而不售⑧。"问其价,曰:"止四百。"予怜而售之⑨。李深源、元克己时同游⑩,皆大喜,出自意外。即更取器用,铲刈秽草⑪,伐去恶木,烈火而焚之。嘉木立,美竹露,奇石显。由其中以望,则山之高,云之浮,溪之流,鸟兽之遨游,举熙熙然回巧献技,以效兹丘之下⑫。枕席而卧,则清泠之状与目谋,瀯瀯之声与耳谋,悠然而虚者与神

谋,渊然而静者与心谋⑬。不匝旬而得异地者
二⑭,虽古好事之士⑮,或未能至焉。

　　噫!以兹丘之胜,致之沣、镐、鄠、杜⑯,则
贵游之士争买者,日增千金而愈不可得。今弃
是州也,农夫渔父过而陋之⑰,贾四百,连岁不
能售⑱。而我与深源、克己独喜得之,是其果有
遭乎⑲!书于石,所以贺兹丘之遭也。

① 本篇与上篇同时作,为"永州八记"第三篇。

② 寻:循,沿着。道:步,行走。

③ 当:对着。湍(tuān):急流。浚(jùn):深。鱼梁:用土石
　垒成用以挡水的堤堰,中间留出过水的空隙可以捕鱼。

④ 突怒:高起挺出。偃蹇(yǎn jiǎn):屈折俯伏。负土而出:
　顶着土耸出地面。殆:几乎。

⑤ 嵚(qīn)然:山石高耸貌。相累:互相重叠。下:其势
　向下。

⑥ 冲然:向前突起貌。角列:突出排列。罴(pí):似熊而比
　熊大的一种动物。

⑦ 不能：不足、不到。笼：笼括、包举。

⑧ 货而不售：想卖而没能卖出去。

⑨ 怜而售之：因喜爱而将它买下来。

⑩ 李深源、元克己：作者的两位友人。

⑪ 器用：铲草的工具。刈(yì)：割。秽草：杂草。

⑫ 举：全部，都。熙熙然：和乐貌。回巧献技：展示出巧妙和技艺。回，运。引申为表现。效：呈献。

⑬ 枕席五句：清泠，清澈明净。谋，接触、相合。潆潆(yíng)，轻盈的流水声。悠然而虚者，悠远冲虚的天空。渊然而静者，深邃幽静的境界。

⑭ 不匝(zā)句：不到十天。匝，环绕一周，引申为满。旬，十天。异地：风景奇异之地。二：指钴鉧潭和潭西小丘两处胜景。

⑮ 好事之士：指喜好游览山水者。

⑯ 致之：把它放到。沣(fēng)、镐(hào)、鄠(hù)、杜：长安附近的四个地名，均为当时权贵居住或游赏的地方。

⑰ 陋之：以之为陋，瞧不起它。

⑱ 贾：同"价"。连岁：连年。

⑲ 遭：遇合、机会。

开篇即交待时间、地点、事件。从"得西山后八日"到"梁之上有丘焉"数句可知：作者是于游西山八天后接连发现钻鉧潭和潭西小丘的，而钻鉧潭仅距西山山口西北道二百步，小丘则在潭西二十五步处。这里，时间非常紧凑，景点颇为密集，而相互间的距离则细化到"步"，可以说已是极为细密详赡了。这种写法，是柳宗元游记散文的一个突出特点，由之也使得其笔下景物具有精致化、袖珍化的特征。

小丘上有竹有石。石非一块两块，而是多到"殆不可数"。更为重要的是，这么多的石头，千姿百态，无奇不有：整体上看，其状"突怒偃蹇，负土而出"——一个个拼力挣扎顶着土冒出头角，郁怒喷发般向上突出，高高挺立；局部来看，"其嵚然相累而下者，若牛马之饮于溪"——众石相互重叠着向下倾斜，犹如成群的牛马聚集溪边饮水；"其冲然角列而上者，若熊罴之登于山"——石块的锋角排成行列状争着向上突进，就像无数熊罴争先恐后地往山上攀登。这短短四句巧用比喻，将"争为奇状"的上倾下斜之石鲜活地描画出来，诚可谓"工妙绝伦"（陈衍《石遗室论文》卷四）。进一步看，这样多的怪奇之石，竟可以被不到一亩的小丘"笼而有之"，则丘之小、石之多、景之密而奇，尽在不言之中。

如此奇异美妙的微缩景观，如果放在京都长安附近，必定奇货可居，争都争不到手；但在永州，竟然是一块连农夫渔父都瞧不上、接连几年都卖不出去的"唐氏之弃地"，这就不能不令作者大为感慨，并由此联及自己流落不偶的命运来。细读柳宗元的游记作品，其中呈现的大都是奇异美丽却遭人忽视、为世所弃的自然山水，诸如永州龙兴寺之东丘，"奥之宜者也，其始龛之外弃地"（《永州龙兴寺东丘记》）；小石城山工夺造化，却"不为之中州，而列是夷狄，更千百年不得一售其伎"（《小石城山记》）；袁家渴林木参差、涧水百态，而"永之人未尝游焉"（《袁家渴记》）；石渠风摇声激，美不胜收，却"未始有传焉者"（《石渠记》）；即使偶尔出州，才行数十步，也可看到"有弃地在道南"（《柳州东亭记》）。"弃地"如此之多，一方面固然与唐代永州、柳州的荒远僻陋有关，是实际情况的反映；但另一方面又深寓着作者的主观意图,也就是说,他是有意识地专门选择这些弃地一再加以表现的,他是在借弃地来象征弃人的。在地与人之间存在着一种深层的内在关联:一看到弃地,身遭贬谪的作者便会自然联想到自己被社会抛弃的命运;一想到自己的命运,便不由得将被弃的主观情感外射到所见到的弃地之中;而弃地的大量存在,无疑愈发加强了他由地到人、又由人到地的定向思维。同时,作者在此也并未将地与人作简单的比附,而是用对比、衬托的手法先极力凸现自然山水之美,然后反跌出如此之美的自然山水竟然被弃的悲惨遭遇,从而对被象征之主体——被贬谪者才华卓荦却不为世用而流落遐荒的命运作了益发突出的展现。如果说,本文所谓"唐氏之弃地",就广泛的象征意义论,已足可引起人们对"唐室之弃人"的联想,那么,文章末尾所谓"我与深源、克己独喜得之,是其果有遭乎?书于石,所以贺兹丘之遭也",便将此象征意图以及对自我命运的悲叹更为直截了当地表现出来。林云铭评云:"末段以贺兹丘之遭,借题感慨,全说在自己身上。……乃今兹丘有遭,而己独无遭，贺丘所以自吊。"（《古文析义》初编卷五）这就是说：既悲丘之不遇，又悲己之不遇；丘虽见弃于世人，尚可碰到知音的赏识，可自己竟连这样的机会都没有，相比之下，不是人的遭遇更惨于丘吗？

在叙述上，此文"一段先叙小丘，次叙买丘，又次叙辟芜刈秽，又次叙赏游此丘，末后从小丘上发出一段感慨，不搀越一笔，不倒用一笔"（孙琮《山晓阁选唐大家柳柳州全集》卷三），可谓颇具章法。在描写上，治理小丘后从"嘉木立"至"渊然而静者与心谋"一段文字最为精当，且极具情韵，犹如雪天琼枝，既摇曳多姿，又冰清玉洁，诚为不可多得的写景妙文。

至小丘西小石潭记①

从小丘西行百二十步，隔篁竹②，闻水声，如鸣珮环③，心乐之。伐竹取道，下见小潭，水尤清冽④。全石以为底，近岸卷石底以出⑤，为坻为屿，为嵁为岩⑥。青树翠蔓，蒙络摇缀，参差披拂⑦。潭中鱼可百许头，皆若空游无所依⑧。日光下澈，影布石上，怡然不动；俶尔远逝，往来翕忽⑨，似与游者相乐。

潭西南而望，斗折蛇行，明灭可见⑩。其岸势犬牙差互⑪，不可知其源。坐潭上，四面竹树环合，寂寥无人，凄神寒骨，悄怆幽邃⑫。以其境过清，不可久居，乃记之而去。

同游者吴武陵、龚古、余弟宗玄⑬。隶而从者，崔氏二小生，曰恕己，曰奉壹⑭。

① 小丘：即前篇所记钴𬭌潭西小丘。小石潭：因潭底是石，故名。本篇为"永州八记"的第四篇。

② 篁(huáng)竹：成片的竹子。篁，竹林。

③ 如鸣珮环：如同珮、环撞击时发出的清脆响声。珮、环，古人腰带上所佩的玉制饰物。

④ 清冽(liè)：清澈寒冷。

⑤ 全石二句：谓潭底是整块的岩石，岩石在靠近岸边处向上卷出水面。

⑥ 坻（chí）：水中高地。屿：岛屿状的高地，大于坻。嵁（kān）：不平的岩石。岩：高峻的岩石。

⑦ 蒙络二句：谓茎蔓交织缠绕在一起，摇动下垂，高低不齐地随风飘荡。

⑧ 可：大约。空游无所依：好像在空中游动，全无依托。

⑨ 俶（chù）尔：忽然。翕（xī）忽：迅捷的样子。

⑩ 斗折蛇行：形容溪流曲折如北斗七星，蜿蜒如游蛇移动。明灭可见：谓在阳光照射下，溪水或明或暗。

⑪ 犬牙差互：像狗牙一样交错不齐。

⑫ 凄神寒骨：心神凄冷，寒气透骨。悄怆幽邃：寂静幽深，使人感到忧伤。悄，静寂。怆，忧伤。邃，深。

⑬ 吴武陵、龚古：作者友人，吴武陵元和三年（808）坐事被贬至永州，深得作者推奖。龚古事迹不详。宗玄：作者从弟。

⑭ 隶而从者：跟着来的。隶，依附。崔氏二小生：作者姊夫崔简的两个未成年的儿子。

在"永州八记"的前三记中，《始得西山宴游记》侧重写西山之奇伟怪特，《钴鉧潭记》侧重写溪水之屈折荡击，《钴鉧潭西小丘记》侧重写众石之异态奇状，而本篇则侧重写潭水之清冽明净。

　　清冽明净到什么程度呢？未及见水，即先闻"如鸣珮环"般的水声，由这清脆响亮的水声，即可揣知水的质地，所以"心乐之"。一个"乐"，见出水声对作者的吸引，于是自然过渡到"伐竹取道，下见小潭"。"水尤清冽"，可谓全文之眼目，具承上启下之功用。清冽前着一"尤"字，既回应前写之水声和心乐，又说明水清之程度，为后文的描写埋下伏笔。接着转笔写潭的构造和周边环境："全石以为底，近岸卷石底以出，为坻为屿，为嵁为岩。青树翠蔓，蒙络摇缀，参差披拂。"表面看来，这些描写似与水之清冽无甚关系，实际上却是对水清原因的巧妙揭示。试想，小潭的整个潭底全由一块大石构成，没有一点泥沙杂物，连岸边也被此石所包卷，而潭的四周有石坻、石屿、石嵁、石岩和青树翠蔓所环绕，清新绝尘，幽雅宁静，则这种天造地设的石潭中的水能不清冽么？

　　潭中不仅有清冽的水，还有百许头鱼，而这些鱼"皆若空游无所依"。"空游"者，若游于空中而无任何依托之物也;鱼之所以像是在空中游动,根本的原因还在于水清,而且是极度的清澈,没有丝毫杂质,只有如此,才能给人造成"空游"的错觉。郦道元《水经注》有"渌水平潭,清洁澄深,俯视游鱼,类若乘空"的话,当为柳宗元此句所本;但宗元并未止步于此,而是更进一层,用"日光下澈,影布石上,怡然不动;俶尔远逝,往来翕忽,似与游者相乐"诸句,既写潭中鱼之乐,借以暗点人的愉悦心情,关照前文"心乐"二字,复写潭中水之清,将"空游"的含义推向深入。因为水清,所以日光可以穿越水面,直射潭底,使得鱼影布于石上。鱼在水中静止不动时,其布于石上之影也"怡然不动";鱼迅捷游走时,其布于石上之影也"往来翕忽"。写鱼而兼及鱼之影,写鱼影则是为了写水之清,将景物从平面变为立体,从一维转为多维,潭上之日光、水中之游鱼、石上之鱼影,看似有别而实则统一,它们聚合一途,从不同角度印证了开篇所说"水尤清冽",而在表现手法和描写的深入度上,则"穷形尽相,物无遁情,体物直到精微地步矣"(林纾《韩柳文研究法·柳文研究法》)。

写完小潭,文章宕开一笔,以"望"字领起,转写西南方向的小潭之源,仅用"斗折蛇行,明灭可见"诸句总括远景,虚神笼罩,其源之不可知已在意中。源既不可知,潭的四周又"竹树环合,寂寥无人",作者顿感"凄神寒骨,悄怆幽邃",以至"以其境过清,不可久居"而匆匆"记之而去"。前录《与李翰林建书》曾谈到作者因被拘一隅暂得一笑、已复不乐的心境,本文所写,正是这种心境的典型体现。从开篇的"心乐之"到中篇的"似与游人相乐",再到"凄神寒骨"的"悄怆"之感,反映了作者游览山水时的情感发展曲线,也间接、含蓄地表现了作者内心的寂寞和处境的孤独。

愚 溪 诗 序①

灌水之阳有溪焉②,东流入于潇水③。或曰:冉氏尝居也,故姓是溪④为冉溪。或曰:可以染也,名之以其能⑤,故谓之染溪。余以愚触罪,谪潇水上⑥,爱是溪,入二三里,得其尤绝者家焉⑦。古有愚公谷⑧,今予家是溪,而名莫能定,土之居者犹龂龂然⑨,不可以不更也⑩,故更之为愚溪。

愚溪之上,买小丘,为愚丘。自愚丘东北行六十步,得泉焉,又买居之,为愚泉。愚泉凡六穴⑪,皆出山下平地,盖上出也⑫。合流屈曲而南,为愚沟。遂负土累石,塞其隘⑬,为愚池。愚池之东为愚堂,其南为愚亭,池之中为愚岛。嘉木异石错置⑭,皆山水之奇者,以余故,咸以"愚"辱焉⑮。

① 愚溪:即冉溪,柳宗元被贬至永州后,先居龙兴寺,后构法华寺西亭,接着来到冉溪筑室定居,并名之为愚溪。诗、序均作于元和五年(810)。

② 灌水:潇水的支流,在今湖南省境内。阳:水北为阳。

③ 潇水:一名泥江,源出湖南宁远南九疑山,东流经零陵入湘江。

④ 姓是溪:用冉姓给溪命名。

⑤ 名之句：以它的功能来命名。

⑥ 谪(zhé)：处罚，被贬官。

⑦ 尤绝者：景色极佳之处。家焉：筑室安家于此。

⑧ 愚公谷：在今山东临淄西。据刘向《说苑》，齐桓公出猎，在山谷见一名叫愚公的老翁，经询问，始知此是愚公用自己的名字命名的山谷，故称愚公谷。

⑨ 土之居者：当地土生土长的住户。龂龂(yín)然：争辩貌。

⑩ 更：更改。

⑪ 凡六穴：共六个泉眼。

⑫ 上出：向上涌出。

⑬ 隘(ài)：狭窄之处。

⑭ 嘉木：美树。错置：交错设置。

⑮ 以余二句：因为我的缘故，都用愚命名而玷辱了它们。

　　夫水，智者乐也⑯。今是溪独见辱于愚，何哉？盖其流甚下⑰，不可以溉灌；又峻急，多坻石⑱，大舟不可入也；幽邃浅狭，蛟龙不屑⑲，不能兴云雨。无以利世，而适类于余⑳，然则虽辱而愚之，可也。宁武子"邦无道则愚"，智而为愚者也[21]；颜子"终日不违如愚"，睿而为愚者也[22]，皆不得为真愚。今余遭有道[23]，而违于理，悖于事[24]，故凡为愚者莫我若也[25]。夫然[26]，则天下莫能争是溪，余得专而名焉[27]。

溪虽莫利于世，而善鉴万类[28]，清莹秀澈，锵鸣金石[29]，能使愚者喜笑眷慕[30]，乐而不能去也。余虽不合于俗，亦颇以文墨自慰[31]，漱涤万物，牢笼百态[32]，而无所避之。以愚辞歌愚溪，则茫然而不违，昏然而同归，超鸿蒙，混希夷[33]，寂寥而莫我知也。于是作《八愚诗》[34]，纪于溪石上[35]。

⑯ 夫水二句：语出《论语·雍也》，谓聪明的人喜欢水。

⑰ 甚下：水位很低。

⑱ 坻（chí）石：高出水面的岩石。

⑲ 不屑（xiè）：看不上。

⑳ 适类于余：正好像我一样。适，正、恰好。类，似。

㉑ 宁武子二句：意谓宁武子之愚只表现在无道之世，是智者有意为愚。宁武子，春秋时卫国大夫宁俞，武是其谥号。《论语·公冶长》载孔子语："宁武子，邦有道则智，邦无道则愚。其智可及也，其愚不可及也。"

㉒ 颜子二句：意谓颜回整天不提问题，实则很有感悟，不过是聪明人貌似愚笨罢了。颜子，颜回，孔子弟子。《论语·为政》载孔子语："吾与回言终日，不违如愚。退而省其私，亦足以发，回也不愚。"睿(ruì)，明智、聪明。

㉓ 遭有道：遇到政治清明的时代。

㉔ 悖(bèi)：背逆，违反。

㉕ 莫我若：没有比得上我的。

㉖ 夫然：这样，如此。夫，发语词，无实义。

㉗ 则天下二句：谓就愚而言，天下没有谁能争得这愚溪，我可以独占其名。得专，得而专有，独有。

㉘ 鉴：照。

㉙ 锵鸣金石：像金石一样铿锵作响。

㉚ 眷慕：爱恋、思慕。

㉛ 文墨：写诗作文一类事。

㉜ 漱涤：洗涤，冲洗。牢笼：包罗，囊括。

㉝ 鸿蒙：宇宙形成前的混沌状态。希夷：空虚寂静的境界。

㉞ 八愚诗：关于愚溪之溪、丘、泉、沟、池、堂、亭、岛的诗作，今已佚。

㉟ 纪：同"记"。

　　"愚"字是一篇眼目，围绕"愚"字，作者纵横申论，反复推驳，将自己与山水的关合及其内心的痛苦和盘托出。

　　由于奇山异水为世所弃即象征着被贬者的悲剧命运，这就必然造成二者之间一种同感共应的关系，必然使得被贬者对被弃山水抱有一种特殊的感情。在著名的"永州八记"中，作者对永州一地的山山水水予以多角度、多层面的描摹、赞美，涧水的清澈寒冽，游鱼的萧散自由，秀木的参差披拂，泉石的奇伟怪特，无不带有这种特殊的感情烙印。这是爱与怜的结合，爱，既缘于山水本身的美，也缘于主体与客体命运的深层关合；怜，不仅因为二者皆沦落天涯，故尔同病相怜，而且因为通过此怜，被贬者找到了一条悲情宣泄的途径，孤寂的心灵获得了暂时的慰藉。怜来自爱,又甚过爱,由爱到怜,反映了作者基于被弃命运的心理流程。在《愚溪诗序》中,作者将所遇到的溪、丘、泉、沟、池、堂、亭、岛统统冠以"愚"名,其原因即在于它们"无以利世,而适类于余"。然而,山水和人并非真的"无以利世",而是为世所弃,无法利世,尽管二者均盼望着有以利世的一天,却终究不得利世。当此之际,怎能不使作者对与自己同一命运的山水抱以深深的同情和怜悯,借以表露自己内心的沉重忧愤呢?"今余遭有道,而违于理,悖于事,故凡为愚者莫我若也",这种明显的正话反说,正深刻透露出作者内心的郁结块垒和对混浊人世的强烈不满。

不过,作者又没有仅仅停留在这一层面,当他已意识到自己无力摆脱眼前的困境,悲忧愤懑于事无补的时候,便将一颗受伤的心灵投入自然之中,借对山水本身之美的发现和开掘,来表现人的自我价值;借对自我价值的肯定,以解嘲的方式来否定社会现存秩序和道德标准。所以,文章末尾这样说道:"溪虽莫利于世,而善鉴万类,清莹秀澈,锵鸣金石,能使愚者喜笑眷慕,乐而不能去也。余虽不合于俗，亦颇以文墨自慰，漱涤万物，牢笼百态，而无所避之。"这里，溪与人、人与溪在新的更高的层面上获得了同一性，二者的固有价值也由此明显地呈现出来：既然溪与人皆有利世之资，仅因"不合于俗"而不为世用，那么，其"善鉴万类，清莹秀澈"之价值固在，并不因世之用否而稍为减损；既然二者均有自我的价值，而又同处于为世所弃的境地，那么，相爱相怜、共辱共荣，"以愚辞歌愚溪"，便必然是"茫然而不违，昏然而同归"了。

前人评《愚溪诗序》云："本是一篇诗序，正因胸中许多郁抑，忽寻出一个'愚'字，自嘲不已，无故将所居山水尽数拖入浑水中，一齐嘲杀。……反复推驳，令其无处再寻出路，然后以溪不失其为溪者代溪解嘲，又以己不失其为己者自为解嘲。"（林云铭《古文析义》初编卷五）所谓"溪不失其为溪者"、"己不失其为己者"，亦即前述溪与人的固有价值；所谓"解嘲"，正见出作者对此价值的肯定、对社会道德规范的反讽。

袁 家 渴 记^①

　　由冉溪西南水行十里，山水之可取者五，莫若钴䥈潭。由溪口而西，陆行，可取者八九，莫若西山。由朝阳岩东南水行，至芜江^②，可取者三，莫若袁家渴。皆永中幽丽奇处也。

　　楚、越之间方言，谓水之反流者为"渴"^③。音若"衣褐"之"褐"^④。渴上与南馆高嶂合^⑤，下与百家濑合^⑥。其中重洲小溪^⑦，澄潭浅渚^⑧，间厕曲折^⑨，平者深黑，峻者沸白^⑩。舟行若穷，忽又无际^⑪。有小山出水中，山皆美石，上生青丛，冬夏常蔚然^⑫。其旁多岩洞，其下多白砾^⑬，其树多枫、柟、石楠、梗、槠、樟、柚^⑭，草则兰、芷^⑮。又有异卉^⑯，类合欢而蔓生^⑰，缪辘水石^⑱。每风自四山而下，振动大木，掩苒众草^⑲，纷红骇绿^⑳，蓊勃香气^㉑，冲涛旋濑^㉒，退贮溪谷，摇扬葳蕤^㉓，与时推移。其大都如此，余无以穷其状㉔。

　　永之人未尝游焉,余得之,不敢专也,出而传于世㉕。其地主袁氏,故以名焉㉖。

① 袁家渴(hè):水名,在永州城南十里。本篇作于元和七年(812),较"前四记"晚三年,习惯上将之与《石渠记》、《石涧记》、《小石城山记》合称"后四记"。

② 朝阳岩:在永州城西南,唐诗人元结曾于代宗永泰二年(766)至此游览并命名,今存《朝阳岩铭并序》。芜江:不详。

③ 反流:反向流动,即向西流,与江水一般东流的方向相反。反,一作"支"。

④ 褐(hè):渴的注音字。

⑤ 南馆高嶂:未详,疑为山名,在袁家渴上游。嶂,似屏障的山峰。

⑥ 百家濑(lài):水名,《湖南通志》卷十八谓濑在零陵南里许,"一泓寒碧,其容如练"。

⑦ 重(chóng)洲:一个接一个的沙洲。洲,水中突起的陆地。

⑧ 浅渚(zhǔ):稍稍露出水面的陆地。

⑨ 间厕：夹杂、错杂。

⑩ 平者二句：谓水势平缓处呈深黑色，水势峻急时则激起白色浪花。峻，指浪高。沸，水翻腾、喷涌的样子。

⑪ 若穷：好像到了尽头。无际：无边。

⑫ 蔚然：草木茂盛貌。

⑬ 砾(lì)：碎石。

⑭ 枫、柟(nán)、石楠、梗(pián)、楮(zhū)、樟、柚(yóu)：多为生于南方之常绿乔木。

⑮ 兰、芷(zhǐ)：两种香草。

⑯ 异卉：奇特的花草。

⑰ 类：像、似。合欢：一名马缨花、榕花，落叶乔木。蔓生：像草本植物一样依附于他物生长。

⑱ 缪辖(jiāo gé)：纵横交织、错杂盘结。

⑲ 掩苒(rǎn)：风将草木吹得倒向一边的样子。

⑳ 纷红骇绿：形容风将红花绿草吹得纷乱摇动。

㉑ 蓊葧(wěng bó)：形容花香浓郁。

㉒ 冲涛旋濑：谓风掀起浪涛，使急流回旋。濑，急流。

㉓ 摇扬葳蕤(ruí)：谓风摇荡着茂盛的草木。葳蕤，草木茂盛枝叶下垂貌。

㉔ 无以穷其状：难以穷尽其状态，即不能用笔墨将其千姿百态都表现出来。

㉕ 不敢二句：谓自己不敢独自享用如此美景，将其写出来，传给世人。专，独占。出，写出来。

㉖ 其地二句：谓渴的主人是世代居于此的袁氏，所以用"袁家渴"来命名。

《袁家渴记》作于元和七年(812)，是"永州八记"中"后四记"的首篇。在时间上与"前四记"隔了三年，在表现手法和描写重点上，也与前四记有所不同。前四记多是入笔擒题，直奔对象；本文则先作背景铺垫，在诸胜境的比较中将对象推至前台。前人说这种手法来自太史公，不为无见。试比较之：

> 西南夷君长以什数，夜郎最大；其西靡莫之属以什数，滇最大；自滇以北君长以什数，邛都最大。此皆魋结耕田有邑聚。(《史记·西南夷列传》)

> 由冉溪西南水行十里，山水之可取者五，莫若钴鉧潭。由溪口而西，陆行，可取者八九，莫若西

山。由朝阳岩东南水行,至芜江,可取者三,莫若袁家渴。皆永中幽丽奇处也。(《袁家渴记》)

二文开篇均放开眼界,首先对不同处所作散点扫描,继而凝聚视线,从若干处所的同类中分别择取最著者,然后对其共同特点予以总括性的突出强调。这种方法,易于使人既周览全局,又得其关键,颇具画龙点睛之妙。不过,柳宗元虽受司马迁的影响,却又能自出机杼,在叙述中将地理方位更加细化,用三个"可取"和"莫若",将钴𬭊潭、西山和袁家渴从众多景点中拈举出来,而后将笔墨倾注到袁家渴上,全力展示其幽丽秀美的风姿。

进一步看,前四记的描写重点分别是山之怪特、溪之屈折、石之异态、水之清冽,而本文则将描写重点指向了水中小山、山上草木,尤其是"自四山而下"的劲风。风无影无形,不易描状,于是借草木受风吹拂后的情状表现之;草木受风的情状在一般人眼中大都是一样的,但在作者笔下却声色兼备、异彩纷呈。但见此风由上至下,呼啸而来,大树摇动,众草披拂,花卉们惊恐万状,红色的花瓣纷纷飘洒,绿色的枝叶不住地颤抖,一阵阵浓郁的香气也就在这风吹花乱中溢满山林之间。这样一幅气象万千的场景，作者只用了"振动大木，掩苒众草，纷红骇绿，蓊葧香气"十六个字来表现，可谓惜墨如金，但它造成的效果，却奇警异常，使人在风声、树响、草动、花香之视觉、听觉和味觉的多重感受中，回味无穷。写了山中草木的受风情形，作者并未止笔，接着又用"冲涛旋濑，退贮溪谷；摇扬葳蕤，与时推移"四句写风继续下行，经过山脚水面时激起的浪涛和急流，以及水波退回溪谷后摇荡岸边草木、久久不息的情状。由此既形象地展示出与前不同的另一幅风水草木交织的景观，又借此山风将山上山下、林木溪水连成一体，将文意重又收束于袁家渴的岸边水面，其构思立意之巧妙，令人叹为观止。

这篇游记在造语设色上继承了前四记的特点，既简洁精当之至，又极富画意诗情。如用"平者深黑，峻者沸白"写平缓的水面和峻急的水势，用"舟行若穷，忽又无际"写水流的曲折多变和行舟者的感觉，均切合物理而兼具神韵。林纾说"须含一股静气，又须十分画理，

再著以一段诗情,方能成此杰构"(《韩柳文研究法·柳
文研究法》),沈德潜谓"舟行"二句较王维"安知清流
转,忽与前山通"(按:此二句见王维《蓝田山石门精
舍》)的"神来之句"还要胜出一筹(《唐宋八家文读本》
卷九),都是从这个角度发表的颇有见地的意见。

送 僧 浩 初 序①

　　儒者韩退之与余善②,尝病余嗜浮屠言,訾
余与浮屠游③。近陇西李生础自东都来④,退
之又寓书罪余⑤,且曰:"见《送元生序》,不斥
浮屠⑥。"浮屠诚有不可斥者,往往与《易》、《论
语》合,诚乐之,其于性情奭然⑦,不与孔子异
道。退之好儒,未能过扬子⑧,扬子之书于庄、
墨、申、韩皆有取焉⑨,浮屠者,反不及庄、墨、
申、韩之怪僻险贼耶⑩?曰:"以其夷也⑪。"果
不信道而斥焉以夷,则将友恶来、盗跖,而贱季

札、由余乎⑫？非所谓去名求实者矣⑬。吾之
所取者与《易》、《论语》合，虽圣人复生，不可
得而斥也。

① 浩初：僧人法名，据刘禹锡《海阳湖别浩初师并引》、柳宗
　元《龙安海禅师碑》，知浩初为长沙人，龙安海禅师的弟子，
　能诗，曾与柳宗元、刘禹锡等人有诗文往还。此序作于元
　和五年(810)。

② 退之：韩愈的字。善：交好。

③ 尝病二句：谓不满意我喜好佛教的学说，批评我与僧人交
　游。尝，曾。病，不满意。嗜(shì)，喜好。浮屠，佛教名词，
　梵文 Buddha(佛陀)的旧译，此指佛教徒。訾(zǐ)，批评、
　指责。

④ 陇西：今甘肃陇西东南。李生础(chǔ)：李础，贞元十九年
　(803)进士，元和间任湖南观察推官，与韩愈、柳宗元皆有
　交往。东都：洛阳。元和四年六月，韩愈转任都官员外郎，
　分司东都；元和五年冬，改任河南令。其《送湖南李正字
　序》即作于此二年间。而从序中所涉及的时间、事件推论，
　知李础自东都南来的时间在元和五年(详见张清华《韩学

研究·韩愈年谱汇证》及陈克明《韩愈年谱及诗文系年》)。

⑤ 寓书罪余：写信责怪我。

⑥ 《送元生序》：即柳宗元《送元十八山人南游序》，中谓："太史公没，其后有释氏，固学者之所怪骇舛逆其尤者也。今有河南元生者……悉取向之所以异者，通而同之，搜择融液，与道大适，咸伸其所长，而黜其奇邪，要之，与孔子同道，皆有以会其趣。"韩愈谓宗元"不斥浮屠"，当指此而言。

⑦ 奭(shì)然：旷达、解脱貌。

⑧ 扬子：汉代扬雄，字子云，曾著《太玄》、《法言》等哲学著作。

⑨ 庄、墨、申、韩：指《庄子》、《墨子》、《申子》、《韩非子》等先秦子书。取：取法。

⑩ 怪僻险贼：怪诞、僻陋、险诈、邪恶。按：这是一种为了突出论说效果而将某一点推向极端的说法，并不完全代表作者对先秦诸子的真实认识。

⑪ 夷：古称少数民族或外国为夷，佛教系由印度传入的宗教，故称。

⑫ 恶来：商纣之臣，以谗毁著称。跖(zhí)：春秋末大盗，人称盗跖。季札：吴国人，博闻多识。由余：曾从戎入秦，佐

秦称霸，与季札皆处边远之地，故按传统说法当属夷。

⑬ 去名求实：丢舍外在名称而求取内在实质。

　　　　退之所罪者其迹也⑭，曰："髡而缁，无夫
妇父子，不为耕农蚕桑而活乎人⑮。"若是，虽
吾亦不乐也。退之忿其外而遗其中，是知石而
不知韫玉也⑯。吾之所以嗜浮屠之言以此。与
其人游者，未必能通其言也。且凡为其道者，
不爱官，不争能，乐山水而嗜闲安者为多。吾
病世之逐逐然唯印组为务以相轧也⑰，则舍是
其焉从⑱？吾之好与浮屠游以此。

⑭ 迹：行迹、表象。

⑮ 髡（kūn）：剃除头发。缁（zī）：黑色，僧衣色黑，故称缁衣。
活乎人：活于人，即被人养活。

⑯ 韫（yùn）玉：指石中包藏着玉。韫，蕴藏、包藏。

⑰ 病：厌恶。逐逐然：追逐竞争貌。印组：官印和佩印的丝
带，指做官。相轧（yà）：相互倾轧、排挤。

⑱ 是：指佛教义理。

　　今浩初闲其性,安其情,读其书,通《易》、《论语》,唯山水之乐,有文而文之⑲。又父子咸为其道⑳,以养而居,泊焉而无求㉑,则其贤于为庄、墨、申、韩之言,而逐逐然唯印组为务以相轧者,其亦远矣。李生础与浩初又善。今之往也,以吾言示之㉒。因北人寓退之,视何如也㉓。

⑲ 有文句：谓浩初有文才而能写作。前一"文"指文才,后一"文"作动词用,指包括诗文创作在内的写作。

⑳ 咸为其道：都信佛教。咸,都。

㉑ 泊：淡泊、恬淡。

㉒ 今之二句：谓浩初到李础那里时,可将这篇序给他看。

㉓ 因北人二句：谓托到北方去的人带给韩愈,看他有什么意见。寓,寄。

这是一篇送僧人的序文，而其中心则是围绕着对佛教的不同态度，与韩愈进行辩论。

韩愈是柳宗元的好友，但二人在对不少问题的看法上却存在着分歧。以对佛教的态度论，韩愈是严厉排斥的，曾在《原道》中倡言："人其人，火其书，庐其居，明先王之道以道之！"并于元和十四年（819）作《论佛骨表》，对宪宗皇帝的佞佛行为直言进谏，慷慨激昂地说道："乞以此骨付之有司，投诸水火，永绝根本，断天下之疑，绝后代之惑。"而柳宗元则"自幼好佛，求其道积三十年"；至永州后，对佛教学说的研读更为深入，自称："世之言者罕能通其说，于零陵吾独有得焉。"（《送巽上人赴中丞叔父召序》）与此同时，还与僧人浩初、元暠、文畅、文郁、琛上人、巽上人等均颇有过往。对柳宗元这种做法，韩愈是不满的；而对韩愈不加分别一概斥佛的行为，柳宗元也是有看法的。只是自贞元十九年（803）韩愈被贬阳山（元和元年返朝）、永贞元年柳宗元被贬永州后，二人相隔遥远，没有发生正面交锋而已。

这次事件的起因是：元和五年，在东都洛阳为官的韩愈托将返湖南的李础带给柳宗元一封书信,信中对柳宗元喜好佛教义理、并与僧人交往之事直言批评。柳宗元读后颇为不满,于是写下此序,申述自己对佛教的看法及其与僧人交往的原因,并托将要离开永州的僧人浩初将信带给李础,然后再请他们托人将信带给韩愈,以作答复。

柳宗元对佛教的基本态度是:"浮图诚有不可斥者,往往与《易》、《论语》合,诚乐之。"这段话等于是为佛教拉了一面鲜亮的大旗,先已使自己的喜佛行为立于不败之地。因为道理很简单:《易经》和《论语》是儒家经典,而佛教与之有相合处,所以喜欢佛教在某种意义上即可视为喜欢儒学。以此为正面论点,下文从两个方面对韩愈展开辩驳。其一,针对韩愈"以其夷也"亦即认为佛教是西方宗教故应排斥的观点,指出应"去名求实",从本质上看问题。其二,指出韩愈只是从外在表象批评佛教,"忿其外而遗其中,是知石而不知韫玉也"——言外之意是说:犹如石中含玉,佛教学说亦自有其精义。这两点驳论,作者均巧借比喻,点到为止,不作深入展开,但已足以提纲挈领,击中对方要害。故在每一点驳论之后,又分别对自己行为的合理性予以突出强调,始则曰:"吾之所取者与《易》、《论语》合,虽圣人复生,不可得而斥也。"继则曰:"吾之所以嗜浮屠之言以此。"这是先驳后立,也是亦驳亦立,在对对方的反驳中,自己喜好佛教的原因和合理性便已呈现出来。

由此再进一步,话题自然转到与僧人交往的问题上。柳宗元认为:与僧人交游,未必即是信奉其义理;而就僧人个体来说,也并不是都有问题。"凡为其道者,不爱官,不争能,乐山水而嗜闲安者为多"。这样一种淡泊自守的品节,较之那些争名逐利"唯印组为务以相轧"的世俗之人不知要强出多少。两相比照,答案自明,于是得出结论:"则舍是其焉从?吾之好与浮屠游以此。"

上文是从佛教义理和佛教徒两方面作总的申说,下文则回到具体僧人亦即所赠对象浩初身上,写其闲淡宁静的性情、对《易经》和《论语》的理解、寻求山水之乐和所具备的文才,等等,借此暗点自己与浩初游的理由。

并进一步申明:"其贤于为庄、墨、申、韩之言,而逐逐然唯印组为务以相轧者,其亦远矣。"文章以此作结,既介绍、赞扬浩初,照应题面,又以重复出现的语句浓墨重染,强化两种不同人格境界的比较,再次回应韩愈的责备。

回观全文,言简义明,全无枝蔓,循序而进,首尾圆合,诚如陈长方所评:"子厚作序皆平平,惟送僧浩初一序,真文章之法。"(《柳宗元集》卷二十五《补注》引)

答韦中立论师道书①

二十一日,宗元白②:辱书云欲相师③,仆道不笃,业甚浅近④,环顾其中,未见可师者。虽尝好言论,为文章,甚不自是也⑤。不意吾子自京师来蛮夷间,乃幸见取⑥。仆自卜固无取⑦,假令有取,亦不敢为人师。为众人师且不敢,况敢为吾子师乎?

① 韦中立：元和十四年(819)进士及第。中立曾自京赴永州向柳宗元求教，返京后又写信要求拜宗元为师，宗元于元和八年(813)写此书作答，详论师道及其对作文的看法。

② 白：陈述。

③ 辱书：谦词，意谓承蒙写书信来。相师：拜我为师。

④ 仆：对自己的谦称。笃：厚实。业：学业。

⑤ 甚不自是：很不敢自以为是。

⑥ 不意：没想到。吾子：对对方客气而略带亲切感的称谓。蛮夷间：指当时尚偏远落后，语言、风俗均异于中原的永州。幸：有幸。见取：被认为有可取之处，指"相师"事。

⑦ 自卜：自忖、自料。固：本来。无取：无足取，不值得取法。

　　孟子称"人之患，在好为人师"⑧。由魏晋氏以下，人益不事师⑨。今之世不闻有师，有辄哗笑之⑩，以为狂人。独韩愈奋不顾流俗，犯笑侮，收召后学，作《师说》，因抗颜而为师⑪。世果群怪聚骂，指目牵引，而增与为言辞⑫。愈以是得狂名，居长安，炊不暇熟，又挈挈而东⑬，如是者数矣⑭。屈子赋曰:"邑犬群吠,吠所怪也⑮。"仆往闻庸蜀之南,恒雨少日⑯,日出则犬吠,余以为过言⑰。前六七年,仆来南⑱,二年冬,幸大雪,逾岭被南越中数州⑲,数州之犬,皆苍黄吠噬狂走者累日⑳,至无雪乃已,然后始信前所闻者。今韩愈既自以为蜀之日,而吾子又欲使吾为越之雪,不以病乎㉑?非独见病,亦以病吾子㉒。然雪与日岂有过哉?顾吠者犬耳㉓。度今天下不吠者几人,而谁敢衒怪于群目,以召闹取怒乎㉔?

⑧ 人之句:语出《孟子·离娄上》,意谓人的毛病在于喜好以教人者自居。

⑨ 魏晋氏:犹言魏晋时代。事:尊奉。

⑩ 辄(zhé):就。哗笑:喧哗取笑。

⑪ 抗颜:正颜不屈。

⑫ 指目二句:谓用手指点着,眼睛示意着,互相拉扯着,加给他(韩愈)诽谤的言论。

⑬ 挈挈(qiè qiè)：匆匆貌。东：离京东行。

⑭ 数：多次。

⑮ 邑犬二句：语出《九章·怀沙》，谓村里的狗群起而叫，是叫使它们感到奇怪的东西。

⑯ 往：以前。庸蜀：泛指湖北、四川一带。庸，古国名，在今湖北竹山东南。恒雨：常下雨。

⑰ 过言：说得过分。

⑱ 前六七年：指作者被贬永州的永贞元年(805)。

⑲ 幸：幸遇，恰好遇到。逾岭：越过了五岭。被：覆盖。南越：泛指广东、广西一带。

⑳ 苍黄：同"仓皇"，惊慌失措。噬(shì)：咬。走：跑。累日：多日。

㉑ 病：困辱，为难。

㉒ 亦以病吾子：也使你受困辱。

㉓ 顾：不过。

㉔ 衒(xuàn)怪：展示异于人的举动。召闹取怒：招来吵闹、愤怒。

　　仆自谪过以来,益少志虑㉕。居南中九年,

增脚气病,渐不喜闹,岂可使呶呶者早暮哕吾耳、骚吾心㉖?则固僵仆烦愦,逾不可过矣㉗。平居望外,遭齿舌不少㉘,独欠为人师耳。

抑又闻之,古者重冠礼,将以责成人之道㉙,是圣人所尤用心者也。数百年来,人不复行。近有孙昌胤者,独发愤行之。既成礼,明日造朝㉚,至外廷㉛,荐笏言于卿士曰:"某子冠毕㉜。"应之者咸怃然㉝。京兆尹郑叔则怫然曳笏却立㉞,曰:"何预我耶㉟?"廷中皆大笑。天下不以非郑尹而怪孙子㊱,何哉?独为所不为也。今之命师者大类此㊲。

㉕ 谪过:因过错而被贬谪。志虑:想法、打算。

㉖ 呶呶(náo náo):喧哗不止。早暮:早晚,从早到晚。哕(fú):抵触,聒噪。骚:扰乱。

㉗ 僵仆:僵倒。烦愦(kuì):烦恼昏乱。逾:同"愈",更加。

㉘ 望外:意料之外。齿舌:闲言碎语,非议。

㉙ 古者二句:古时重视男子年满二十时举行的加冠仪式,(加

冠后)将要用成年人的标准来要求他。

㉚ 造朝：上朝。

㉛ 外廷：大臣朝会议事的处所。

㉜ 荐笏(hù)：把笏版插进绅带。笏，大臣上朝时所执手版，记事于其上以备忘。某子：孙昌胤自称。

㉝ 怃(wǔ)然：茫然不解貌。

㉞ 京兆尹：官名，京城所在州的最高行政长官。郑叔则：未冠以明经擢第，在京兆尹任上三年后贬永州长史。卒于贞元八年(792)。怫(fú)然：发怒貌。曳(yè)：拖。却：退。

㉟ 预：干预，引申为相干。

㊱ 不以非郑尹而怪孙子：不以郑尹为非，而以孙昌胤为怪。

㊲ 命师：让人为师。大类：非常像。

吾子行厚而辞深㊳，凡所作，皆恢恢然有古人形貌㊴，虽仆敢为师，亦何所增加也？假而以仆年先吾子，闻道著书之日不后㊵，诚欲往来言所闻，则仆固愿悉陈中所得者㊶。吾子苟自择之，取某事，去某事，则可矣。若定是非以教吾子,仆才不足,而又畏前所陈者^㊷,其为不敢也决矣^㊸。吾子前所欲见吾文,既悉以陈之,非以耀明于子^㊹,聊欲以观子气色,诚好恶何如也^㊺。今书来,言者皆大过^㊻。吾子诚非佞誉诬谀之徒,直见爱甚故然耳^㊼。

㊳ 行厚而辞深:品行笃厚,文辞精微。

㊴ 恢恢然:宽阔宏大貌。

㊵ 假而:假如。年先吾子:年龄比你大。不后:不晚(于你)。

㊶ 悉陈:尽陈,全部讲出来。中:心中。

㊷ 前所陈者:前面所列韩愈抗颜为师、孙昌胤行古礼而遭人非笑事。

㊸ 决:肯定。

㊹ 耀明于子:在你面前炫耀。

㊺ 聊欲二句:谓我只是想从你的脸色表现来看看你的喜好、憎恶怎么样。

㊻ 大过:过分、过誉。

㊼ 佞(nìng)誉诬谀:夸大不实的赞誉、奉承。直:只不过。

见爱甚：特别爱我。故然：所以才这样。

始吾幼且少，为文章，以辞为工。及长，乃知文者以明道⑱，是固不苟为炳炳烺烺⑲，务采色、夸声音而以为能也。凡吾所陈，皆自谓近道，而不知道之果近乎，远乎？吾子好道而可吾文⑳，或者其于道不远矣。故吾每为文章，未尝敢以轻心掉之，惧其剽而不留也㉑；未尝敢以怠心易之，惧其弛而不严也㉒；未尝敢以昏气出之，惧其昧没而杂也㉓；未尝敢以矜气作之，惧其偃蹇而骄也㉔。抑之欲其奥，扬之欲其明，疏之欲其通，廉之欲其节，激而发之欲其清，固而存之欲其重㉕，此吾所以羽翼夫道也㉖。本之《书》以求其质，本之《诗》以求其恒，本之《礼》以求其宜，本之《春秋》以求其断，本之《易》以求其动㉗，此吾所以取道之原也㉘。参之穀梁氏以厉其气，参之《孟》《荀》以畅其支，参之

《庄》《老》以肆其端，参之《国语》以博其趣，参之《离骚》以致其幽，参之太史公以著其洁^{⑤⑨}，此吾所以旁推交通而以为之文也^{⑥⓪}。凡若此者，果是耶，非耶？有取乎，抑其无取乎？吾子幸观焉，择焉，有余以告焉^{⑥①}。苟亟来以广是道^{⑥②}，子不有得焉，则我得矣，又何以师云尔哉^{⑥③}？取其实而去其名，无招越、蜀吠怪，而为外廷所笑，则幸矣！宗元白。

㊽ 文者以明道：文章是用来阐明圣人之道的。

㊾ 不苟：不随便。炳炳烺烺：明丽有光彩貌。

㊿ 可：肯定，赞许。

51 轻心：轻忽之心。掉：调弄。剽（piāo）而不留：轻滑而不凝重。剽，快捷、轻浮。

52 怠心：懈怠之心。易：轻视。弛而不严：松弛而不严谨。

53 昏气：头脑不清、思绪混乱。昧没而杂：模糊而杂乱。

54 矜气：骄矜之气。偃蹇：傲慢。

55 抑之六句：总写作文技法。奥，深刻。扬，发扬、发挥。廉，简洁、删繁就简。节，节制。激，激扬、荡涤污浊。固，凝聚。重，厚重。

㊺ 羽翼：辅助。

(57) 本之五句：总写作文取法之源。《书》，《尚书》。质，质实。《诗》，《诗经》。恒，指永恒的情理。《礼》，指《周礼》《仪礼》、《礼记》。宜，适宜。断，判断，指学习褒贬分明的"春秋笔法"以助于对是非的评判。《易》，《周易》。动，运动、变化。

㊽ 原：本源。

㊾ 参之六句：总写作文参考对象。榖梁氏，指《春秋榖梁传》。厉其气，磨砺文章的气势。《孟》《荀》，指《孟子》、《荀子》。畅其支，使文章条理畅达。《庄》《老》，指《庄子》、《老子》。肆其端，使文思放纵奔涌。《国语》，作者最精熟的一部史书，曾作《非国语》，驳其义而爱其文。博其趣，增加文章的意趣。《离骚》，作者最有感触的作品，曾声言："投迹山水地，放情咏《离骚》。"致其幽，使文章达到幽深之境。太史公，即司马迁所著《史记》。著其洁，使文章简洁精练。

㊿ 旁推交通：指参证推求，融会贯通。

� 余：余暇、空闲。

㉒ 苟亟句：谓假如您能常常扩充这些为文之道。亟，屡次、经常。广，扩大。

㉓ 又何句：谓又何必要用老师的名称呢？

　　这是元和八年（813）柳宗元在永州写下的一篇书信体文章。全文围绕"取其名而去其实"的中心论点，分为两大部分展开论述：前半论师道，后半论创作。虽前后侧重点不同，但其内在筋脉却终始一贯，浑灏流转。用清人朱宗洛的话说："此文虽反复驰骋，曲折顿挫，极文章之胜概，然总不出结处'取其实而去其名'一句意。盖前半极言师之取怪，正见当去其名意；后半自言文之足以明道，正见当取其实意。至中间'吾子行厚而辞深'一段，过脉处，固自泯然无迹也。其入手处，提出'师'字'道'字，及'为文章'云云，则已握住通篇之线，故下文反复说来，而血脉自然融贯。"（《古文一隅》评语卷中）

　　开篇即针对韦中立提出的"欲相师"明确作答，说自己"不敢为人师"。下文连举两例，陈述不敢、也不愿为师的理由。其一是韩愈为师之例，其二是孙昌胤行冠礼之例,前者为主,后者为辅,二例共同说明一个问题:流俗不问是非,见怪即吠,倘若独为众所不为之事,必然招致厄运。

韩愈为师事是最有力的证明。魏晋以降,世风日下,人们耻于言师。而韩愈却不顾流俗,收召后学,作《师说》,抗颜为师,结果招致众人笑骂,被目为狂人,不得不匆匆东行。由此见出为人师者的下场,也见出世风的浇薄。为了更形象地印证这一点,作者特举蜀犬吠日、越犬吠雪的典故和见闻,说明世俗的少见多怪及其严重危害:"然雪与日岂有过哉? 顾吠者犬耳。度今天下不吠者几人,而谁敢衒怪于群目,以召闹取怒乎?"这就是说,为师者并无过错,问题出在那些见怪即吠的世人身上,而且这些人是如此之多,能量是如此之大,这就不能不令人为之忧惧,并力避"召闹取怒"了。进一步看,"韩愈既自以为蜀之日"而遭群犬之吠,那么,"吾子又欲使吾为越之雪",就不是明智之举了。更何况作者身为被贬之人,已蒙罪名;谪居九年,病疾不断;又有什么必要仅为一个为师的名号而自取其辱,让那些"呶呶者"一天到晚在耳边聒噪,扰乱心境呢?在这里,作者所举之例、所说之话看似带着谐谑味道,但其内里实则隐含着无比的悲凄和沉痛,隐含着对韩愈的同情理解以及对浮薄世风的愤懑。

柳宗元之不为师,并非否定师道,实在是因为怕遭世人非议而不愿空担一个为师的名号。在此后所作《报袁君陈秀才避师名书》中,他曾这样说道:"仆避师名久矣。往在京都,后学之士到仆门,日或数十人,仆不敢虚其来意,有长必出之,有不至必莫之。虽若是,当时无师弟子之说。其所不乐为者,非以师为非,弟子为罪也。"由此可知,柳宗元当年在长安时就已经一方面避师之名,一方面行师之实了。正因为如此,所以下文话题一转,回到韦中立身上,非常客气地表明可以行师之实——"假而以仆年先吾子,闻道著书之日不后,诚欲往来言所闻,则仆固愿悉陈中所得者"。但决不愿担为师之名——"若定是非以教吾子,仆才不足,而又畏前所陈者,其为不敢也决矣"。

既然可行师之实,就有必要将自己为文的心得告诉对方。于是，下文开始专力论为文之道。从少年时的"以辞为工"，到成年后理解的"文者以明道"；从作文的基本技法到其取法之源，再到可供参考的对象，娓娓道来，有条不紊，深刻惊警，启蒙发凡。作者是既重"道"又重"文"的，虽然"文"的目的在"明道"，但"文"本身又有其独立自主性，要将全副精神投入，才能将之作好，才能有所创新。这就要求为文者既要去除"轻心"、"怠心"、"昏气"、"矜气"，避免浮华、松散、杂乱等弊端，又要根据不同情形，或抑或扬，或疏通文气，或删繁就简；与此同时，还要扩大视野，遍览《尚书》、《诗经》等儒家经典，以及《庄子》、《国语》、《离骚》、《史记》等文史精品，充分吸收古人创作上的经验，借以磨砺气势，畅达条理，纵横思绪，增多意趣，使其既含蓄深沉又简洁明净。这段论文之语，是作者多年来的创作心得，堪称一篇精到的创作论，如今和盘托出，以示韦中立，这种做法，不正是老师谆谆教诲弟子的行为么？但作者虽行师之实，仍坚决不要师之名，因而在文章结束处再次告诫对方："取其实而去其名，无招越、蜀吠怪，而为外廷所笑。"既回应前文,又一笔点题,曲包余蕴,令人回味无尽。

林云铭说:"是书论文章处,曲尽平日揣摩苦心,虽不为师而为师过半矣。其前段雪、日、冠礼诸喻,把末世轻薄恶态,尽底描写,嘻笑怒骂,兼而有之。想其落笔时,因平日横遭齿舌,有许多愤懑不平之气,故不禁淋漓醋恣乃尔。"(《古文析义》初编卷五)这段评说大致道出了此文妙处,可以作为阅读时的参考。

桐 叶 封 弟 辩①

古之传者有言②,成王以桐叶与小弱弟戏③曰:"以封汝。"周公入贺④。王曰:"戏也。"周公曰:"天子不可戏。"乃封小弱弟于唐⑤。

吾意不然⑥。王之弟当封耶?周公宜以时言于王,不待其戏而贺以成之也⑦。不当封耶?周公乃成其不中之戏⑧,以地以人与小弱者为之主,其得为圣乎⑨?且周公以王之言不可苟焉而已,必从而成之耶⑩? 设有不幸⑪,王以桐叶戏妇寺⑫,亦将举而从之乎⑬?

凡王者之德,在行之何若⑭。设未得其当,虽十易之不为病⑮;要于其当⑯,不可使易也,而况以其戏乎? 若戏而必行之,是周公教王遂过也⑰。

吾意周公辅成王,宜以道,从容优乐⑱,要归之大中而已⑲,必不逢其失而为之辞⑳。又不当束缚之,驰骤之,使若牛马然㉑,急则败矣㉒。且家人父子尚不能以此自克㉓,况号为君臣者耶? 是直小丈夫缺缺者之事㉔,非周公所宜用,故不可信。

或曰:封唐叔,史佚成之㉕。

① 桐叶:梧桐叶。辩:古代一种文体,明人徐师曾《文体明辨序说》谓:"按字书云:'辩,判别也。'……盖执其言行之是非真伪而以大义断之也。"
② 传者:指史传作者。

③ 成王：周成王，名诵，武王之子。小弱弟：指武王幼子唐叔虞。

④ 周公：即姬旦，文王之子，武王之弟。成王年幼即位，由周公摄政。

⑤ 乃封句：事见《吕氏春秋·重言篇》："成王与唐叔虞燕居，授梧叶以为珪，而授唐叔虞曰：'余以此封女。'叔虞喜，以告周公。周公以请曰：'天子其封虞耶？'成王曰：'余一人与虞戏也。'周公对曰：'臣闻之，天子无戏言。天子言则史书之，工诵之，士称之。'于是遂封叔虞于晋。"唐，国名，在今山西翼城西，为晋之前身。

⑥ 意：认为。不然：不对，不是这样。

⑦ 宜：应该。以时：适时、及时。

⑧ 成其不中之戏：让成王把一句不适当的戏言变成了事实。不中，不合适、不恰当。

⑨ 以地句：谓把土地和人民给了叔虞，让叔虞做他们的君主。

⑩ 且周公二句：谓周公认为成王的话不可随便说罢了，难道因此就一定要促使戏言成为现实吗？苟，随便、草率。

⑪ 设：假设、倘若。

⑫ 妇寺：妇女，宦官。

⑬ 举:都、全。从之:按戏言来做。

⑭ 在行之何若:在于实行得怎么样。

⑮ 易:更改。病:错误、弊病。

⑯ 要于其当:总的说在于适当。

⑰ 教王遂过:教成王坚持错误。遂,完成、实现。

⑱ 从容:不慌不忙。优乐:嬉戏娱乐。

⑲ 大中:这是柳宗元最常用的一个政治术语,意谓适度、得当,指切合时事的举措。

⑳ 必不句:谓一定不会迎合成王的过失为之辩解。逢,逢迎。

㉑ 又不三句:谓又不应约束他、驱使他,像使用牛马那样。

㉒ 急则败:急于求成便会招致失败。

㉓ 以此自克:用这种方法来自相限制。

㉔ 小丈夫:庸俗而识短的人。欮欮(quē quē):小聪明、小智慧。

㉕ 史佚:周武王时的太史尹佚。据《史记·晋世家》,促使成王封唐叔虞者实为史佚,而非周公。

　　永贞革新失败后,柳宗元花费大量精力阅读古今史书,对历史和现实问题进行深入的思考,辨其误,指其失,其中充满着对现实政治的关怀。这篇史评,就是这样一篇短小精当而见解甚深的力作。据《吕氏春秋·重言篇》和《说苑·君道篇》记载,周成王在一次与幼弟叔虞的嬉戏中,指着一片桐叶说要封他为诸侯。后来成王的叔父周公便以此为据,说"天子无戏言",要求成王兑现诺言。结果叔虞被封于唐。对这样一件史事,前人不过读读而已,从未提出质疑;但柳宗元却独具只眼,从中发现一个事关重大的"王者之德"的问题,层层辩驳,步步推进,使"天子不可戏"之说的谬误昭然若揭,其"识力胜人百倍"(《古文分编集评》初集上卷引蔡九霞语)。

文章开篇引述"古之传者"的话,树立辩驳目标,接着用"吾意不然"四字扳转文意,对其谬误分三层加以辩驳。第一、第二层,先用"当封"和"不当封"两个设问句领起,从正反两方面指出:如果当封叔虞,周公就应及时言于成王,而不应等到他开玩笑时才去促成其事;如果不当封叔虞,周公此举便使成王把一句不合适的戏言变成了事实,他就算不得"圣"。第三层用一"且"字将文意向前推进一步,针对周公"王之言不可苟"的说法,再次用诘问语气单刀直入:假若成王用桐叶与妇人、宦官开玩笑,难道也要"举而从之"吗? 三层意思,两次转折,句句摧心破的,击中要害,令人心服口服,无从置喙;而后笔锋由反转正,由驳而立,堂堂正正地推出中心论点:"凡王者之德,在行之何若。设未得其当,虽十易之不为病。"这就是说,事关国家政治的大计,关键在于它是否得当;倘若不得当,就需要多次更改,最终使之尽善尽美、不可移易;而成王的一句戏言却非要实行,这岂不是周公"教王遂过"、错上加错? 文意至此,已水落石出,是非判然,文章似乎可以结束了,然而,作者却荡开一笔,复用"吾意"二字领起,从三个层面为此事非周公所为作正面辩析,遂使下文又生波澜。作者先从臣下辅君之道说起,认为周公一定不会去曲己迎合王意;继以牛马为喻,说周公应懂得"急则败矣"的道理,因而也不会给成王施加压力;最后以人之常情作比,说即使家庭父子间也不能以戏言相互约束,何况是君臣之间? 在作了这样几层推论之后,作者断定:此事非周公所为,"古之传者"所言不可信。末段用"或曰"引出"史佚成之"的他说,为上文所论作一旁证,看似闲笔,却遥应篇首,巧结全文,使之神完气足,余味悠然。

这篇文章奇正相生,无坚不破,曾得到后世论者的一致好评。宋人吕祖谦认为:"此篇文字,一段好如一段。大抵做文字,须留好意思在后,令人读一段好一段。"(《古文关键·总论看文字法》)清人孙琮指出:"一篇短幅文字,读之却有无限锋芒。妙在前幅连设三层翻驳,后幅连下四五层断案,于是前幅遂有层波叠浪之势,后幅亦有重冈复岭之奇。"(《山晓阁选唐大家柳柳州全集》卷四)都较准确地道出了此文的妙处。

捕 蛇 者 说①

永州之野产异蛇,黑质而白章②,触草木,尽死;以啮人,无御之者③。然得而腊之以为饵④,可以已大风、挛踠、瘘、疠,去死肌,杀三虫⑤。其始,太医以王命聚之⑥,岁赋其二⑦,募有能捕之者,当其租入⑧。永之人争奔走焉⑨。

① 说:古代的一种文体,多就某一事、理加以申说立论。本文以记事为主,篇末稍加议论,是为变体。作于谪居永州期间。

② 黑质句:谓蛇通体黑色,上有白色花纹。质,质地、底色。章,花纹。

③ 啮(niè):咬。御:防御,抵挡。

④ 腊(xī):风干。饵:药饵。

⑤ 可以三句:谓蛇所作药饵的功效。已,止、治愈。大风,麻风病。挛踠(luán wǎn),抽搐、痉挛。瘘(lòu),脖子肿大。疬,恶疮。死肌,坏死的肌肉。三虫,道家所说居于人体内致人疾病的三尸虫。

⑥ 太医:皇家医官。王命:朝廷的命令。聚:征集。

⑦ 岁赋其二:每年征收两次。

⑧ 当:抵。租入:租税。

⑨ 争奔走:争着奔走应募。

有蒋氏者,专其利三世矣⑩。问之,则曰:

"吾祖死于是,吾父死于是,今吾嗣为之十二年,几死者数矣⑪。"言之,貌若甚戚者⑫。余悲之,且曰:"若毒之乎⑬?余将告于莅事者⑭,更若役,复若赋⑮,则何如?"蒋氏大戚,汪然出涕曰:"君将哀而生之乎⑯?则吾斯役之不幸,未若复吾赋不幸之甚也⑰。向吾不为斯役,则久已病矣⑱。自吾氏三世居是乡,积于今六十岁矣⑲,而乡邻之生日蹙⑳。殚其地之出,竭其庐之入㉑,号呼而转徙,饥渴而顿踣㉒,触风雨,犯寒暑,呼嘘毒疠,往往而死者相藉也㉓。曩与吾祖居者㉔,今其室十无一焉;与吾父居者,今其室十无二三焉;与吾居十二年者,今其室十无四五焉,非死而徙尔㉕。而吾以捕蛇独存。悍吏之来吾乡㉖,叫嚣乎东西,隳突乎南北㉗,哗然而骇者,虽鸡狗不得宁焉㉘。吾恂恂而起㉙,视其缶㉚,而吾蛇尚存,则弛然而卧㉛。谨食之,时而献焉㉜。退而甘食其土之有,以尽吾齿㉝。盖一岁之犯死者二焉㉞,其余则熙熙而乐,岂若吾乡邻之旦旦有是哉㉟! 今虽死乎此,比吾乡邻之死则已后矣,又安敢毒耶㊱?"

⑩ 专:独占。利:利益,好处。三世:三代。

⑪ 死于是:死在捕毒蛇这件事上。嗣:继承。几:几乎。数:多次。

⑫ 戚:悲伤。

⑬ 若:你。毒之:怨恨这件差事。

⑭ 莅(lì)事者:管事的人,指地方官。

⑮ 更若役二句:更换你的差役,恢复你的赋税。

⑯ 生之:使之活下去。

⑰ 则吾二句:意谓我这件差事的不幸,远远比不上恢复我的赋税所造成的不幸。

⑱ 向:以前。病:困苦。

⑲ 积于今:累积到现在。六十岁:六十年。

⑳ 生:生活。日蹙(cù):一天比一天窘迫。

㉑ 殚(dān)、竭:都是尽的意思。出:出产,指生产的东西。庐:房屋,指家。入:收入。

㉒ 转徙：辗转迁徙。顿踣(bó)：困顿僵仆。

㉓ 呼嘘毒疠(lì)：呼吸毒气。疠，南方潮湿地带因瘴气而导致的疫病，这里指疫病污染的空气。相藉(jiè)：相互堆积、枕压。藉，垫、衬。

㉔ 曩(nǎng)：从前。

㉕ 非死句：不是死了就是搬走了。而，则。

㉖ 悍吏：凶暴强横的官吏。

㉗ 叫嚣二句：谓他们到处高声叫骂、骚扰破坏。隳(huī)，毁坏。突，冲撞。

㉘ 哗然：喧闹吵嚷的声音。骇：惊。虽：纵然。宁：安宁。

㉙ 恂恂(xún xún)：小心翼翼的样子。

㉚ 缶(fǒu)：瓦罐。

㉛ 弛然：放松貌。

㉜ 谨：小心。食(sì)：同"饲"，喂养。时：指规定的时间。

㉝ 甘食：有滋有味地吃。其土之有：指自己地里生产的东西。齿：年龄，寿命。

㉞ 盖：大概，总之。犯死者：冒着死亡危险的事。

㉟ 熙熙：快乐无忧貌。旦旦：天天。是：指受赋税压迫所受到的惊吓和死亡威胁。

㊱ 安敢毒耶:哪里敢怨恨呢?

　　余闻而愈悲。孔子曰:"苛政猛于虎也㊲。"吾尝疑乎是㊳,今以蒋氏观之,犹信㊴。呜呼!孰知赋敛之毒,有甚是蛇者乎㊵!故为之说,以俟夫观人风者得焉㊶。

㊲ 苛政句:谓暴政比老虎还凶猛。语出《礼记·檀弓》。

㊳ 尝疑乎是:曾对此有过怀疑。尝,曾经。是,指"苛政猛于虎"这句话。

㊴ 今以二句:现在从蒋氏的遭遇来看,还是可信的。

㊵ 孰:谁。有甚是蛇者:有超过这毒蛇的。甚,超过。

㊶ 俟(sì):等待。观人风者:考察民情的人。

　　这是一篇颇负盛名的佳作。从其构思、立意来看,直接受到《礼记·檀弓》所记孔子话的影响。《檀弓》篇载:"孔子过泰山侧,有妇人哭于墓者而哀。夫子式而听之,使子路问之曰:'子之哭也,壹似重有忧者。'而曰：'然。昔者吾舅死于虎，吾夫又死焉。今吾子又死焉。'夫子曰：'何为不去也?'曰：'无苛政。'夫子曰：'小子识之，苛政猛于虎也。'"柳宗元取其"苛政猛于虎"之意，根据自己谪居永州期间的深入观察和生活体验，塑造了一个在赋敛重压下艰难生存的捕蛇者的形象。

毒蛇与赋敛及其关联是全篇的核心，而"毒"字则是贯穿上下的眼目。文章入笔擒题，写永州之野的异蛇之毒："触草木，尽死；以啮人，无御之者。"毒性如此剧烈的蛇本应是人见人畏，躲得远远的才是；但因其具有极高的药用价值，朝廷下令征集，并用以抵交租税，于是永州之人竟然不顾蛇毒，争先恐后地奔走应募。这是全文的序曲，已埋下了赋敛之毒甚过毒蛇的引线，下文便集中笔墨，全力描写捕蛇专业户蒋氏一家的悲惨遭遇。蒋氏祖孙三代以捕蛇为生，其祖、其父均死于毒蛇，他本人捕蛇十二年，也有几次险遭不幸，因而言谈之间"貌若甚戚者"。但当作者建议更换他捕蛇的差役、恢复他的赋税时，蒋氏却"大戚"，继之以"汪然出涕"，并说出

"则吾斯役之不幸，未若复吾赋不幸之甚也"的话。这是点题之笔，借人物之口，将前文埋下的赋敛之毒甚过毒蛇的引线正式挑明，同时，也为下文写赋敛之毒作了张本。在蒋氏看来，赋敛之毒之所以甚于捕蛇之毒，就在于捕蛇虽极危险，但一年只有两次，还可有幸活下来，而赋敛则需"殚其地之出，竭其庐之入"，被悍吏严加催逼，叫嚣斥骂，且"旦旦有是"，直至号呼转徙，家破人亡。正因为如此，所以，"曩与吾祖居者，今其室十无一焉；与吾父居者，今其室十无二三焉；与吾居十二年者，今其室十无四五焉，非死而徙尔。而吾以捕蛇独存"。一死一生，一徙一留，两相比照，赋敛与捕蛇哪个更毒便一目了然，而在蒋氏"今虽死乎此，比吾乡邻之死则已后矣，又安敢毒耶"的貌似庆幸的话语中，不仅进一步强化了赋敛之毒给人带来的恐惧，而且深层次地展示了捕蛇人内心的酸楚。文章至此，经过抑扬起伏，宛转斡旋，反复腾挪，层层推进，其势已蓄足，于是文末借孔子语引出"孰知赋敛之毒，有甚是蛇者乎"的话，便水到渠成，入木三分了。

对本篇的创作特点和创作背景,前人曾发表过很有价值的看法,今录二则以供参考:

只就"苛政猛于虎"一语,发出一篇妙文。中间写悍吏之催科,赋役之烦扰,十室九空,一字十泪,中谷哀猿,莫尽其惨。然都就蒋氏口中说出,子厚只代述得一遍。以叙事起,入蒋氏语,出一"悲"字,后以"闻而愈悲"自相叫应。结乃明言著说之旨。一片悯时深思、忧民至意,拂拂从纸上浮出,莫作小文字观。(孙琮《山晓阁选唐大家柳柳州全集》卷四)

按《唐史》,元和年间,李吉甫撰国计簿,上之宪宗。除藩镇诸道外,税户比天宝四分减三;天下兵仰给者,比天宝三分增一。大率二户资一兵,其水旱所伤,非时调发,不在此数。是民间之重敛,难堪可见。而子厚之谪永州,正当其时也。此篇借题发挥,总言赋敛之害,民穷而徙,徙而死,渐归于尽。凄咽之音,不忍多读。其言三世六十岁者,盖自元和追计六十年以前,乃天宝六、七年间,正当盛时,

催科无扰。嗣安史乱后，历肃、代、德、顺四宗，皆在六十年之内，其下语俱有斟酌，然是奇文。（林云铭《古文析义》卷十三）

三 戒①并序

吾恒恶世之人②，不知推己之本③，而乘物以逞④，或依势以干非其类，出技以怒强，窃时以肆暴⑤，然卒迫于祸⑥。有客谈麋、驴、鼠三物⑦，似其事，作《三戒》。

① 三戒：三件值得警戒的事。文作于永州。

② 恒：常。

③ 推：考察、推究。本：本来面目，指实际能力。

④ 乘：凭借、依靠。逞：逞能、逞强。

⑤ 或依势三句：分别指下文麋、驴、鼠的作为。干非其类，触犯与他不同类者。出技以怒强，显示技能以惹怒强者。窃时以肆暴，利用机会肆意做坏事。

⑥ 卒：终于。迨(dài)：及，遭到。

⑦ 麋(mí)：鹿类动物，形体稍大于鹿。

临 江 之 麋 ⑧

临江之人，畋得麋麑⑨，畜之⑩。入门，群犬垂涎，扬尾皆来。其人怒，怛之⑪。自是日抱就犬，习示之⑫，使勿动，稍使与之戏⑬。积久，犬皆如人意⑭。麋麑稍大，忘己之麋也，以为犬良我友⑮，抵触偃仆，益狎⑯。犬畏主人，与之俯仰甚善，然时啖其舌⑰。三年，麋出门外，见外犬在道甚众，走欲与为戏⑱。外犬见而喜且怒，共杀食之⑲，狼藉道上⑳。麋至死终不悟。

⑧ 临江：唐县名，即今江西清江。

⑨ 畋(tián)：打猎。麋麑(ní)：幼鹿。

⑩ 畜之：把它养起来。

⑪ 怛(dá)之：恐吓群犬。

⑫ 自是二句：从此每天抱着麋去接触犬，常让犬看到麋，使它们习惯。就，接近。

⑬ 稍：渐渐。戏：玩耍。

⑭ 积久二句：时间一长，犬都顺从着主人的意愿。

⑮ 良我友：真是自己的好友。良，的确。

⑯ 抵触二句：犬与麋头角相抵、嬉戏翻滚，越来越亲昵。偃，仰倒。仆，俯卧。狎(xiá)，态度不庄重地亲近。

⑰ 啖(dàn)其舌：舔舌头，指犬仍想吃麋。

⑱ 走欲句：麋跑过去想与它们嬉戏。走，跑。

⑲ 杀食之：咬死并吃掉它。

⑳ 狼藉：(麋的尸骨)散乱的样子。

黔 之 驴㉑

黔无驴，有好事者船载以入㉒。至则无可用，放之山下。虎见之，庞然大物也，以为神。蔽林间窥之㉓，稍出近之，慭慭然莫相知㉔。他日，驴一鸣，虎大骇，远遁，以为且噬己也㉕，甚恐。然往来视之,觉无异能者㉖。益习其声㉗,又近出前后,终不敢搏㉘。稍近,益狎,荡倚冲冒㉙,驴不胜怒,蹄之㉚。虎因喜,计之曰㉛:"技止此耳!"因跳踉大㘎㉜,断其喉,尽其肉,乃去。噫!形之庞也类有德,声之宏也类有能㉝。向不出其技㉞,虎虽猛,疑畏,卒不敢取㉟。今若是焉㊱,悲夫!

㉑ 黔(qián):贵州省的别称,因其省境在唐代属黔中道,故名。

㉒ 好事者:喜欢多事的人。船载以入:用船载了一头驴进入黔地。

㉓ 蔽:隐蔽、躲藏。窥:偷看。

㉔ 慭慭(yìn)然:谨慎貌。莫相知:不了解驴是什么东西。

㉕ 且:将。噬(shì):咬。

㉖ 异能:特别的本领。

㉗ 益习其声:越来越习惯驴的叫声。

㉘ 搏:扑斗、搏击。

㉙ 荡倚：转游偎依。冲冒：冲撞冒犯。

㉚ 蹄之：用脚踢它。

㉛ 计：盘算。

㉜ 跳踉（liáng）：跳跃。㘎（hǎn）：怒吼。

㉝ 形之二句：谓驴形体高大像是有德行，声音宏亮像是有本领。

㉞ 向：当初，含有假设语气。

㉟ 疑畏二句：谓虎因疑其有德能而畏惧，最终也不敢进攻并吃掉它。

㊱ 若是：如此这般，落得这样的结局。

永某氏之鼠㊲

永有某氏者，畏日㊳，拘忌特甚㊴。以为己生岁直子，鼠，子神也㊵。因爱鼠，不畜猫犬，禁僮勿击鼠㊶。仓廪庖厨，悉以恣鼠不问㊷。由是鼠相告，皆来某氏，饱食而无祸。某氏室无完器，椸无完衣㊸，饮食大率鼠之余也㊹。昼累

累与人兼行,夜则窃啮斗暴⁴⁵,其声万状,不可
以寝,终不厌⁴⁶。数岁,某氏徙居他州。后人来
居,鼠为态如故⁴⁷。其人曰:"是阴类恶物也⁴⁸,
盗暴尤甚,且何以至是乎哉⁴⁹!"假五六猫⁵⁰,阖
门撤瓦灌穴⁵¹,购僮罗捕之⁵²。杀鼠如丘,弃之
隐处,臭数月乃已。呜呼! 彼以其饱食无祸为
可恒也哉⁵³!

㊲ 永:永州。某氏:某人。

㊳ 畏日:害怕犯日子的禁忌。古代迷信,以为某天宜于做某
事或不宜于做某事。

㊴ 拘忌:拘泥于禁忌。特:一作"异"。

㊵ 以为三句:认为自己出生时正值子年,即属鼠的,而鼠是子
年的神灵。

㊶ 僮:童仆。

㊷ 仓廪(lǐn)二句:谓仓库、厨房等有食物的处所,一任老鼠
糟蹋而不理不睬。仓廪,储粮的仓库。庖(páo)厨,厨房。
悉,都。恣,放纵。

㊸ 椸(yí):衣架,这里指衣橱。

㊹ 大率:大都。鼠之余:老鼠吃剩下的东西。

㊺ 昼累二句;谓老鼠在白天一拨接一拨地与人并行,夜晚则偷咬东西,争斗打闹。累累,连续不断。

㊻ 终不厌:始终不讨厌。

㊼ 为态如故:窃啮斗暴之态和过去一样。

㊽ 阴类:因老鼠居于洞穴,在夜间活动,故称阴类。

㊾ 何以至是:为何猖獗到如此程度。

㊿ 假:借。

51 阖(hé)门:关上门。

52 购:悬赏征求。罗捕:围捕。

53 彼:指鼠。恒:久。

《论语·季氏》记孔子说:"君子有三戒。"柳宗元取以命题,借三个寓言写成三篇既相对分立又整体关联的讽刺小品,其主旨在于使世人"推己之本",不要像文中所写麋、驴、鼠一样"乘物以逞",或"依势以干非其类",或"出技以怒强",或"窃时以肆暴",最终遭遇灭顶之灾。

　　《临江之麋》的妙处在于作者借临江之人的手,将天生敌对的两种动物放在一起,在欲使矛盾融和的过程中展示出悲剧性结果,从而突现寓言的警戒意义。从动物的本性来说,麋是怕狗的,狗是要吃麋的,但麋和狗的主人却偏偏要改变它们各自的本性,让它们友好相处。对于麋而言,这种改变造成了它的无知和幼稚,使它"忘己之麋也,以为犬良我友"。而认敌为友的结果,为其最后葬身群犬之口埋下了引线。对于狗而言,这种改变因是在外在压力亦即对主人的畏惧下形成的,所以其变化只是表面现象,其内心仍是想吃麋的,故"时啖其舌"。不只是麋和狗,临江之人也是作者讽刺的对象:他将两种本性截然不同的动物放在一起,训练它们和睦相处,但他却忘记了,他只能训练自家的狗,而不可能训练临江所有的狗;他虽然训练了麋与狗嬉戏,却没有训练不让麋出门。正因为如此,结果就自然可知了——"三年,麋出门外,见外犬在道甚众,走欲与为戏。外犬见而喜且怒,共杀食之"。这样一种结局已经够悲惨了,但更可悲的是,"麋至死终不悟"。

与《临江之麋》相比，《黔之驴》已减少了人为的因素，而更重视生存技巧和自身能力的表现。就驴而言，它本非虎的对手，但因体形庞大，叫声宏亮，因而在一定时间、一定范围内还是具有威慑力的。就虎而言，自然界赋予它的体能和勇力远超群兽，但它却从未见过驴这样的庞然大物，所以在吃掉驴子之前，它需要一个熟悉、了解它的过程。寓言即从这里写起，从虎对驴的"以为神"、"大骇"、"甚恐"，到"觉无异能者"、"益习其声"、"稍近，益狎，荡倚冲冒"，具体而微地展示了虎的"心态"。与虎的不断骚扰、侵犯相比，驴只能"一鸣"、"蹄之"，这点微薄的技能不仅与其庞大的体形构成了强烈的反差，而且也适足以将自身的弱点暴露在虎的面前。由于"黔驴技穷"，"虎因喜，计之曰：'技止此耳！'因跳踉大㘎，断其喉，尽其肉，乃去"。这一悲剧结局告诉人们：能力和形貌并不成正比，外强者往往中干；假如缺乏对付对手的本领，那就不要将自己的才技一览无余地展示出来，以自取其辱。

《永某氏之鼠》在结构类型上与《临江之麋》相似。

其警示意义都在于：依杖外力保护所获得的安全和威福是不能持久的；两篇寓言的不同点则在于：鼠和麋虽然都因为主人的爱怜和保护而迷失了本性，最后遭致灾祸，但麋的无知、幼稚令人同情，鼠的横暴、肆虐却令人憎恨。文中涉及三方：鼠、鼠的旧主人、新主人及其用以杀鼠的猫和僮仆。在这三方中，旧主人因其生年属鼠而爱鼠，"不畜猫犬，禁僮勿击鼠"，这是导致群鼠猖狂肆虐的关键，也埋下了鼠被新主人歼灭的伏笔；鼠因有人保护，故有恃无恐，恣意妄为，不仅使得"某氏室无完器，椸无完衣"，而且"窃啮斗暴，其声万状"，其行为实已到了令人发指的地步，这是导致其被新主人歼灭的关键；新主人与旧主人的态度截然相反，来居伊始，即"假五六猫，阖门撤瓦灌穴，购僮罗捕之，杀鼠如丘"，从根本上杜绝了鼠患。假如当初旧主人不是如此纵容群鼠，而群鼠也不是如此肆无忌惮，则鼠的灾难以及新主人的杀鼠手段也许不会如此之速、之猛。唯其两方面都到了登峰造极的地步，所以自然使得物极必反，祸不可免，作者在文末所发"呜呼！彼以其饱食无祸为可恒也哉"的感叹,其意义也就来得格外深远。

　　这三篇寓言,皆篇幅短小、文字精练,笔锋犀利而极具讽刺力量。如果说,其直接目的在于说明那些缺乏自我认识乃至迷失了自然本性、仅依靠外在力量而"乘物以逞"者,结局都不可避免地走向灭亡,其间接目的或许含有影射现实政治的意图,那么,作为一种人生哲理,三篇寓言的意义还要广泛得多,深刻得多。若细加品味,不同的读者自会有不同的感悟和发现。

蝜 蝂 传①

　　蝜蝂者,善负小虫也②。行遇物,辄持取,卬其首负之③。背愈重,虽困剧不止也④。其背甚涩,物积因不散⑤,卒踬仆不能起⑥。人或怜之,为去其负。苟能行⑦,又持取如故。又好上高,极其力不已⑧,至坠地死。

　　今世之嗜取者⑨,遇货不避,以厚其室⑩,不知为已累也,唯恐其不积⑪。及其怠而踬也⑫,黜弃之,迁徙之⑬,亦已病矣⑭。苟能起，又不艾⑮。日思高其位，大其禄，而贪取滋甚⑯，以近于危坠，观前之死亡不知戒。虽其形魁然大者也⑰，其名人也，而智则小虫也⑱。亦足哀夫！

① 蝜蝂(fù bǎn)：一种黑色小虫，性喜用背驮物。

② 善负：喜好。负，背东西。

③ 卬(áng)：同"昂"，高抬。

④ 困剧：困乏至极。

⑤ 积：堆积。散：散落。

⑥ 卒：最后。踬(zhì)仆：跌倒。

⑦ 苟：假如。

⑧ 极：尽。已：止。

⑨ 嗜(shì)取者：喜好贪求者。

⑩ 厚其室：充实家产、增多财富。

⑪ 积：聚集、增多。

⑫ 怠：力竭。

⑬ 黜(chù)弃二句：谓罢官废弃、迁谪流放。

⑭ 亦已句：也是因贪财而遭受祸患。病,(受)祸害。

⑮ 苟能二句：谓假如能被重新起用,又会重蹈故辙,不停止聚敛。艾(yì),停止。

⑯ 滋甚：愈发厉害。

⑰ 魁然：魁伟高大貌。

⑱ 其名二句：谓其名称虽是人,但智力却和小虫一样。

在这篇不足二百字的短文里,作者以细致的观察、精到的笔墨,描写了一种名叫蝜蝂的贪婪小虫。这种小虫有两个特点:一是喜好背东西,在路上见到什么都背起来,昂着头向前爬行,直到它背不动为止。有时人们可怜它,把它背上的东西去掉,但它一旦能行动,便又开始像以前一样地背起来。二是喜欢爬高,尽力向上攀爬不已,直至坠地摔死。这两个特点,非常准确、生动地揭示了蝜蝂既贪得无厌又执迷不悟的性格,给人留下深刻的印象。

然而,作者并不满足于对蝜蝂的直观描写,而是要借此描写来讽刺世上那些有如蝜蝂一样的贪婪之人。所以文章的后半部分掉转笔锋，直指"今之嗜取者"：他们遇货不避，唯恐所得不多、所积不厚；等到他们被黜弃迁徙后，才开始后悔，可是，一旦再度得位，他们便又重蹈故辙，"日思高其位，大其禄，而贪取滋甚，以近于危坠，观前之死亡不知戒"，寥寥数语，活画出一批徇财者可憎亦复可悲的面目。这些人形体虽比蝜蝂大得多，但其智力则如同小虫，作者在指出这一点后，用"亦足哀夫"四字作结，藐视、批判中饱含喟叹，有很强的感染力和说服力。

囚　山　赋①

　　楚越之郊环万山兮②，势腾涌夫波涛。纷对回合仰伏以离迾兮③，若重墉之相褒④。争生角逐上轶旁出兮⑤，其下坼裂而为壕⑥。欣下颓以就顺兮⑦，曾不亩平而又高。沓云雨而渍厚土兮⑧，蒸郁勃其腥臊⑨。阳不舒以拥隔兮,群阴沍而为曹⑩。侧耕危获苟以食兮,哀斯民之增劳。攒林麓以为丛棘兮⑪,虎豹咆啁代狴牢之吠噑⑫。胡井智以管视兮⑬,穷坎险其焉逃⑭。顾幽昧之罪加兮⑮,虽圣犹病夫嗷嗷。匪兕吾为柙兮⑯,匪豕吾为牢⑰。积十年莫吾省者兮,增蔽吾以蓬蒿。圣日以理兮,贤日以进,谁使吾山之囚吾兮滔滔⑱?

① 囚山:囚于山、被山林所囚禁的意思。赋作于唐宪宗元和九年(814),是时柳宗元谪居永州已经十年。

② 楚越之郊:指永州。当时永州下辖三县——零陵(约为今湖南零陵、东安两县)、祁阳(约为今湖南祁阳、祁东两县)、湘源(今属广西)——被人目为南荒之地。

③ 纷对回合:纷繁杂沓、错乱对峙貌。离迾(liè):有的离散,有的遮掩。迾,遮。

④ 墉(yōng):垣墙。褒:同包。

⑤ 轶(yì):超越。

⑥ 坼(chè):分裂、裂开。壕:沟。

⑦ 欣：高兴。颓：平缓貌。

⑧ 沓(tà)：合。渍(zì)：浸、沤。

⑨ 郁勃：茂盛、旺盛，这里作动词用，谓腥臊之气蒸腾上升。

⑩ 沍(hù)：冻结。曹：群。

⑪ 攒(cuán)：聚集、集中。麓(lù)：山脚下。丛棘：古代拘留犯人处。因防犯人逃跑，四周以棘围之，故称。

⑫ 咆𫘦(páo hǎn)：猛兽吼叫。狴(bì)牢：门上绘着狴犴的牢狱，狴犴是一种似虎的猛兽，常被绘于狱门之上，因以代指牢狱。

⑬ 井眢(yuān)：井水枯竭。眢，眼球枯陷失明，引申为枯竭意。

⑭ 穷坎险：历尽艰危险阻。

⑮ 顾：顾念、念及。幽昧：昏暗，此指不明不白的罪名。

⑯ 匪：同非。兕(sì)：古代犀牛一类的兽名。柙(xiá)：关猛兽的木笼。

⑰ 豕(shǐ)：猪。

⑱ 滔滔：形容时间的流逝。

　　柳宗元无罪被贬，且一贬十年，被永州一地的"万山"环绕围困，"顾地窥天，不过寻丈，终不得出"（《与李翰林建书》），其心理已苦闷到了极点，故作《囚山赋》，极写此地山林之荒恶，举凡山势、地形、气味、耕食、丛林、兽嚎，无不令人生厌，从而将之视为牢笼。在写法上，两句一事，层层推进，中嵌以"兮"字，唱叹抒怀，一气直下，颇具楚辞的悲怆韵味。而自"胡井眢以管视兮"以下，更是直抒愤懑，放声呼号，繁音促节，悲不忍闻。

柳集《补注》引宋人晁补之的评论说："语云：'仁者乐山。'自昔达人，有以朝市为樊笼者矣，未闻以山林为樊笼也。宗元谪南海久，厌山不可得而出，怀朝市不可得而复，丘壑草木之可爱者，皆陷阱也，故赋《囚山》。淮南小山之辞，亦言山中不可以久留，以谓贤人远伏，非所宜尔，何至以幽独为狴牢，不可一日居哉？"这段话一方面正确地分析了柳宗元赋《囚山》的原因，另一方面却责备他"以幽独为狴牢"，有悖"仁者乐山"之旨。这说明晁氏并未深切体察作者的处境和心理矛盾。事实上，在柳宗元这里展现的，乃是一种明显而剧烈的矛盾心态,亦即对自然既喜爱又厌恶、对朝市既厌恶又向往的心态。一方面,从中国古代文人的处世态度看,往往是得志时以入世为主,失意时以出世为主,而他们一般是失意时居多,故而身在朝市却心慕山林,遂表现出与自然相亲和的倾向。对一般文人来说,大自然既是逃避社会的场所,又是陶冶身心、实现自由人格的地方。柳宗元作为古代文人中的一分子,当然不会例外。炎凉的世态、人间的倾轧,他是有过切身体验的,因而,他对朝市具有一种铭心刻骨的反感;而从他有名的"永州八记"来看,他对自然山水确是怀有深挚的眷恋之情的。然而,另一方面,柳宗元与一般的古代文人又有很大不同,他是作为被朝廷抛弃的"罪人"来到山林中的,这就首先使他失去了一般文人常有的那种对山林主动追求的心性;而他所置身之"山林"又是如此荒远、冷落、恶劣,远远缺乏令人怡情悦性的恬美色彩,这就又给了他一种客观的外在压抑;更为重要的是,尽管他厌恶朝市的混浊,但他却需要利用朝市来发挥自己的才能,实现自己利安元元的经纶壮志,以弥补其事业已达鼎盛之际而被逐出朝所造成的巨大损失,同时,亦欲借返朝来洗刷政敌强加给自己的不实罪名。基于此,他不能不向慕朝市而厌恶山林,不能不将所呆之地视作樊笼,把己身视作羁囚,甚至一天也不想在此呆下去。不想呆下去,却非呆不可;想返回朝市,又无计可施,从而便大大加剧了他心理苦闷的程度。

表面看来,作者憎恶的对象是山林,但实质上无知无觉的山林不过是他借以泄怨的一个替代物而已,不过是某种政治势力的象征而已,在它的背后,深隐着整个专制制度那凶恶残暴的巨影!"圣日以理兮,贤日以进,谁使吾山之囚吾兮滔滔?"显而易见,这句反问中充溢着作者的无比激愤。既然圣理贤进,而自己并非不肖,为何还被拘囚于山林之中?既然他这样的贤能志节之士都被拘囚,则所谓"圣"、"贤"又从何谈起?这样看来,他的以山林为樊笼,正是以声东击西的手法对统治者残酷压抑、扼杀人材之行为的愤怒抗议。

柳宗元在永州时的好友吴武陵曾在宗元量移柳州后向朝廷大臣申言:"古称一世三十年,子厚之斥十二年,殆半世矣! 霆砰电射,天怒也,不能终朝;圣人在上,安有毕世而怒人臣耶?"(《新唐书·吴武陵传》)此话一语中的。专制君主"毕世而怒人臣",事实上正是宗元被长久拘囚和他之所以赋《囚山》的深层原因。

三、诏返与远迁(815)

　　元和十年(815)正月,在永州贬所艰难地等待了十年之久的柳宗元终于接到了来自朝廷的诏书,召他和同时被贬的刘禹锡等人一道返京。对这一来得已是太晚了的喜讯,柳宗元仍是按捺不住内心的激动,因为这毕竟意味着"政治罪人"的身份已经结束,新的生活即将开始。于是他迅速治备行装,吟诵着"投荒垂一纪,新诏下荆扉。疑比庄周梦,情如苏武归"的诗句,踏上了返京的行程。路还是来时的路,但心情却全不相同,所作诗就格外的多,诗的格调也一扫昔日的沉重哀凉,而洋溢着轻快高昂的旋律。过衡山见新花他有诗,汨罗遇风有诗,登汉阳北原有诗,过淳于髡墓有诗,直到二月份

行至距长安仅咫尺之遥的灞亭时还有诗。作为十一年
前南渡之客、四千里外北归之人,他对未来充满希望。

然而,回到京城席未暇暖,接踵而来的打击顷刻间
便再一次粉碎了他重新燃起的希望。史载:

> 王叔文之党坐谪官者,凡十年不量移,执政有怜
> 其才欲渐进之者,悉召至京师;谏官争言其不可,上
> 与武元衡亦恶之。三月乙酉,皆以为远州刺史,官虽
> 进而地益远。永州司马柳宗元为柳州刺史,朗州司
> 马刘禹锡为播州刺史。宗元曰:"播非人所居,而梦
> 得亲在堂,万无母子俱往理。"欲请于朝,愿以柳易
> 播。会中丞裴度亦为禹锡言曰:"禹锡诚有罪,然母
> 老,与其子为死别,良可伤!"上曰:"为人子尤当自
> 谨,勿贻亲忧,此则禹锡重可责也。"……明日,禹锡
> 改连州刺史。(《资治通鉴》卷二三九)

这里有几点需要注意:其一,"谏官争言其不可",说明
社会舆论尚未消失,反对派力量颇大;其二,"上与武元
衡亦恶之",说明宪宗和武元衡对十年前的旧事仍衔恨
在心,必欲重责,致之恶地。因而,他们乃是柳、刘此贬

的关键所在。其三，"官虽进而地益远"，说明这是一次更沉重的打击，由此导致的迁谪者的被弃感和生命沉沦程度亦必更甚。其四，"刘禹锡为播州刺史"，据孟棨《本事诗·事感》说，这是因了禹锡所作《元和十年自朗州承召至京戏赠看花诸君子》一诗，被人诬其有怨愤而招致的报复。由此看来，在同时被贬诸人中刘禹锡所受打击最重。其五，柳宗元提出的"以柳易播"，在关键时刻表现了他笃于友情而不计较个人得失的高风亮节，诚如韩愈在《柳子厚墓志铭》中所说："呜呼！士穷乃见节义。今夫平居里巷相慕悦，酒食游戏相征逐，诩诩强笑语以相取下，握手出肺肝相示，指天日涕泣，誓生死不相背负，真若可信；一旦临小利害，仅如毛发比，反眼若不相识，落陷阱不一引手救，反挤之，又下石焉者，皆是也。此宜禽兽夷狄所不忍为，而其人自视以为得计。闻子厚之风，亦可以少愧矣。"

是年三月，柳宗元与刘禹锡挥泪告别送行的亲友，再次步入刚刚离开几十天的湘水流域。"好在湘江水，今朝又上来。不知从此去，更遣几时回？"在这首题名

《再上湘江》的诗中,流露出无限的悲凄和感伤;也就是怀着这样的悲凄感伤,柳宗元与刘禹锡这对"二十年来万事同"的挚友,不得不在衡阳"今朝歧路忽西东"了。临别之际,柳宗元有《衡阳与梦得分路赠别》,对"十年憔悴到秦京,谁料翻为岭外行"的遭际喟然长叹,令人读来,为之泪下。一个"憔悴",道尽了十年间的凄风苦雨;一个"重临",饱含着现实的深哀巨痛;回首往昔,曾因"不识几微"、"一心直遂"而招来了积毁销骨的无穷"物议";举目未来,等待他们的将是那天各一方更其惨重的生命沉沦。当然,这时的柳宗元,尚未意识到此一被弃将再也难以生返故园,而这时的刘禹锡,也未曾料到此一离别便与好友永久分手再难谋面。可是,作为一个既定事实,这次更为严酷的打击却已在他们心灵上烙下了永被抛弃的深刻印痕。

与刘禹锡分手后,柳宗元与随行的家人向西南进发,约于当年六月初进入广西,正式踏上了岭南的土地。乘船沿江而行,异地风物扑面而来,令他感到新奇,更令他感到惊恐和忧虑,于是写下了一首《岭南江行》,怀着

"从此忧来非一事，岂容华发待流年"的心情，于六月二十七日抵达柳州任所。

从正月到六月，只有短短半年时间，在柳宗元身上却发生了如此大喜大悲的戏剧性的变化，也使他作于奉诏返京和再迁柳州路途中的两组诗作，在感情基调上呈现出忽而波峰忽而浪谷的巨大起伏，仔细阅读这些作品，不仅可以加深对柳宗元心态的了解，而且可以加深对人生的认识。

朗州窦常员外寄刘二十八诗
见促行骑走笔酬赠①

投荒垂一纪②，新诏下荆扉③。疑比庄周梦④，情如苏武归⑤。赐环留逸响⑥，五马助征骉⑦。不羡衡阳雁，春来前后飞⑧。

① 朗州：州治在武陵（今湖南常德）。窦常：字中行，大历十四年（779）登进士第。元和七年（812）由水部员外郎出为

朗州刺史。刘二十八：刘禹锡。见前《同刘二十八哭吕衡州兼寄江陵李元二侍御》诗注。窦常《寄刘二十八诗》今已无存。见促行骑：催促我的坐骑快一些。走笔：挥毫疾书。

② 投荒：指被贬永州。一纪：岁星(木星)绕地球一周约需十二年,故古称十二年为一纪。

③ 荆扉：柴门,谦称自己的住所。

④ 庄周梦：《庄子·齐物论》载一寓言,说庄子曾梦见自己变为蝴蝶,很是高兴。醒来之后,却不知是庄周变成了蝴蝶,还是蝴蝶变成了庄周。

⑤ 苏武归：《汉书·苏武传》载苏武被匈奴拘禁十九年,才返回长安,"始以强壮出,及还,须发尽白"。

⑥ 赐环："赐还"的谐音。《荀子·大略》："绝人以玦,反绝以环。"注："古者,以有罪,待放于境,三年不敢去,与之环则还,与之玦则绝。"环,圆形玉器。

⑦ 五马：古时诸侯乘五马驾的车,后代太守、刺史的地位与之类同,故这里既借"五马"指代朗州刺史窦常,也以五马助返程写其归返之速。征骈：远行的马。

⑧ 不羡二句：意谓已不羡慕北飞之雁,因为自己在春天到来

时也可以飞回北国了。旧说雁南飞至衡阳之回雁峰即止,春至则北返,故称衡阳雁。

诗作于元和十年(815)正月。前一年年底,诗人接到朝廷命其返京的诏令,即治备行装,拟上归途,但时任朗州刺史的友人窦常仍嫌其速度太慢,写诗给刘禹锡兼寄作者,促其行骑,于是作者作此诗酬答,通篇洋溢着压抑不住的兴奋和喜悦。

"投荒垂一纪,新诏下荆扉",从永贞元年(805)被贬永州,到元和十年诏返京都,历时十一个年头,已将近"一纪"了。在这漫长的谪居生涯中,诗人历尽苦难,饱受折磨,熬白了双鬓等老了心,终于盼到了"新诏",盼到了回京的一天,他能不高兴么?将信将疑中,他感到有似庄周梦中化蝶般的恍惚;兴奋的心情,简直就像汉朝那位被匈奴囚禁十九年的苏武终得归返长安一样。这里,作者连用"庄周梦"、"苏武归"两个典故,写其初闻返京诏令时的情感变化,形象贴切,内涵丰厚。颔联写完自己,颈联转写朝廷和对方。古时帝王诏赦有罪放流的士大夫,往往赐一玉环,以示他们可以回还,那么今日诏返之事正可与昔日的"赐环"相比;古时诸侯出行驾五马,而今窦常身为刺史,也就是可驾五马的级别了,现又特意寄来诗篇促其"行骑",以"助征骓"。既然如此,盼归殷切的诗人还怎敢在路途稽留呢?"不羡衡阳雁,春来前后飞",尾联巧借雁至衡阳即止、春至则北返的典故,既点明时、地,又直写情怀,意思是说:如今我已不羡慕北飞之雁了,因为自己在春天到来时也可以从衡阳飞回北国了。诗以此作结,语意双关,耐人涵咏。

这是柳宗元谪居十年来第一首真正的愉悦之作,字里行间充满发自内心的兴奋。此后诸篇作品,展示的也基本是同一感情走向。

汨 罗 遇 风①

南来不作楚臣悲②,重入修门自有期③。
为报春风汨罗道,莫将波浪枉明时④。

① 汨罗：即汨罗江,见前《吊屈原文》注。

② 楚臣：指屈原,因其曾为楚国三闾大夫,故称。

③ 修门：《楚辞·招魂》："魂兮归来,入修门兮。"王逸注："修门,即郢城门。"这里借指长安。

④ 莫将句：谓不要再兴起波浪,误我行程,辜负了这清明时代。枉,徒然,引申为辜负。

返京途中,舟行经汨罗江遇风而作此诗。

十年前柳宗元初贬永州路经此地,曾作《吊屈原文》,抒发了哀悼前贤复悲自己的沉痛心情。然而,时移事异,十年之后,诗人由贬所得返京城,心中是极度兴奋的,充满着回朝再展大志的热切期望,此时此地,十年前的悲痛已被当下的愉悦所冲淡,情感的激流在短期内抹去了历史的记忆。所以,诗开篇就说:当初我南贬永州,并未像楚臣屈原那样悲痛欲绝,那是因为我相信:自己虽然被贬南荒,但将来终会有再返长安的那一天。这里,作者用"自有期"三字,既表示自己始终怀有重返京城的信念,未曾绝望,也暗含因对比而生的庆幸,也就

247

是说，屈原当年"信而见疑，忠而被谤"，放流南荒，终至葬身汨罗，未能"重入修门"；而自己的遭际与屈原相类，却"重入修门自有期"，相比之下，不是较屈原为幸么？这种"幸"的获得，并不是自己比屈原有能耐，而是因为当年楚国君昏臣佞，屈原生不逢时；而今则政治清平，自己遇到了"明时"。既然如此，那么，为我告知沉埋着屈原忠魂的汨罗江水，就不要在我"重入修门"之际有所不满、兴风作浪了，那不仅会耽误我的行程，也辜负了这清明的时代。后二句承上作转，回应题面，巧结全诗。

诗仅四句，却蕴涵深远，又简洁明快。然而，真诚的诗人却未料到，他所称道的"明时"并未给他带来预期的结果，就在两个月后，刚返京城的他和友人，便又匆匆踏上了"再上湘江"的远迁旅途。

诏追赴都二月至灞亭上①

十一年前南渡客②，四千里外北归人③。
诏书许逐阳和至④，驿路开花处处新⑤。

① 诏：皇帝的诏令。追：召还。灞亭：亭名,在长安东郊灞水
　　之畔。

② 十一年：作者于永贞元年(805)九月被贬永州,至元和十
　　年(815)一月诏返长安,连头带尾十一年。

③ 四千里：《旧唐书·地理志三》:"江南西道永州,在京师南
　　三千二百七十四里。"这里说"四千",是举其成数。

④ 阳和：暖和的春天。

⑤ 驿路：官道,古时供传车、驿马通行,沿途设有驿站。

　　从永州一路行来,下湘水,过汉阳,走襄、邓,越商山,
终于在二月花开之时来到了灞河之畔,京城长安已是近
在咫尺了。诗人内心是无比激动的,但回首往事,激动中
又充满无限的感慨。十一年前,自己被贬出京,就是从这
里踏上了万死投荒的路途;十一年后,自己历经苦难,终
于又从四千里外回到了这方熟悉的故土;在一昔一今、一
往一来中,人生、世事发生了多大的变迁呵! 想到这些,
已经四十三岁的诗人能不感慨么? 但他的高明之处在
于,能将万般的感慨尽数涵纳于两句诗中,"十一年"和

"四千里","南渡客"和"北归人",两两相对,又两两比照,便传肺腑之情于笔端,含不尽之意于言外了。

感慨归感慨,激动还是主要的。"诏书许逐阳和至,驿路开花处处新",朝廷诏返京城,又是在这阳春季节,驿路上花开簇簇,既清新又温暖,此时面对此景,再有一步就可迈入长安东城门的诗人不能不深感激动、喜悦,激动、喜悦而不明说,仅用"处处新"三字来见意,便胜过了万语千言。这是写花,更是写人,是将人的情意寄托于花,又由花来表人之情意,含蓄蕴藉而不失自然流转,堪称得体。

再 上 湘 江

好在湘江水①,今朝又上来。不知从此去,更遣几时回?

① 好在:安好,多用于问候。也有依旧、如故的意思。

元和十年二月,柳宗元满怀希望返回长安,但席未暖暖,即于三月十三日被迁为柳州刺史,官虽进而地益远,遭受到又一次沉重打击。带着难以言说的悲愤和忧伤,他与同时被迁为连州刺史的刘禹锡相伴,长辞国门,再次踏上了遥远的迁谪路途。这首《再上湘江》,便是行至湖南境内写下的。

湘江是湖南境内最大的河流,源出广西灵川,流经湖南永州、衡阳、湘潭、长沙,至湘阴芦林潭入洞庭湖。对于这条江水,柳宗元是再熟悉不过的了,早在少年时代,他就随父南行,拜识过湘江;十一年前他初贬南荒时,再次与之相遇;在谪居永州的十年中,更是与之朝夕相处;就在两个月前的返京途中,也还受过它的惠泽;然而,没料到仅过了几十天,竟又与之相逢了!"好在湘江水,今朝又上来",诗起首二句就以存问之辞拈出湘江,交待行程,意思是说:湘江水呵,你可还安好?今天我又由北南来了! 表面看来,两句话似平平道出,无甚深意,但如果了解了前述背景,便能体会出诗句蕴含的丰厚感情。一个"好在",如老友相见,不无温存、亲切之感;一个"又上来",则于温存、亲切中增加了几多伤感和悲凉。诗人甫得返京,即被外迁,倘若湘江你这位老友有知,也会为之深感不平吧?"不知从此去,更遣几时回"?后二句将诗意进一步推进:此番前往的地方已不是永州了,而是更为遥远、荒僻的柳州,真不知离开你这一去,又要到什么时候才能回来?诗以疑问语作结,内中充满惆怅、迷茫和无尽的感伤。如果细细地、反复地将全诗读上几遍,这种感受将会更为深刻。

长沙驿前南楼感旧①

　　海鹤一为别②,存亡三十秋③。今来数行泪,独上驿南楼。

① 此诗为元和十年(815)再迁柳州途中所作,诗前原有作者自注:"昔与德公别于此。"德公,未详其人。长沙:今湖南长沙,唐属江南西道潭州。驿:驿站,古时供传递文书及官员往来等中途暂时休息的处所。

② 海鹤：喻指德公。

③ 存亡：指己存彼亡。三十秋：三十年。

　　这是一首"感旧"之作。所感怀的对象为三十年前见到的"德公"，触发其感怀的媒介则是"长沙驿前南楼"。陈景云《柳集点勘》说："长沙驿在潭州，此诗赴柳时作，年四十三。观诗中'三十秋'语，则驿前之别甫十余龄耳。盖随父在鄂时亦尝渡湘而南。"据柳宗元《先侍御史府君神道表》，知其父柳镇曾任鄂岳沔都团练判官，而据此诗"三十秋"之语，由元和十年上溯三十年，则为贞元元年（785），当时宗元十三岁。这就是说，宗元十三岁时曾随其父到过长沙驿，并在驿前南楼与德公相见；三十年后的今天，宗元再度过此，睹景怀人，故发为"感旧"吟唱。

　　"海鹤"自然是指德公，但称德公为"海鹤"，却自有其独特的蕴涵。其具体所指，今日虽已不可确知，却可从中领略到一种潇洒、自由、无拘无束、来去自如的意味，并由此给全诗增添一种空灵的诗化的情调，所以陈

梦龙赞道:"好起句。"(《韩退之柳子厚集选》)海鹤"一
为别",就是"三十秋",时间跨度何其漫长!三十秋前
更着"存亡"二字,则一死一生、阴阳相隔可知。三十年
前,宗元以十三之龄拜识德公,至今犹念念不忘,可见德
公对其影响之深;而今故地重经,却物是人非,昔日的长
者早已作古,自己又是远迁南荒一逐臣,人事的变幻、遭
际的凄楚,一起堆压在作者心头,怎不令他发为"今来
数行泪,独上驿南楼"的浩然悲叹。俞陛云评点此诗
说:"一死一生,乃见交情。况历三十年之久。重过南
楼,历历前程,行行老泪,山阳闻笛之情,马策西州之恸,
无以过之。知子厚笃于朋友之伦矣。"(《诗境浅说续
编》)这话说得非常深刻;而就此诗的艺术特点论,虽仅
四句二十字,却声情顿挫,沉郁悲凉,一读之后,便觉有
满纸悲风吹来,使人为之感慨无端。

衡阳与梦得分路赠别①

十年憔悴到秦京,谁料翻为岭外行②。伏

波故道风烟在③，翁仲遗墟草树平④。直以慵
疏招物议⑤，休将文字占时名⑥。今朝不用临
河别，垂泪千行便濯缨⑦。

① 元和十年（815）三月，柳宗元与刘禹锡分别再度远迁柳州
刺史、连州刺史，南行至衡州衡阳县（今湖南衡阳）分手，作
此诗。梦得：刘禹锡字。

② 十年二句：谓经过十年谪居生涯终于被召还京，没料到又
被远迁到五岭之外去。秦京，指京都长安。翻，反。岭外，
五岭之外，即岭南。

③ 伏波：汉代有两个伏波将军，一为武帝时的路博德，曾率军
征讨南越相吕嘉之乱；一为光武帝时的马援，曾南征交趾。
二人南征时均行经湖南。故道：伏波将军南征时走过
的路。

④ 翁仲：谓墓前石人。据传秦始皇时有巨人阮翁仲，曾出征
匈奴，死后为之铸铜像一尊，生气凛然。又据《三国志·明
帝纪》，明帝景初元年（237）亦曾铸铜人二，号曰翁仲。后
人因称铜像、石像为翁仲。此"翁仲"疑指伏波将军庙前石
人。遗墟：遗址，废墟。

⑤ 直以：只因。慵疏：懒散粗疏。物议：世人的非议。《旧唐
　书·刘禹锡传》："元和十年自武陵召还，宰相复欲置之郎
　署。时禹锡作《游玄都观咏看花诸君子》诗，语涉讥刺，执
　政不悦，复出为播州刺史。"因播州远较柳州荒恶，柳宗元
　顾及禹锡母老，遂提出以柳易播；后借裴度之力，禹锡得改
　连州。"慵疏招物议"似当指此事。

⑥ 休将句：承上句来，谓不要用文学来博取当时的名声。文
　字，指诗文等文学作品。占，占据、博取。

⑦ 今朝二句：《文选》卷二九李陵《与苏武三首》其二有"临河
　濯长缨，念子怅悠悠"之句，以河边濯缨表示惜别之情。宗
　元在此取其意而更进一层，谓今日不必像古人那样作临河
　之别了，因为所流千行之泪即可濯缨。

　　柳宗元作诗多五古，少七律，但他一旦作七律，便极
精整工稳，沉郁悲凉。这首作于贬迁柳州途中、与刘禹
锡分路赠别的七言律诗，"慷慨凄惋，情景俱穷，直堪陨
泪"（近藤元粹《柳柳州诗集》卷二）。而其起句"工于
发端"，落句"语尽意不尽"，"皆足为一代楷式"（金武
祥《粟香随笔·三笔》卷一）。

首联纪实,写其历尽十年憔悴回到长安,不意又被远迁,反为岭外之行,语中饱含无限凄怆。颔联写分路,而以"伏波故道"和"翁仲遗墟"略作点染,顿有满目风烟、俯仰今古之慨。颈联宕开一笔,叙其得罪之由和人生感触,谓只因慵疏而招致无穷非议,其罪名实为莫须有;而诗文之类表达个人意见的东西最易被人抓住把柄(似指刘禹锡《游玄都观咏看花诸君子》诗),日后切莫再以文字来博取时名。这是劝戒对方,也是借以自警。尾联总合全诗,写分路别情,而以"不用"二字领起,将古人"临河濯长缨"之意翻进一层,使诗情更趋沉痛苍凉。赵臣瑗《山满楼唐诗笺注》卷四有一段话,在金圣叹评点此诗的基础上又深入一步,可以借鉴:"'十年憔悴'不为不久,'到秦京'意谓是'憔悴'结局矣,而翻为岭外之行,则又是'憔悴'起头,此真人所不料也。三、四不过是记其分路处,而'风烟在'、'草树平',一片凄凉境界,便堪吊出离人无数眼泪。下乃放笔直书,究竟吾得何罪而至于此?则'慵疏'一罪也,'文字'二罪也。然慵疏之招物议,天使之也,故曰'直以'。'直以'者,无可奈何之词也。文词之占时名,自取之也,故曰'休将'。'休将'者,悔而戒之之词也。噫,既不善媚人矣,又可令才名高出人上乎? 难乎免于今之世矣。'垂泪千行',言及此不得不放声大哭也。怨天乎? 尤人乎? 只是自嗤其性之懒,自恨其才之高而已矣。"

读了宗元的赠诗,刘禹锡遂作诗酬答,题名《再授连州至衡州酬柳柳州赠别》:

> 去国十年同赴召,渡湘千里又分歧。重临事异黄丞相,三黜名惭柳士师。归目并随回雁尽,愁肠正遇断猿时。桂江东过连山下,相望长吟有所思。

刘诗重在当下的惜别和日后的相思,并以"名惭柳士师"托古喻今,表达了对柳宗元志节品格的敬慕。宗元读过答诗,作《重别梦得》,申发前诗未尽之情:

> 二十年来万事同,今朝歧路忽西东。皇恩若许归田去,晚岁当为邻舍翁。

首句以寥寥七字,将二人数十年来的进退出处一笔囊括:贞元九年(793),柳、刘二人同榜进士,其后皆登博学宏辞科；十九年（803）同入御史台为监察御史（柳为监察御史里行），二十一年亦即永贞元年（805），又一同参与王叔文革新运动，同贬远州司马；元和十年（815）二月，同被诏返进京；而至三月，又同被外迁远州刺史。从时间上看，跨度已是二十三年；从行迹来看，则无一不同。以如此之长的时间和如此一致的行迹，二人实在可谓志同道合的典范，其交谊之深亦可想而知。然而，"今朝歧路忽西东"，在残酷政治的无情打压下，二人又不得不分道扬镳，各自西东，这是何等难堪的一件事呵！既然不得不分离，那就寄望于将来吧。将来若蒙"皇恩"得以归田，那么，"晚岁当为邻舍翁"。诗从"今朝"写到"晚岁"，不只是"笔法相生之妙"（汪森《韩柳诗选》），而且在作者的殷殷期盼中，流露出生死至交那种荡气回肠、绵绵不绝的情谊，读来令人为之动容。

写完此诗，宗元意犹未尽，于是再作《三赠刘员外》：

> 信书成自误，经事渐知非。今日临岐别，何年待汝归？

　　年轻时以为书上说的都是对的，经历了艰难世事才逐渐懂得，书上的一些道理在实际中未必行得通。宗元曾多次这样说道：“仆少尝学问，不根师说，心信古书，以为凡事皆易，不折之以当世急务，徒知开口而言，闭目而息，挺而行，踬而伏，不穷喜怒，不究曲直，冲罗陷阱，不知颠踣。”（《答问》）“年少气锐，不识几微，不知当否，但欲一心直遂，果陷刑法。”（《寄许京兆孟容书》）在这些反视内省的话中，作者以深入骨髓的人生体验，真正领悟到了政治斗争的险恶、人际关系的复杂，也真正意识到了自己在此复杂关系和险恶斗争中，确实显得太幼稚了，因而总结经验、教训，在与友人别离之际郑重指出：“信书成自误，经事渐知非。”

　　马上就要分别了，往事就不再去提它，还是道一声珍重，等待我们重聚的那一天吧。“今日临歧别，何年待汝归？”这里，“今日”与“何年”、“别”与“归”，两两相对，一为确知的、正在发生之事，一为不可预知的、将来可能发生但充满变数的期望，所以作者以问句作结，既寄以殷切期望，又在这期望中揉进了浓浓的怅惘、感伤的意绪。

这是柳宗元与刘禹锡的最后一次离别,此番分手之后,两位"二十年来万事同"的友人就再未谋面。四年之后,年仅四十七岁的柳宗元在柳州任所走完了他短促而又艰辛的人生历程,他那"何年待汝归"的期望也终于落空。

岭 南 江 行^①

瘴江南去入云烟^②,望尽黄茆是海边^③。山腹雨晴添象迹^④,潭心日暖长蛟涎^⑤。射工巧伺游人影^⑥,飓母偏惊旅客船^⑦。从此忧来非一事,岂容华发待流年^⑧。

① 岭南:又称岭表、岭外,指五岭以南即今广东、广西地区,这里指广西境内。江:指漓江和桂江。诗作于元和十年六月赴柳州途中。

② 瘴江:岭南一带江河多有瘴气,故名。《元和郡县志·岭南

道·廉州》："瘴江,州界有瘴名,为合浦江。……自瘴江至
此,瘴疠尤甚,中之者多死,举体如墨。春秋两时弥盛,春
谓青草瘴,秋谓黄茆瘴。"

③ 黄茆(máo):即黄茅,茅草名,秋开花成穗,其端有黄毛。
海:南海。

④ 山腹:山腰。象迹:如象一样的云气。周去非《岭外代答》
卷二:"象州郡治西楼正面山雨晴,山腹忽起白云,状如白
象,经时不灭。"或谓指大象的足迹。

⑤ 潭心:潭水的中央。蛟:传说中的一种龙,常居深渊,能发
洪水。涎(xián):口水、唾液。彭乘《墨客挥犀》卷三云:
"蛟之状如蛇,其首如虎,长者至数丈,多居溪潭石穴下,声
如牛鸣,岸行或溪浴者,时遭其患。见人先以腥涎绕之,既
坠水,即于腋下吮其血,血尽乃止。"

⑥ 射工:传说中的毒虫名,能含沙射人或人影,见前《与李翰
林建书》注。伺:窥伺。

⑦ 飓母:飓风到来前天空出现的一种彩云。李肇《国史补》
下:"南海人言,海风四面而至,名曰飓风。飓风将至,则多
虹蜺,名曰飓母。"

⑧ 从此二句:因可忧者非止一端,而今发已顿白,则不能等

待、享用流年可知。近观几种柳集注本，均谓此二句是柳宗元欲努力为政、不肯虚度年华的表白，恐与诗意不符。流年，流水般逝去的岁月。

与刘禹锡在衡阳别后，柳宗元向西南进发，约于当年六月初进入广西，正式踏上了岭南的土地。乘船沿江而行，异地风物扑面而来，令他感到新奇，更令他感到惊恐和忧虑。这首作于旅途之中的《岭南江行》，便细微地记述了江行所见及其感受。

诗以"瘴江"领起，即使人联想到岭南一带瘴气遍布的情形，由之生出恐畏之感。诗人站立船头，眺望远方，映入他眼帘的，是弥漫于前方江面上的濛濛烟雾，是长满两岸的黄色茅草。在他想来，这黄茅的尽头大概就是南海了吧！既然已经靠近了被人称为天之涯的海边，则此地之荒远、险恶不言可知。

中间两联承上而来，极写当地风土之恶：雨后的山腰飘浮着形如大象的白云，阳光下的溪潭中有恶蛟喷吐的唾液，灵巧的射工窥伺着游人的身影，狂猛的飓风摇

撼着旅客的船只。这是何等光怪陆离的一幅画面！象
迹、恶蛟、射工、飓母接踵而至，而"添"、"长"、"巧伺"、
"偏惊"等词语更重见叠出、反复渲染，直令人为之魄动
心惊。至于前人认为此二联"亦夹内意"、"兼寓人事"，
即具有政治象征色彩、忧谗畏讥之意，恐不必坐实，姑备
一说可矣。

　　由以上景物之异、之恶的层层铺垫，自然逼出尾联
二句："从此忧来非一事，岂容华发待流年。"因环境之
险恶而生恐畏忧虑，本是题中应有之意；然而，作者所忧
者并"非一事"，则迁谪流离之感、时不我待之念，均尽
数包融其中。在这种情况下，早在谪居永州时即"行则
膝颤，坐则髀痹"（《与李翰林建书》）的作者，此时当已
是白发满头了，他真担心自己这多"忧"的"华发"之人
在这样的环境中难以永年呵！廖文炳指出：此诗前面
所写"皆南方风物之异者，是以所愁非一端，而华发不
待流年耳"（《唐诗鼓吹注解》卷一），可谓得其正解。

四、刺史柳州(815—819)

元和十年(815)六月二十七日,柳宗元经过三个多月的长途跋涉,终于到达了柳州任所。

与永州相比,柳州的环境更为恶劣。"柳在唐时,为极边"(《柳州府志》卷二八《迁谪》),"山川盘郁,气聚不易疏泄,故多岚雾作瘴,人感之多病胕胀","不惟烟雾蒸郁,亦多毒蛇猛兽"(同上卷四〇《杂志》)。这样的环境,对在永州贬所已呆了十年、身心备受摧残的柳宗元来说,无疑具有更大的威胁性。所以他到柳州不久,便旧疾未愈,又添新病。先是因长疔疮而差点要了命;接着又因感染霍乱而痛苦无比。四十四五岁的中年人,已是气衰体弱,筋骨毕露,满头白发了。

对自己新被任命的刺史一职，柳宗元是有着清醒认识的。一方面，"官虽进而地益远"的现实告诉他，这次由司马而刺史的远迁不啻是一种变相的流放，因为"过洞庭，上湘江，非有罪左迁者罕至。又况逾临源岭，下漓水，出荔浦，名不在刑部而来吏者，其加少也固宜"（《送李渭赴京师序》）。但另一方面，他也清楚，比起在永州时被"员外"安置的司马闲官来，刺史毕竟是一州的最高长官，如果勤于职守，还是可以做一些改良地方、有利民众的事情的。所以他至柳伊始，即顾不上炎炎盛暑、舟车劳顿，全力治理盗贼频发、缚壮杀老的事件，白天忍饥巡查，夜晚谋画方略，并亲自擂鼓助战，缉拿群盗。这段经历，在他的《寄韦珩》一诗中得到了有声有色的表现。此后，他又以多疾之躯而系心民瘼，于庶政多所鼎革，兴办学校，释放奴婢，挖井开荒，发展生产，政绩卓越，也因此赢得了当地百姓的爱戴。在他病殁以后，柳州民众在罗池建庙祀之。

早在永州时，柳宗元即热心扶持后学，授以为文之道；到了柳州之后，由于他在文学上的影响日渐扩大，前来向他求学问道者也日渐增多，以致"衡湘以南为进士者，皆以子厚为师，其经承子厚口讲指画为文词者，悉有法度可观"（韩愈《柳子厚墓志铭》）。以这种方式，柳宗元在远离政治文化中心的边地，为培养后学，也为中唐时期文体文风的改革作出了自己的贡献。

　　然而，柳宗元的心态仍是寂寞的，而且比起在永州时，少了对希望的追求，多了对失望的咀嚼；少了一种初遭贬谪的愤激，多了一份久经磨难后的苍凉。他刚至柳州任所二十天，随他长途跋涉而至的堂弟柳宗直即因病猝死，这给他心灵造成了深感内疚的严重创伤；时隔不久，他的另一位堂弟柳宗一去了荆州，身边又少了一位亲人，这使他早已零落的"残魂"倍感黯然；原以为到了柳州后还可与同时远迁的诸位同志互通信息，以慰愁肠，孰料山高路远，音问阻塞，彼此只能天各一方。而就自然环境和社会环境言，此地瘴气充塞、毒虫遍布，山如剑戟，水如沸汤，异服殊音，民风鄙野，劫掠横行，秩序混乱，所有这些，都使他犹如置身于一个异质文化圈内，感到不习惯，感到厌烦。他无时不在深深地怀念故乡，有时竟欲化身千亿,散上峰头向遥远的乡关眺望,可是,"如何望乡处,西北是融州",每次眺望的结果,都会增加他锥心刺骨般的失落感,使他既借诗遣兴,又承受凄凉,从而展现出一种往复循环不能自已的悲剧性心路历程。

　　在柳州的四年中,柳宗元创作了一百零几篇诗文,其中数十篇都是文学精品。这些作品展示了柳宗元的后期心态和行迹,也展示了作者晚年已炉火纯青的艺术才情。就其诗歌创作言,此期七言近体诗急剧增多,在柳集现存十二首七律中,有八首即作于再迁柳州之后;至于七言绝句,数量既多,质量亦高。其七言律、绝如《登柳州城楼寄漳汀封连四州》、《别舍弟宗一》、《得卢衡州书因以诗寄》以及《与浩初上人同看山寄京华亲故》、《柳州二月榕叶落尽偶题》、《酬曹侍御过象县见寄》等,或直抒悲情,沉郁顿挫;或巧写物态,凄切哀婉,均胜境独标,赢得了后人的高度赞赏。相比之下,此期五言诗的创作明显减少,而古体尤少。在仅存的数首五言之作中,当以五律《种柳戏题》最具特点。总体来看,由永至柳,五言少而七言多,古体少而近体多。这是柳宗元诗歌创作中呈露的新趋向,其中原因,耐人思索。

与此同时,从柳诗的表现对象看,也有大的开拓,不少作品能将岭南地区迥异于中原的风光景物或民俗风情融纳其中,借以构造崭新的诗歌意境。如"林邑东回山似戟,牂牁南下水如汤"一句,出人意表,新人耳目,真切地再现了南国风土的奇异景观;至于《柳州峒氓》描写的"青箬裹盐归峒客,绿荷包饭趁虚人。鹅毛御腊缝山罽,鸡骨占年拜水神",更是形象生动地展示了柳州少数民族的生活习俗,宛如一幅立体的地方风情画,于古朴、淳厚中透露出文化的落后和生活的艰辛,令人过目不忘。

就其散文创作言,山水游记较永州时期有所减少,表现风格也有了一些变化。如《柳州山水近治可游者记》便不再像"永州八记"那样集中笔墨写某一个景点,而是采取散点扫描的方法,将柳州州治附近的奇山异水悉数纳入视野之中,由北而南而西,有条不紊地顺序写来,形散而神聚,文长而笔精,"不着一句议论感慨,却淡宕风雅"(《山晓阁唐大家柳柳州全集》卷三引茅坤语)。人物传记则以《童区寄传》为代表,全文仅数百字,却将一位力杀二贼、智勇双全的少年英雄活灵活现地描写出来,不枝不蔓,笔笔精到,标志着柳州散文创作的最高水平。

元和十四年(819)十一月八日,年仅四十七岁的柳宗元在半生沉沦之后,终于殒命柳州,没能活着走出荒远的边地。后人有感于此而慨然长叹:"嗟乎! 孤臣去国,万里投荒,今古同悲,可胜道哉!"(《柳州府志》卷二八《迁谪》)

登柳州城楼寄漳汀封连四州①

城上高楼接大荒②,海天愁思正茫茫。惊风乱飐芙蓉水③,密雨斜侵薜荔墙④。岭树重遮千里目,江流曲似九回肠⑤。共来百越文身地⑥,犹自音书滞一乡⑦。

① 柳州：唐岭南道柳州治马平县，在今广西柳州西。漳、汀、封、连四州：代指与自己同时被远迁的漳州(今福建龙溪)刺史韩泰、汀州(今福建长汀)刺史韩晔、封州(今广东封川)刺史陈谏、连州(今广东连县)刺史刘禹锡。

② 大荒：辽阔荒远的天空、原野。

③ 惊风：狂风。飐(zhǎn)：风吹物使之颤动摇曳。芙蓉水：长着荷花的水面。

④ 薜荔(bì lì)：又称木莲，蔓生香草，常依附在树上或墙上生长。

⑤ 岭树二句：谓远望，视线被岭上的树木遮挡；下瞰，曲折的江流如缠绕回环的愁肠。重遮，层层遮挡。九回肠，形容愁肠盘绕、愁思深重。司马迁《报任安书》："肠一日而九回。"

⑥ 百越：即百粤，泛指南方少数民族及其居住之地。《通典》卷十四："自岭而南，当唐、虞三代为蛮夷之国，是百越之地。"文身：在身上刺花纹，这是古代南方少数民族的习俗。

⑦ 犹自：尚且，仍然。滞：阻隔，滞留。

　　元和十年六月下旬，柳宗元经过三个多月的长途跋涉,终于抵达柳州任所,此诗就是他到任不久登上柳州城楼所作。全诗"属对工稳典切,情景悲凉,声调亦高。刻苦之作,法最森严"(屈复《唐诗成法》卷十)。

首二句起势突兀,场景阔大,意境苍凉。楼是"高楼",又在"城上",则愈显其高。因楼之高,故登楼远望可以目接大荒;而"海天"相连,茫茫一片,远望竟无所见,则"愁思"顿起,不仅海天茫茫,愁思亦茫茫矣。茫茫前着一"正"字,说明茫茫愁思正当此时,则其再经远迁初至柳州的怅惘失落之情毕现无隐。

次二句意象密集,用字狠重,喻托深远。芙蓉、薜荔皆美好之物,屈原《离骚》有"制芰荷以为衣兮,集芙蓉以为裳。不吾知其亦已兮,苟余情其信芳"的咏唱,其《九歌·云中君》也有"采薜荔兮水中,搴芙蓉兮木末"的描写,从中可以见出诗人情怀的善美和品格的高洁;然而,眼下芙蓉被狂风刮倒,薜荔为暴雨摧残,美好之物受到恶势力的无情打击和破坏,面对此种景象,不能不令人为之忧恐、愤懑。这里,风是"惊风",雨是"密雨","飐"前着一"乱","侵"前着一"斜",极度突现了其来势的凶猛、迅急及其对芙蓉、薜荔之摧残的剧烈程度。这既是望中所见，也是意中所感，有明显的比喻象征色彩。朱三锡说："惊风密雨，有寓无端被谗斥逐惊怀之意，又寓风雨萧条、触景感怀之意。"（《东岩草堂评订唐诗鼓吹》卷一）金圣叹说："惊风密雨，全不顾人；乱飐斜侵，有加无已。虽盛夏读之，使人无不洒洒作寒，默默无言。"（《唐才子诗甲集》卷五）都道出了读此二句的准确感受。

五、六两句承上宕开，一笔双写，俯仰分观，由望中所见之高处"岭树"和眼底"江流"，兴起睹物感怀的悲思。诗人登楼本欲远望同时被贬、分散各处的友人，但山岭重重，江流迂曲，其"千里目"先被岭上繁密之树所遮挡，复被脚下弯曲环绕之柳江所隔断，在望不见友人而忧心忡忡的作者看来，这江流不正像其一日而九回的愁肠么？细味此二句，因欲有所见而远望，又因视线被遮而增愁，复因愁思环绕而生出江流似肠之联想，诗意步步作转，层层递进，而读来又极为畅达，由此见出诗人工于运思造句的本领。

最后二句照应题面,归到寄诸友本意,以音书不达怅然作结:本是千里同来,今却异地分散;已是蛮乡异域,犹自音书阻隔;当此之际,愁思满怀的诗人不是愈加忧愁了么? 这里,"百越文身地"遥接首句"大荒","音书滞一乡"呼应次句"愁思",从地到人,从景到情,首尾密合,从不同角度一再渲染,"不明言谪宦而谪宦之意自见"(王文濡《唐诗评注读本》卷三)。

别 舍 弟 宗 一①

零落残魂倍黯然,双垂别泪越江边②。一身去国六千里③,万死投荒十二年④。桂岭瘴来云似墨⑤,洞庭春尽水如天⑥。欲知此后相思梦,长在荆门郢树烟⑦。

① 舍:谦词,对别人称说比自己小的家人或亲属。宗一:宗元从弟,事迹不详。据诗中"万死投荒十二年"语,知此诗作于元和十一年(816)。

② 越江：指柳江。

③ 去国：离开京都。六千里：《通典》卷一八四《州郡》十四 "龙城郡"条谓柳州"去西京五千二百七十里"。这里的 "六千"是举其成数。

④ 投荒：被贬到荒远之地。十二年：从初次被贬的永贞元年 （805）算起，至元和十一年与宗一相别，恰为十二个年头。

⑤ 桂岭：山名，这里泛指柳州一带的山岭。瘴：瘴气。

⑥ 洞庭：洞庭湖，在湖南北部，宗一赴荆门的必经之地。

⑦ 荆门：山名，在今湖北宜都西北。又，荆门即江陵府（隶属 荆州），唐贞元时曾一度置荆门县。郢：春秋时楚国的都 城，故址在今湖北荆州。郢树烟：郢地树上缭绕的烟雾。 周紫芝《竹坡诗话》谓："此诗可谓妙绝一世，但梦中安能见 郢树烟？'烟'字只当用'边'字，盖前有'江边'故耳。不 然，当改成'欲知此后相思处，望断荆门郢树烟'，如此却似 稳当。"此论一发，后人争论不断，或以用"烟"为是，或以用 "烟"为非。今按：宗元用"烟"，正传达出梦境观物之迷离 情态，亦使诗境得渺远神奇之致，倘一改"边"，便落凡庸。

柳宗元无胞弟，从其诗文提到者看，有从弟三人，即宗一、宗直和宗玄。宗元谪居永州时,曾携宗玄同游小丘西小石潭;再徙柳州时,宗直、宗一随同前往。宗直不久病逝,宗元为撰《志从父弟宗直殡》及《祭弟宗直文》。宗一则在住了一段时间后,于元和十一年春前往荆州一带,宗元遂作此诗送别。

"零落残魂倍黯然,双垂别泪越江边。"诗一起即来势迅急,悲情无限,宛如一个特写镜头,将兄弟二人在柳江边流着眼泪执手作别的情景骤然放大到读者面前。"魂"是"残魂",残魂而又"零落",暗示一身被斥,万里迁谪,从弟宗直病逝等事端,使"魂已惊断,零星散落,万万不堪再增苦恼"(朱三锡《东岩草堂评订唐诗鼓吹》卷一)。"黯然",感伤沮丧貌,江淹《别赋》有"黯然销魂者,惟别而已矣"之句,即此处所本。这里使用此词,点明此前预知从弟将别,即已黯然销魂者多日,而今别离就在眼前,则心中如被掏空,故"倍"感黯然。首句寥寥七字,字字狠重见血,直逼出次句"双垂别泪"的画面。

次联承上,叙写"倍黯然"之因,兼抒迁谪之悲。

"六千里",空间距离,极言其远;"十二年",时间概念,极言其久;"去国"前冠以"一身",已见其孤独无助;"投荒"前着一"万死",愈见其劫难深重。进一步看,"去国"不独指空间,"投荒"也不独指时间,"十二年"、"六千里"本是可以互换的。这种互文见意,拓展了诗歌的包容量,也深化了诗意。"一身也而至于万死,去国也而至于投荒,六千里也而至于十二年,其魂有不零落者乎?"(赵臣瑗《山满楼唐诗笺注》卷四)

颈联、尾联分写别情和别后相思,而脉络仍与首联紧相贯穿。"桂岭",代指柳州,是居者送行之地;"洞庭",代指荆门,是行者将往之乡。"云似墨"是因为瘴气充塞,显见自己所居之地的险恶;"水如天"则是因了春来,想象从弟所至之处的美好。此一为别,不知何时再能聚首,日后相思,也只能靠在梦中看看郢地的烟树了。诗以"相思梦"和"郢树烟"殿尾,结得很空灵,却也很感伤。赵臣瑗有段评议的话,可供参考:"瘴云如墨,春水如天,二境并举,美恶判然。今也弟固不堪伴兄,兄又不能就弟,其泪有不双垂者乎? 一结趁势回抱,言只有梦中相见之一途而已。夫相思云者，兄既思弟，弟亦思兄也。今乃曰'长在荆门郢树烟'，是但容兄之梦越洞庭而去，不愿弟之梦逾桂岭而来也。先生之不安于柳如是。"（同上）

寄韦珩①

初拜柳州出东郊②，道旁相送皆贤豪。回眸炫晃别群玉③，独赴异域穿蓬蒿④。炎烟六月咽口鼻，胸鸣肩举不可逃⑤。桂州西南又千里⑥，漓水斗石麻兰高⑦。阴森野葛交蔽日，悬蛇结虺如蒲萄⑧。到官数宿贼满野，缚壮杀老啼且号⑨。饥行夜坐设方略，笼铜枹鼓手所操⑩。奇疮钉骨状如箭，鬼手脱命争纤毫⑪。今年噬毒得霍疾，支心搅腹戟与刀⑫。迩来气少筋骨露，苍白洴汩盈颠毛⑬。君今砱砱又窜逐⑭，辞赋已复穷诗骚。神兵庙略频破虏，四溟

不日清风涛^⑮。圣恩倘忽念行苇，十年践踏久
已劳^⑯。幸因解网入鸟兽，毕命江海终游遨。
愿言未果身益老，起望东北心滔滔^⑰。

① 韦珩(héng)：即韦群玉，少好学，通古今史事，曾向韩愈、
柳宗元求学，宗元作《答韦珩示韩愈相推以文墨事书》，推
奖其人。据此诗"君今矻矻又窜逐"语，知韦珩已入仕而左
迁。关于此诗的作时，从诗中"神兵庙略频破虏，四溟不日
清风涛"二句看，则与元和十二年(817)秋朝廷专力对付淮
西叛军，派裴度前往且频频告捷的战事相符。据《旧唐书》
之《宪宗纪》、《裴度传》等，知元和十二年七月，唐宪宗任命
裴度"持节蔡州诸军事、蔡州刺史，充彰义军节度、申光蔡
观察处置等使"(《旧唐书》卷十五)。八月，裴度亲赴偃
城，巡抚诸军，出战皆捷；至十月，唐军入蔡州，淮西平。据
此，则诗当作于元和十二年秋季。

② 初拜柳州：谓初授柳州刺史，时在元和十年三月。东郊：
指京城长安的东郊。

③ 回眸：回望。炫晃：即闪耀、有光彩的意思。群玉：一语双
关，既指韦群玉，亦指送行者皆贤能之人。

④ 异域：与中原有别的边远之地。蓬蒿：蓬草和蒿草，泛指
草丛和荒野偏僻之处。

⑤ 炎烟二句：极写气候炎热。炎烟，热浪、热气。胸鸣肩举，
形容盛夏赶路时胸闷气促、肩头随之起伏的样子。宗元于
元和十年六月二十七日抵柳，这里说"六月"，其时当已
过岭。

⑥ 桂州：治所在今广西桂林。千里：极写距柳州之远。《元
和郡县志·岭南道·桂州》谓由桂州西至柳州五百四
十里。

⑦ 漓水：即漓江，流经桂州。斗石：江水与乱石冲撞、搏斗。
麻兰：孙汝听注谓指山名，恐误。当指岭南山区常见的倚山
而建的两层木楼，又名干栏、葛栏、高栏（参见谢汉强主编
《柳宗元柳州诗文选读》）。

⑧ 虺(huǐ)：毒蛇。蒲萄：同葡萄。

⑨ 到官二句：谓柳州一地盗贼横行，滋扰民生。缚壮杀老，把
壮年人绑起来带走，将老年人杀掉。

⑩ 饥行二句：谓自己白天忍饥巡查，夜晚谋画擒贼方略，并亲
自擂鼓助战。笼铜，亦作"笼僮"，鼓声。枹(fú)，鼓槌。

⑪ 奇疮二句：谓身患疔疮，痛苦难忍，差点把命送掉。奇疮，

指疗疮。鬼手脱命,从死神手下逃得性命。

⑫ 今年二句:谓今年又染上霍乱,痛苦益甚。噬毒,指吃了有
毒之物或吸入毒气。霍疾,霍乱。支心搅腹,形容腹中疼
痛如戈矛刀剑支撑搅动。戟,戈、矛的合称。

⑬ 迩来二句:谓近来力衰体瘦,头发斑白。迩来,近来。泋汨
(jié yù),水流迅疾貌,这里形容头发急速变白。颠毛,
头发。

⑭ 矻矻(kū kū):勤劳不懈貌。窜逐:指贬官。

⑮ 神兵二句:谓唐军出征捷报频传,淮西叛军指日可平。神
兵,指唐军。庙略,朝廷制定的方略。虏,指淮西叛军。四
溟,四海、天下。

⑯ 圣恩二句:谓自己被贬十余年已身心憔悴,希望能得到朝
廷恩赦。倘,假如。行苇,路旁的芦苇。《诗·大雅·行
苇》:"敦彼行苇,牛羊勿践履。"作者以芦苇自比,希望不再
被践踏。

⑰ 东北:指韦珩贬谪处。

　　这首约作于元和十二年秋、以"寄韦珩"为题的长
诗,详细记叙了柳宗元再迁柳州的种种经历和感受,既

沉重悲凉,又真切可感,是了解诗人后期行迹和思想的重要史料。

诗大致可分三个层次。前十句为第一层,写离开长安后、抵达柳州前的情形。从诗中描述可知,诗人初离京城,有众多友朋在东郊相送,韦珩即在其中。与友人作别之后,从三月中旬到六月前的行程,诗中仅以"独赴异域穿蓬蒿"一笔带过,而将描写重点放在六月初进入岭南后的艰苦跋涉上。岭南的六月,上有烈日暴晒,下有热气蒸腾,口鼻冒烟,胸鸣肩举,令人难以忍受。到了桂州,距柳州还有"千里"之遥,一路舟行,但见激流险滩,水石相击;两岸麻兰,鳞次栉比;葛藤缠绕,遮天蔽日;毒蛇盘踞,形如葡萄。所有这些奇异、险恶的物候和景象,是作者以前不曾见过的,把它们一一写出来,既是记风物之异,也是写迁谪之苦和内心之忧,与前录《岭南江行》所谓"从此忧来非一事"可以参看。

第二层从"到官"至"穷诗骚"共十二句,写其抵达柳州之后的所见所闻、地方治理和重病缠身等情况。作者抵达柳州任所是六月二十七日,仍是炎炎盛暑。长途奔波，舟车劳顿，本应好好休息，但还未喘过气来，即遇盗贼满野，缚壮杀老，哭号声声，一片混乱。为了尽快改变这种局面，身为一州长官的作者白天忍饥巡查各地，夜晚谋画擒贼方略，并亲自擂鼓助战，缉拿群盗。这段文字烘染出当时的紧张气氛，手操枹鼓一句更是写得声色毕现。由于过度劳累，也由于炎热的气候和瘴气的侵袭，作者不久便病倒了。先是疔疮刺骨，差点丢了性命；一年后又染上霍乱，痛苦不堪。这里，作者连用"奇疮钉骨状如箭"、"支心搅腹戟与刀"来形容病痛，造语甚奇，而"钉"、"箭"、"戟"、"刀"这些尖利之物，在准确表现病痛的同时，也给诗歌添加了峭硬的力度。两场大病之后，作者虽然挺过来了，却也大伤了元气，"气少筋骨露"、"苍白盈颠毛"，活画出了当日作者虚弱羸瘦、白发苍然的形貌。"君今"二句转写对方又遭贬谪，与自己同病相怜，借此既照应诗题，深化诗意，又为下文"圣恩"句预作铺垫，针脚非常细密。

第三层从"神兵"至结束，借国家军事形势的转变，写其渴盼早日脱此困境的心情。元和十二年八、九月间,唐军征讨吴元济捷报频传,作者亦深受鼓舞,认为淮西叛军指日可平,天下将可复归于安定,朝廷届时也许要大赦天下。假若真能如此,希望得蒙"圣恩",解脱罗网,"毕命江海终游遨"。因为自己就像那路边的苇草,十余年来屡屡被人践踏,已经疲弱不堪,实在经不起再折磨了!"愿言未果身益老,起望东北心滔滔",全诗以此作结,充满悲凉之气,令人读后为之动容。

柳宗元极少作七言古体长篇,作即元气淋漓,沉郁顿挫,极具感染力。此诗以叙事为主,顺序写来,脉络井然;篇末抒发情怀,造语沉重老到,颇见骨力。其韵脚字的选用,全为十三豪韵部中的平声字,一韵到底,虽少起伏,却强化了特定的声情。汪森《韩柳诗选》将之与韩愈七古作比,说此诗"奇崛之气亦略与昌黎同,然韩诗高爽,柳诗沉郁",不为无见。

柳 州 峒 氓①

郡城南下接通津②,异服殊音不可亲。青

箬裹盐归峒客③绿荷包饭趁虚人④。鹅毛御腊缝山罽⑤,鸡骨占年拜水神⑥。愁向公庭问重译⑦,欲投章甫作文身⑧。

① 峒氓:住在山区的少数民族。峒,山洞。氓,民。

② 郡城:即州城,指柳州州治马平。通津:四通八达的渡口。

③ 箬(ruò):竹叶,俗称粽巴叶,可用来包物。

④ 趁虚:赶集。虚,同墟,集市。

⑤ 御腊:腊月寒冷,防寒称御腊。罽(jì):毛织品,这里指用鹅毛缝制的衣被。

⑥ 鸡骨占年:用鸡骨来占卜年景的丰歉吉凶。拜水神:向水神祭拜,以求无旱涝灾害。此皆为古代岭南一带的民俗。

⑦ 公庭:官府。重译:多次辗转翻译,这里指翻译者。

⑧ 章甫:古代士人所戴的一种帽子,这里泛指士大夫的服饰。文身:在皮肤上刺花纹,这是当地少数民族的风俗。

　　柳宗元在柳州期间,对当地异于中原文化的风土人情多有观察和描写,感触深刻,笔致鲜活,多寓自伤之意,既可视作风土记,亦可视作心态录。这首反映柳州峒氓生活习俗的诗作便是如此。

从郡城南行不远即是设在柳江边的一个四通八达的渡口,南来北往的人多在此地会合,所以最易见出各方民情。诗人仔细观察后将之概括为两点:一是"异服",二是"殊音"。由于看不惯其穿着打扮,听不懂其语言,所以感到"不可亲"。不过,这些还只是表面现象,至于其风俗,那就更是五花八门、无奇不有了。山民们或用粽巴叶包起盐巴纷纷归去,或用绿荷叶裹着饭团来赶集;或者用鹅毛缝制御寒的衣被,或者拿鸡骨祈拜水神以求保佑。这里,作者连写四事,皆当地风俗之怪异者,其意在于进一步坐实首联的"不可亲"三字,而在客观描写中,却非常真实、生动地展示了唐代柳州山民的各种习俗和情态,而三、四两句尤为传神之笔,读来宛如一幅立体的民俗风情画,于古朴、淳厚中透露出文化的落后和生活的艰辛。

"愁向公庭问重译,欲投章甫作文身。"末二句收拢一笔,写自己与当地人的交往方式和心态。因语言不通，所以相互交往时必须请人翻译，但这翻译不是一次即可，而是"重译"，即经过多次辗转翻译，才能完成一次意义交流。对作者来说，这最初也许是件有趣的事，但时间久了，就会因繁琐而生厌，所以他用一个"愁"字来概括，是再恰当不过的了。"异服殊音"既"不可亲"，又令人生"愁"，作者自然不愿再待下去，然而，不愿待却非待不可，想离去又离去不成，万般无奈之际，只好以退为进，干脆脱下官服，也像当地人在身上刺些花纹、终老于斯算了，那样的话，不就抹去了"异服殊音"的差别了吗？诚如何焯解释此句所说："言吾当遂以居夷老矣，岂复计其不可亲乎？首尾反复呼应，语不多而哀怨已至。"（《义门读书记》卷三十七）

前人对宗元在柳州所作诗曾备加推崇，谓其"精绝工致，古体尤高。世言韦、柳，韦诗淡而缓，柳诗峭而劲。此五律诗（按：指本篇及《登柳州城楼寄漳汀封连四州》、《柳州寄丈人周韶州》、《得卢衡州书因以诗寄》、《岭南江行》）比老杜则尤工矣。杜诗哀而壮烈，柳诗哀而酸楚，亦同而异也。……其诗实可法"（方回《瀛奎律髓》卷四)。说柳诗律体精工,这是不错的,但说它比杜甫律诗还好,人们就有意见了。清人查慎行、纪昀等人均曾就此有过评说,有兴趣的读者不妨参而辨之。

得卢衡州书因以诗寄①

临蒸且莫叹炎方②,为报秋来雁几行。林邑东回山似戟③,牂牁南下水如汤④。蒹葭淅沥含秋雾,橘柚玲珑透夕阳⑤。非是白蘋洲畔客⑥,还将远意问潇湘⑦。

① 卢衡州:事迹不详,当为出守衡州刺史的卢姓友人。

② 临蒸:衡阳旧名,县城东傍湘江,北背蒸水。炎方:南方炎热之地。

③ 林邑:古地名,治所北临驩州,在今越南境内。

④ 牂牁(zāng kē):水名,即牂牁江,流经广西,至广州入海。汤:热水。

⑤ 蒹葭(jiān jiā)二句:写柳州秋景。蒹葭,一名荻,即芦苇。

淅沥(xī lì)，风吹芦苇的声响。柚，橘类果木，即柚子。

⑥ 白蘋洲畔客：指南朝诗人柳恽。柳恽字文畅，河东解人，工
诗善琴，后贬吴兴太守，作《江南曲》云："汀洲采白蘋，日暖
江南春。洞庭有归客，潇湘逢故人。"

⑦ 潇湘：湖南境内的两条水名，这里代指在湖南为官的卢
衡州。

　　这是写给友人的一首答诗。友人姓卢，时任衡州刺
史，写信抱怨衡州地处南国，十分炎热；柳宗元在答诗中
劝他说：你暂且不要抱怨、感叹，你不知道柳州气候的
炎热和环境的恶劣还要过之：这里东近林邑，南接群
舸，山峰陡峭尖利有似剑戟，江流温度高得如同热水，哪
能与你所在的衡州相比呢？衡州的秋季，满野的芦苇在
薄雾轻风中沙沙作响，傍晚时分，串串橘柚在夕阳照射
下玲珑夺目，那该是多美妙的景致呵！古时有位叫柳恽
的诗人被贬到江南，写过"汀洲采白蘋"、"潇湘逢故人"
的诗句，我虽然不是柳恽那样的"白蘋洲畔客"，不能到
潇湘与你相会，但还是愿借这首答诗，把我思念你的情

意带到远方的潇湘去。

　　读完此诗,联想到一种常见的情形:两人打赌比拼,各说各的好,有时会争得面红耳赤。这首诗的情形却正好相反:作者与友人相隔遥远,对所在之地各说各的坏。当然,这里柳宗元与卢衡州的比拼并不是要论个输赢,而是为了安慰对方,让对方获得心理的平衡。但就在这安慰中,也流露出了宗元对荒远居地恶劣环境的厌恶,对自己曾呆了十年之久而又稍近北方的潇湘一地的怀恋。

　　此诗内含悲情而意悠境远,首联的"为报秋来雁几行"和尾联的"还将远意问潇湘",均有高朗疏畅、风情摇曳之致;中间两联写景极佳,而"蒹葭"二句尤为传神之笔。但这两句究竟是实写柳州之貌,还是虚写衡州之景?前人说法不一。笔者以为:作者的本意是说柳州环境的恶劣,而蒹葭秋雾、橘柚夕阳这样美妙的景致似不应属于他厌恶的对象,因而自当将之视为对衡州的悬想之词。也就是说,前四句是接来书后对柳州居地的"报",后四句是因思念友人而对衡州一地的"问",一

"报"一"问",一首一尾,正好将全诗绾合起来,最能见出作者的作意及其在句法、结构安排上的工巧。赵臣瑗指出:"二之所谓'报',报以三、四之柳州风土也,句法顺;八之所谓'问',问其五、六之临蒸景物也,句法倒。"(《山满楼唐诗笺注》卷四)说的就是这种情况。

登 柳 州 峨 山①

荒山秋日午,独上意悠悠。如何望乡处,西北是融州②。

① 峨山:柳州境内一座不高的荒山。柳宗元《柳州山水近治可游者记》:"峨山在野中,无麓。"

② 融州:在柳州北,治所在今融水苗族自治县。《元和郡县图志》卷三十七岭南道柳州:"北至融州陆路二百二十三里,水路三百八十里。"

这是一首风格自然、情意沉重的思乡之作。

山是"荒山",时间是秋日的正午,沐浴着已不像夏日那样暴烈的和煦阳光,诗人满怀兴致,独自一人向上攀登。"独上意悠悠"一句写其心情,心情之所以"悠悠",一是因为闲来无事亦复无聊,正好借登山观景来打发;二是这是登山的初始过程,而在初始过程中人们总是有兴致的。就像作者在永州时的多次出游,或是"始至若有得,稍深遂忘疲"(《南涧中题》),或是"步登最高寺,萧散任疏顽"(《构法华寺西亭》),都有一种按捺不住的情兴。然而,当这个过程结束或告一段落之后,其初始的兴致便会消减,新的思绪则乘虚而入。对于柳宗元来说,这新的思绪就是他始终挥之不去的迁谪之感,是他潜意识中无时不在的思乡之情。正是这种情感,使他的出游几乎无不以乐始而以忧终,并由此形成其诗作"忧中有乐,乐中有忧"的特点。这首诗仍是如此。登上山顶之后,自然要远望,而远望的核心内容便是眺望乡关。"如何望乡处,西北是融州?"向远在西北方向的长安眺望,自然是望不见的,但诗人不说望不见,却说视线被同在西北方向的融州所遮挡,诗意便曲折加深了一层。进一步看,诗人的目力所及只能到融州(柳州距融州二三百里,实际上是望不见的),而融州不仅同样是岭外之地,并不能给他带来些许慰藉;而且较之柳州,融州距长安几乎是同样的遥远,他的思乡之情完全落不到实处,只能在空无落寞中飘荡,这就益发加剧了他的痛楚。心有痛楚而不明言,只以"西北是融州"一句描述性的话语将全诗戛然打住,便使诗情倍增委婉含蓄之致。刘辰翁说此诗"渐近自然"(《柳集辑注》卷四十二引),吴昌祺说此诗"眼前妙语,何其神也"(《删订唐诗解》卷二十三),都指出了它的这一特点。

与此诗内容一致而表现手法不同的,是约作于元和十二年秋的另一首七言绝句——《与浩初上人同看山寄京华亲故》。

与浩初上人同看山寄京华亲故[①]

海畔尖山似剑铓[②],秋来处处割愁肠。若为化得身千亿[③],散上峰头望故乡。

① 浩初：见前《送僧浩初序》注。上人：佛教称有德者为上
人，后用为对僧人的尊称。京华：京都长安。据刘禹锡《海
阳湖别浩初师》一诗小引，知浩初"前年省柳仪曹于龙城，
又为赋三篇"；又据王国安《柳宗元诗笺释》考刘诗当作于
元和十四年(879)秋奉母柩返洛阳之前；则由此前推二年，
可大致确定柳诗当作于元和十二年秋浩初过访柳州时。

② 海畔：南海之畔，因柳州在岭南，地近海域，故云。剑铓：
剑锋、剑尖。《东坡题跋》谓："仆自东武适文登，并海行数
日，道旁诸峰，真若剑铓。诵柳子厚诗，知海山多尔耶。"

③ 若为：倘若能够。化得身千亿：用佛教典故。相传释迦牟
尼为超度众生，曾有千百亿化身。在佛经中，化身千百亿
是最常用的词语之一，如《三教平心论》卷上："一佛出现，
则百亿世界中有百亿身同时出现。……是之谓千百亿化
身也。"

　　此诗与前诗的相同点是均为登山远望，不同点则在
于用词深刻狠重，情感激烈浓郁，境界逼仄险急。

　　"海畔"，见出居地荒凉遥远；"愁肠"，说明思乡之
情浓郁沉重；在远离故乡的海畔空有思乡之情而不可归

去，已令人痛楚无比了，更何况那有如"剑铓"般的处处"尖山"，在不断地"割"着诗人的九转哀肠！这里，作者先用"剑铓"比喻柳州一地的尖山，颇收生新出奇之效；接着着一"割"字，以狠重深透的笔墨，将客体对主体的外在刺激和压抑淋漓尽致地传达出来。

峣削陡峭、峰头林立是柳州一带山岭的显著特色，作者既可从其尖利一点作出"剑铓""割愁肠"的联想，自可进一步从其山峰众多一点想象出"散上峰头"的举动，而与他相伴登山的浩初上人本即佛教中人，这更可以成为触发他活用佛经"化身千百亿"典故的媒介。于是，一个超越常情的、惊世骇俗的新的想象便出现了——"若为化得身千亿，散上峰头望故乡"——为了那一悰乡情，他竟要化一身为千亿，散上每一座峰头去向北遥望，这执著、这眷恋，不是深蕴着迁谪诗人心念故乡而不得归去的锥心泣血的悲伤么？

从写法上看，此诗亦与前诗的顺序描写不同，而是入笔擒题，直抒胸臆。如果再与作者在永州时所作《江雪》一诗作比，其差别就更大了：在《江雪》中，作者采用层层排除和步步收缩的方法,视线由远而近,范围由大而小,数量由多而少,从"千山"、"万径"到"孤舟",再到"蓑笠翁",形成最后的聚焦点;而在此诗中,作者则采用扩张、发散式思维,将自己一身分为千百亿身,散向各处峰头,其范围由小到大,数量由少到多,视线由近到远,最终形成此身的弥漫扩散,无所不在。作者的这种手法,在宋人陆游那里得到了很好的继承。陆游七十八岁时作有一首《梅花绝句》,这样写道:

闻道梅花坼晓风,雪堆遍满四山中。何方可化身千亿? 一树梅花一放翁。

诗的后两句显然出自柳诗"若为化得身千亿,散上峰头望故乡",只是略有变化而已。所不同者,柳诗冷峭峻刻,陆诗平缓悠远;柳诗愁肠百转,陆诗逸兴遄飞;由此形成各自的独特面目。当然,如果进一步分析,还可看出:二诗虽同用发散式思维,但陆诗是散而不返,柳诗则散而又聚;陆诗中每枝梅花上都有一个放翁在笑——这是其终极目的;柳诗中则每座山头上都有一个子厚在望——其终极目的是故乡。这就是说,柳诗不同于陆诗的另一个显著特点,在于其分散的千亿化身又在"故乡"一点上合拢起来,形成了新的聚集点。这样一种先发散后凝聚的方式,既增加了诗的曲折感、层次感,也更为深入地表现了作者对故乡的眷恋之情,因而,读后能给人留下不易磨灭的印象。

柳州城西北隅种甘树①

手种黄甘二百株,春来新叶遍城隅。方同楚客怜皇树②,不学荆州利木奴③。几岁开花闻喷雪,何人摘实见垂珠? 若教坐待成林日,滋味还堪养老夫。

① 隅:角落。甘:通"柑",即柑树,常绿灌木,开白色小花,果实球形稍扁,皮色生青熟黄,多汁味甜。树皮、叶子、花、果皮、种子都可入药。

② 楚客:指屈原。皇树:指橘树。屈原《橘颂》有"后皇嘉树,

橘来服兮;受命不迁,生南国兮"的句子。

③ 荆州利木奴:用三国时荆州襄阳人李衡种柑之典。《襄阳记》载:李衡"每欲治家,妻辄不听。后密遣客十人于武陵龙阳汜洲上作宅,种甘橘千株。临死,敕儿曰:'汝母恶我治家,故穷如是。然吾州里有千头木奴,不责汝衣食,岁上一匹绢,亦可足用耳。'……衡甘橘成,岁得绢数千匹,家道殷足"(《三国志》卷四八裴注引)。

刺史柳州期间,柳宗元写了多篇春来种树的诗作,大都表现出一种和缓、平淡的情调,而在字里行间,仍可或隐或显地体会出作者的悲凉之思。

这首诗以种柑树为题,起笔就说:"手种黄柑二百株,春来新叶遍城隅。"黄柑是"亲手"栽种,且有"二百株"之多,见出作者的喜爱和重视;春来"新"叶长出,一片翠绿,布满城的西北隅,煞是可爱,由中见出作者欣喜的心情。作者为何要种这些柑树呢?下面两句作答:我种柑树正像当年屈原怜爱橘树的心理,希望借其美好品质寄托理想,而不是像荆州人李衡那样,想靠种柑树来养家致富。两句话一正一反,鲜明地展示了作者的向背态度,而用典的贴切,更给诗句增添了丰富的历史包蕴。第三联掉转笔锋,以诘问语气写未来情状:"几岁开花闻喷雪?何人摘实见垂珠?"写其开花,写其结果,是由种树引发的合理想象和自然期待;然而,前面着一"几岁"、"何人",立即将诗意扭转,表达出届时自己不知是否还在此地、甚至是否还在人世的含意,从而使作者的想象和期待蒙上一层怅惘、落寞乃至悲凉的色彩。最后两句承上再作转折,用假设语气说:如果到了那时,我还健在,那么,柑树成林,果实累累,其美味还是可以供我品尝享用的。何焯《义门读书记》说:"结句正见北归无复望矣。悲咽以谐传之。"姚鼐《今体诗钞》说:"结句自伤迁谪之久,恐见甘之成林也。而托词反平缓,故佳。"其理解应是准确的。

种 柳 戏 题

柳州柳刺史,种柳柳江边^①。谈笑为故事,推移成昔年②。垂阴当覆地,耸干会参天③。
好作思人树④,惭无惠化传⑤。

① 柳江:西江支流,流经今柳州市。

② 谈笑二句:谓随着时间的推移,今天种柳将会成为日后人
们谈笑的故事和史迹。

③ 耸干:耸立的树干。会:将会、应当。

④ 思人树:周代召公奭曾在甘棠树下听讼,是非赏罚分明,后
人因思念他而爱其树,并作《甘棠》一诗,中云:"蔽芾甘
棠,勿剪勿伐,召伯所茇。"这里借此典故表达作者欲造福
于民的愿望。

⑤ 惠化:有惠于民的德政和教化。

与上一篇相比,这首《种柳戏题》更多一些调侃、谐
谑的意味,故以"戏题"出之。

"柳"是一篇诗眼。诗人姓柳,任官柳州,又种柳
树,且在柳江,一个"柳"字,巧合出一篇有趣的文章。
所以诗开篇连用四个"柳"字,在反复重叠中传达出一

种特殊的声情效果，次联的"谈笑为故事，推移成昔年"
也就有了着落。"谈笑"是后人的谈笑，"故事"则是今
日的事件；今日的事件成为后人谈笑的故事，说明时间
在推移；而因了时间的推移，今日之事对后人来说，自然
便成了早已逝去了的"昔年"。两句话十个字，简当之
至，余味曲包。表面看语气轻松，态度诙谐，往深里看就
会发现，其中是很有些感伤的。感伤什么呢？感伤这些
柳树到了垂阴覆地、耸干参天的时候，自己早已不在人
世了！不过，作者并没有让这种感伤情绪肆意蔓延，而
是适时地、巧妙地扭转诗思，由这些将来会垂阴、参天并
被后人笑谈的柳树，联想到与树有关的周代的召公。召
公明廉公正，因曾在甘棠树下听讼而被后人爱人及树，
作《甘棠》之什以怀念他，在作者看来，自己也是会因这
些柳树而被后人谈起的，但与召公相比，自己却没有施
惠于民的德政、教化流传，因而感到惭愧。诗以"惭无
惠化传"作结，将作者的种柳与理政益民联系起来，成
为一种有目的的行为，这便大大提升了诗的品位；而由
"戏题"所产生的调侃、谐谑意味，也因其所包含的德政

主旨而避免了流向浮薄浅露,令人读来,别具一种亲切活泼的情趣。

种 木 槲 花①

上苑年年占物华②,飘零今日在天涯。
只应长作龙城守③,剩种庭前木槲花④。

① 木槲(hú):落叶乔木,花黄褐色。
② 上苑:皇家园林,这里借指京城中的园林。占:窥察,察看。物华:自然景物的精华。
③ 龙城:柳州的别称。天宝元年(742),柳州改为龙城郡,至德元年(756)复称柳州。
④ 剩:多、尽。

种柑、种柳、复种花,可能是一年春天发生的事,也可能发生在不同年份的春季,这里因无法考明,权且置于一处,以见作者在处理类似题材时的不同情思和表现特点。

与前两诗的种柑、种柳不同,此诗在写法上从对往事的回忆写起,借助今昔对比,表现心理落差。当年作者在京城,每至春季都曾到长安各处园林去观赏花木,那时仕途得意,人又年轻潇洒,观赏花木的心态自然轻松自得。然而,今日的情景就大不相同了,自己孤身一人飘零天涯,作这遥远荒僻之地的龙城郡守(即柳州刺史),何等寂寞,何等无聊!如水的年华渐渐逝去,迁谪的苦楚盘踞心头,哪里还有昔日"占物华"的心情?既然心情不再,又寂寞无聊,那就只好在庭院前多种些木槲花吧,让这些无言的花木来陪伴自己,以打发这清冷的没有尽头的时日。

诗的情调是感伤的,而"飘零今日在天涯"一句,更给这感伤增添了无比的苍凉;到了末句,则这些感伤、苍凉都已化作了难以排遣的苦闷和无奈。

柳州二月榕叶落尽偶题①

宦情羁思共凄凄②,春半如秋意转迷。山

城过雨百花尽,榕叶满庭莺乱啼。

① 榕:常绿大叶乔木,树干分枝多,覆盖面广,每年二月前后落叶,另吐新芽。主要生长在热带地区。
② 宦情:为官的心情。羁思:谪居异乡的思绪。

　　这是一首咏物抒怀、情思哀婉的小诗。诗人的心境是"凄凄",而且是"宦情羁思共凄凄"。宦情是指为官的心情,这里特指在边远之地柳州做刺史的无聊心情;羁思是羁旅为客的思绪,这里特指谪居异地有家难归的悲凉思绪。二者有一,即令人心情不畅了,何况它们于此叠加在一起,共同向诗人袭来!所以首句"共凄凄"三字便来得格外沉重,并为全诗染上一层哀伤的色彩。

　　除了宦情羁思之外,使诗人"凄凄"的还有"春半如秋"的物候特征。在北方,早春二月正是万物萌生、新叶吐绿的季节;但在这岭外之地的柳州,二月之时却"榕叶落尽",给人一种如同秋天的感觉。从人的心理常态和文化背景来看,绿叶初生易于使人兴奋,衰叶败落易于使人伤感;而中国文人又有着深厚、悠远的悲秋传统,所谓"悲哉秋之为气也,萧瑟兮草木摇落而变衰"的悲唱,影响了代复一代的文人心理,使他们形成一种逢秋而悲的思维定势。因此,作者见到榕叶落尽的景象,不能不使其原本即已"凄凄"的心理更增伤怀;同时,由此还产生一种"春半如秋"的错觉。时令明明是春季,而物象却与秋时相类,春耶? 秋耶? 恍惚迷离中,一种凄迷的意绪自然产生。

"山城过雨百花尽,榕叶满庭莺乱啼。"后二句既是原因的交待,又是景象的描写。看了这两句,读者才恍然而悟:柳州的二月之所以"榕叶落尽",原来是昨夜下了一场雨,这场雨很大,也许还伴着强风,风雨交加之下,百花为之净尽,经历了一个冬天已经衰枯了的榕叶自然也就不能独存了。清晨时分,诗人从室内出来,独步庭院,但见榕叶散落堆积,群莺高下啼鸣,于是"凄凄"之心顿生,意绪迷离滋甚,便挥笔写下了这首凄切哀婉的诗作。

从诗的构思来看,不是先说"山城过雨"这一原因,而是先说"春半如秋"的主观意绪,这就使诗意多了层曲折;随着结构的展开,谜底渐渐揭晓,读者方恍然而悟,这就使诗作增添了远非平铺直叙所能获得的情趣。及至最后一句,全为眼前之景,再无一字涉情,但令人读来,已是情在景中,余意无穷了。诚如刘永济《唐人绝句精华》所说:"此诗不言远谪之苦,而一种无可奈何之情,于二十八字中见之。"

酬曹侍御过象县见寄①

破额山前碧玉流②,骚人遥驻木兰舟③。
春风无限潇湘意④,欲采蘋花不自由⑤。

① 酬:酬答,回赠。侍御:唐代以侍御史、殿中侍御史、监察御史总为御史台的成员,三者职责范围略同而权限大小稍异,故均可简称侍御。曹侍御事迹不详,当为作者旧友。象县:唐时柳州属县,在今柳州东北一带。见寄:寄赠给我(的诗)。

② 破额山：象县柳江边的一座山（在今柳江县白沙乡境内），中有石缝直破至底，如刀破额，故称。参见谢汉强主编《柳宗元柳州诗文选读》。碧玉：形容柳江之水碧绿清澈。

③ 骚人：指曹侍御。屈原作有《离骚》，后世遂指善作诗赋的文人为骚人。木兰舟：用木兰造的船，因木兰是一种贵重的香木，多用以造船，故后世遂以木兰舟作为船的美称。

④ 潇湘：湖南境内的两条河流，这里既指曹侍御所来之地，亦兼含柳恽《江南曲》"潇湘逢故人"之意。见前《得卢衡州书因以诗寄》注。

⑤ 蘋花：水中蘋草开的白色小花。

　　这是柳集中写得最为含蓄委婉、也最得后人称赏的一首七言绝句。方东树说："李沧溟推王昌龄'秦时明月'为压卷，王凤洲推王昌龄'葡萄美酒'（按：此为王翰诗）为压卷。王阮亭则云必求压卷，王维之'渭城'，李白之'白帝'，王昌龄之'奉帚平明'，王之涣之'黄河远上'，其庶几乎？而终唐之世，无有出四章之右者矣。沧溟、凤洲主气，阮亭主神，各自有见。愚谓李益之'回乐峰前'、柳宗元之'破额山前'、刘禹锡之'山围故国'、杜牧之'烟笼寒水'、郑谷之'扬子江头',气象稍殊,亦堪接武。"(《昭昧詹言》卷二十一)俞陛云说:"柳州之文,清刚独造,诗亦如之,此诗独淡荡多姿。《楚辞》云:'折芳馨兮遗所思。'柳州此作,其灵均嗣响乎? 集中近体皆生峭之笔,不类此诗之含蓄也。"(《诗境浅说续编》)方、俞二人或将此诗视作唐人七绝压卷作品之一,或谓其在柳集中风格特异,因而都给予了很高的评价。

总观此诗,突出的感觉是意象清新秀美,声情婉转谐畅:水是"碧玉流",船是"木兰舟",情是"潇湘意",事是"采蘋花",将这些意象串连起来,一气读下,已是风情万种、余香满口了,何况在这些意象之间,作者又分别嵌入了一些辅助背景和关键词语,使诗意转折跌宕,既层进层深,又含而不露,令人于若隐若显的意会中,获得一种心灵的超升和美的享受。

细审诗意,首句以"破额山前碧玉流"领起,为下句曹侍御的停舟于此创造了一个明净、幽雅的环境,也为全诗烘托出一个以"水"为活动中心的背景。曹侍御之

被称为"骚人",明示他是能诗之人;"骚人"来到象县,
距柳州近在咫尺而不过访,却只"遥驻",这就使诗产生
了一种空间上的距离感,也为诗题中的"曹侍御过象县
见寄"作了必要的铺垫。曹侍御何以至象县而不过访
柳州,仅作诗相赠?作者没有点明,于是就给后人留下
了很多猜测的余地,较有代表性的一种意见是:曹身为
侍御,肩负着朝廷赋予的按察州县的使命,作为监察官
对州刺史,他不能不照章办事;而作为京城旧友,他对柳
宗元又不能不有所表示。"他选择了两全其美的办法:
在将抵柳州治所的象县抛锚暂驻行舟,并以诗代柬,向
柳刺史致意。……既有过境告扰、对地主表示敬意之
义,也有显示身份、告以大驾将临之义"(见杨军《"欲采
蘋花不自由"解析》,《唐代文学研究》第六辑)。这种解
释正确与否,可暂置勿论;但在开阔思路、从不同方面加
深对诗意的理解方面,却无疑是有助益的。

"春风无限潇湘意",上承骚人驻舟而遥赠诗篇,下
启欲采蘋花而不得自由,其位置、作用均极为重要。唐
汝询解释说:"山前水碧,侍御停舟于此,我之感春风而

怀无限之思者,正欲采蘋潇湘,以图自献,乃拘于官守不自由也。"(《唐诗解》)这恐怕还只说对了一半,实际上,潇湘既可能指对方来时的方位,也包含有南朝柳恽《江南曲》怀念故人之意。《江南曲》云:"汀洲采白蘋,日暖江南春。洞庭有归客,潇湘逢故人。故人何不返?春花复应晚。不道新知乐,只言行路远。"通篇所言都是以潇湘为背景、与故人不期而遇又匆匆作别的怀恋情思;而这种情状,恰与作者和曹侍御的情形有相似处。所不同者,唯柳、曹二人本可相逢却终于无缘相逢,只能以诗为柬传递相思之意而已。这样说来,此句的"无限潇湘意",既可指柳对曹的怀思,也可指曹来诗中对柳的渴念,就艺术表现以及对艺术品的理解而言,这本是一而二、二而一的东西,没有必要一定把它说成"我之感春风而怀无限之思"。

潇湘之意"无限",说明情意极浓,如此浓郁的怀思,本应像柳恽"汀洲采白蘋"那样,在与故人相逢时采蘋相赠、自由自在地倾诉,然而,如今的现实却是"欲采蘋花不自由"!末句突转,将前句的春风骀荡、情思万

种尽数打煞，诗情为之一变。然而，仔细想来，早在第二
句的"遥驻"一词中即已暗含了末句之意，只是作者手
法高明，先草蛇灰线地预埋伏笔，继以第三句故作高潮，
最后再形成末句的反跌。这样一种写法，最易表现诗情
的连贯和起伏，也最易抓住读者的情感。

至于作者为何不得自由，诗中未加明言，也许是因
其"拘于官守"而未能前往，也许是对方负有监察之责
而不便俯临，所有这些，对于理解、欣赏此诗已不甚重
要，重要的是，作者以含蓄、委婉的笔法作结，使全诗情
含景中，意在言外，这就足够了。宋顾乐评点此诗说
"风人骚思，百读而味不穷，真绝作也"（《唐人万首绝句
选》），指的就是这样一种情况。

祭弟宗直文①

维年月日，八哥以清酌之奠，祭于亡弟十
郎之灵②。吾门凋丧，岁月已久。但见祸谪③，
木闻昌延。使尔有志，不得存立。延陵已上④，

四房子姓,各为单子⑤,憔憔早夭⑥,汝又继终,两房祭祀⑦,今已无主。吾又未有男子,尔曹则虽有如无。一门嗣续,不绝如线⑧。仁义正直,天竟不知,理极道乖⑨,无所告诉。

① 宗直:柳宗元从弟,曾先后跟随宗元至永州、柳州。治学勤勉,"读书不废昼夜,以专故,得上气病"(柳宗元《志从父弟宗直殡》),在到达柳州仅二十天后即病逝,时为元和十年(815)七月十七日。

② 八哥、十郎:在同祖异父的从兄弟中,宗元排行第八,宗直排行第十。

③ 祸谪:指死亡之祸和贬谪之事。

④ 延陵:柳氏宗族中人名。

⑤ 子姓:谓子辈、孙辈。单子(jié):形单影只,这里指只有一子传代。

⑥ 憔憔(zào zào):当指柳氏宗族中一名早夭之童。

⑦ 祭祀:祀神供祖的仪式,这里专指对祖先的祭祀。

⑧ 一门二句:谓一族后嗣,虽未断绝,却均为一线单传。嗣

续，指后嗣、子孙。

⑨ 理极道乖：谓道理上应当如此而实际却与之相背。

　　汝生有志气，好善嫉邪，勤学成癖，攻文致病，年才三十，不禄命尽⑩。苍天苍天，岂有真宰⑪？如汝德业，尚早合出身，由吾被谤年深，使汝负才自弃⑫。志愿不就，罪非他人，死丧之中，益复为魄⑬。汝墨法绝代，识者尚希⑭，及所著文，不令沉没。吾皆收录，以授知音。《文类》之功⑮，更亦广布，使传于世人，以慰汝灵。知在永州，私有孕妇，吾专优恤，以俟其期⑯。男为小宗⑰，女亦当爱。延子长大，必使有归。抚育教视⑱，使如己子。吾身未死，如汝存焉。

⑩ 不禄：早亡、夭折的代称。

⑪ 真宰：宇宙的主宰。

⑫ 如汝四句：谓像你这样的品德和学业，早就应该有进士的身份了，只是因我被贬官负谤，才使你有才难伸。合，应。

出身,旧时做官的最初资历,如进士身份等。《志从父弟宗直殡》谓:"兄宗元得谤于朝,力能累兄弟为进士。凡业成十一年,年三十三不举。"即指此事。

⑬ 媿:通"愧",指惭愧。

⑭ 墨法:书画的技法,此指书法。识者:一本作"知音"。

⑮ 文类:指柳宗直所撰《西汉文类》。宗元《柳宗直〈西汉文类〉序》谓:"吾尝病其畔散不属,无以考其变。欲采比义,会年长疾作,弩堕愈日甚,未能胜也。幸吾弟宗直爱古书,乐而成之。搜讨磔裂,捃摭融结,离而同之,与类推移,不易时月,而咸得从其条贯。森然炳然,若开群玉之府。指挥联累,圭璋琮璜之状,各有列位,不失其序,虽第其价可也。"

⑯ 吾专二句:谓我将从优抚恤,以待其生产之期。俟,等、待。

⑰ 小宗:古代宗法制规定,嫡长子一系为大宗,其余子孙为小宗。

⑱ 教视:教育、照料。

炎荒万里,毒瘴充塞,汝已久病,来此伴吾。到未数日,自云小差⑲,雷塘灵泉⑳,言笑如故。一寐不觉[21]，便为古人。茫茫上天，岂知此痛！郡城之隅，佛寺之北，饰以殡纼，寄于高原[22]。死生同归，誓不相弃，庶几有灵，知我哀恳[23]。

[19] 小差：指疾病小愈。

[20] 雷塘：在今柳州龙潭公园内，今称大龙潭。灵泉：在今柳州立鱼峰东，今称小龙潭。

[21] 一寐(mèi)不觉：一睡下就再也醒不来了。柳宗元《志从父弟宗直殡》记宗直亡故前的情形说："七月，南来从余。道加疟寒，数日良已。又从谒雨雷塘神所，还戏灵泉上，洋洋而归，卧至旦，呼之无闻，就视，形神离矣。"

[22] 郡城四句：谓把你的墓地选在了柳州城角的佛寺北部，用绳索牵引柩车，将你寄葬于高原之上。隅，角落。柳宗元《志从父弟宗直殡》："是月二十四日，出殡城西北若干尺。"纼(zhèn)，牵引柩车的绳索。

[23] 庶几二句：希望你有灵，知晓我的哀伤和恳诚。庶几，希望、但愿。

柳宗元笃于友朋之交,尤深于兄弟之情。其集中祭文有两篇最为突出,一篇是作于永州时的《祭吕衡州温文》,一篇便是这篇作于柳州的《祭弟宗直文》了。两篇文章悼祭亡者,均呼天吁地,声泪俱下,令人读来悲不忍闻;而这篇祭弟之作,因了作者适被远迁,即遽遭丧弟之痛,更内含一种锥心刺骨的哀怨和悲凉。

柳宗直是柳宗元的堂弟,性格方正,好善疾恶,多才艺,爱古书,著有《西汉文类》,与宗元志同道合。柳宗元谪居永州时,宗直就与之相伴,在人生困境中,二人相濡以沫,感情甚笃。元和十年(815)三月,宗元从京城迁赴柳州,宗直又随其前往。因长途跋涉,风餐露宿,加上水土不服,致使疟寒缠身,在刚刚抵达柳州二十天后,即于七月十七日病逝。对作者来说,这是一个非常沉重的打击,其沉重度不仅在于兄弟二人多年厮守、志同道合,如今弟先于兄卒,故而有长送幼之悲;而且在于宗元方遭远迁,置身异域,心中本已苦闷重重了,突然又遽丧手足,这无异于雪上加霜、痛上加痛。这篇祭文,就是在这样的情形下写成的。

文章大致可分三个层次。第一层次以"八哥以清酌之奠,祭于亡弟十郎之灵"二句领起,追述柳氏一族祸谪频仍、家道不昌的历史和现状,其中"四房子姓,各为单子"、"两房祭祀,今已无主"、"一门嗣续,不绝如线"等类似词语的反复出现,有力地渲染了悲凉孤凄的氛围。而"仁义正直,天竟不知,理极道乖,无所告诉"诸语,责备上天的无知,申述无所告语的苦闷,更充溢着极大的哀怨和愤懑。

第二层次拉回一笔,将焦点集聚在宗直身上,先述其行迹,继慰其亡灵。"生有志气,好善嫉邪",写其品德;"墨法绝代"、"《文类》之功",写其才艺;德才如此而竟早逝,则"苍天苍天,岂有真宰"? 然而,这又不全是"天"的过错,作者认为其中还有自己的责任:由于自己屡遭贬迁,被人诽谤,也使宗直受到牵连,以致早就应该获得进士出身的他却终于"负才自弃"。对这一点,作者平时就有愧在心,现在宗直死了,其愧疚愈甚。为了安慰死者,也为了减轻内疚,作者对亡者的未竟之事一一安排:收录其墨宝、文章,广布其所著《文类》,优恤其有孕之妇,抚育其将产之婴,总之,"吾身未死,如汝存焉"这八个字,是作者于万般凄楚中发出的肺腑之言,落地铮铮作响,从中可见其以身代弟的至情至性。

第三层次补写宗直亡故的原因和安葬情况。"炎荒万里,毒瘴充塞,汝已久病,来此伴吾",短短四句,写尽了旅途的艰辛,也展示了宗直对乃兄的亲情和依恋。宗直久病,本已埋下了亡故的远因,但令作者始料不及的是,他竟"一寐不觉,便为古人",亡故来得是如此突然!面对这一突发事件,宗元的心理防线完全崩溃了,他第三次仰首长呼:"茫茫上天,岂知此痛?"在交待了安葬的地点之后,文章最后说道:"死生同归,誓不相弃,庶几有灵,知我哀恳。"这是对亲人的告慰,也是作者的誓言,若不是悲痛到了极点,他很难说出欲与亡者"死生同归"的话来。

情之至者,不假修饰,即可自然流为天地间之至文。这篇祭文始终以情为统领,或叙家族之事,或写亡者生平,字里行间无不充溢着难以释怀的悲哀,而文中三次责天呼天,更将这种悲哀推向了顶点,使人读后但见泪痕,不睹文字。若将之与韩愈颇受后人称道的《祭十二郎文》作比,可以发现:韩文多用散行句式,将生活琐事娓娓道来,令人始而感怀,继而悲叹,终而至于流涕;柳文则基本为四言句式,蝉联而下,繁音促节,悲音激响,给人一种强烈的情感冲击。而就所达到的艺术成就言,柳文也是足可与韩文相媲美的。

复杜温夫书①

二十五日,宗元白②:两月来,三辱生书③,书皆逾千言,意若相望仆以不对答引誉者④。然仆诚过也⑤。而生与吾文又十卷,噫!亦多矣。文多而书频,吾不对答引誉,宜可自反⑥。而来征不肯相见,亟拜亟问⑦,其得终无辞乎?

① 杜温夫:事迹不详。

② 白:陈述。

③ 辱:谦词,承蒙的意思。生:读书人的通称,指杜温夫。

④ 望：怨望、责怪。仆：自称的谦词。对答引誉：回答并赞誉。

⑤ 诚过：确实有过错。

⑥ 自反：反躬自问、自己反省。《孟子·离娄下》："有人于此，其待我以横逆，则君子必自反也。"

⑦ 征：寻求、询问。亟：急切。

    凡生十卷之文，吾已略观之矣。吾性驳滞⑧，多所未甚谕⑨，安敢悬断是且非耶？书抵吾必曰周、孔⑩，周、孔安可当也？拟人必于其伦，生以直躬见抵，宜无所谀道⑪，而不幸乃曰周、孔，吾岂得无骇怪？且疑生悖乱浮诞，无所取幅尺⑫，以故愈不对答。来柳州，见一刺史，即周、孔之；今而去吾，道连而谒于潮⑬，之二邦，又得二周、孔；去之京师，京师显人为文词、立声名以千数⑭，又宜得周、孔千百。何吾生胸中扰扰焉多周、孔哉⑮！

⑧ 骙(ái)滞：愚笨迟钝。骙，愚、呆。

⑨ 谕：明白，知晓。

⑩ 抵：触、提到。周、孔：周公、孔子，皆古代儒家尊称的圣人。

⑪ 拟人三句：谓比拟人时要与其所属的类别相符，你以正直之道写信，应该不会奉承我。拟人，与他人相比拟。伦，类。直躬，以直道立身。谀(yú)道，阿谀奉承。

⑫ 且疑二句：谓我还怀疑你昏乱荒诞，说话没有分寸。悖乱，惑乱、昏乱。浮诞，虚妄荒谬。幅尺，泛指尺度、分寸。

⑬ 道连句：谓路过连州、潮州去拜谒刘禹锡、韩愈。元和十年(815)三月，刘禹锡远迁为连州刺史；元和十四年(819)正月，韩愈被贬为潮州刺史。

⑭ 显人：显达之人、有名声之人。

⑮ 扰扰：纷乱貌。

吾虽少为文，不能自雕斫⑯，引笔行墨，快意累累，意尽便止，亦何所师法？立言状物，未尝求过人，亦不能明辨生之才致⑰。但见生用助字，不当律令⑱，唯以此奉答。所谓乎、欤、

耶、哉、夫者，疑辞也[19]；矣、耳、焉、也者，决辞
也[20]。今生则一之。宜考前闻人所使用[21]，与
吾言类且异[22]，慎思之则一益也。庚桑子言藿
蠋鹄卵者[23]，吾取焉。道连而谒于潮，其卒可化
乎[24]？然世之求知音者，一遇其人，或为十数
文，即务往京师，急日月，犯风雨，走谒门户，以
冀苟得[25]。今生年非甚少，而自荆来柳[26]，自柳
将道连而谒于潮，途远而深矣[27]，则其志果有异
乎？又状貌巍然类丈夫[28]，视端形直，心无歧
径，其质气诚可也，独要谨充之尔[29]。谨充之，
则非吾独能，生勿怨。亟之二邦以取法[30]，时思
吾言，非固拒生者[31]。孟子曰："余不屑之教诲
也者，是亦教诲而已矣。"[32]宗元白。

⑯ 雕斫(zhuó)：刻意修饰文辞。

⑰ 才致：才情。

⑱ 助字：即虚字。律令：法则，这里指语法规则。

⑲ 疑辞：表示疑问语气的词。

⑳ 决辞：表示确定语气的词。

㉑ 闻人：有名望的人。

㉒ 类且异：相同还是相异。且，表选择语气的连词，还是。

㉓ 庚桑子：即庚桑楚，周朝人，庄子说他是老聃弟子。藿蠋
（huò shǔ）：生长在豆类植物上的毛虫。藿，豆叶。蠋，鳞
翅目昆虫的幼虫。鹄（hú）卵：鹤之卵，形体较大，比喻大
材。鹄，通"鹤"。《庄子·庚桑楚》载："庚桑子曰：'辞尽
矣，曰"奔蜂不能化藿蠋，越鸡不能伏鹄卵"，鲁鸡固能矣！
鸡之与鸡，其德非不同也。有能与不能者，其才固有巨小
也。今吾才小，不足以化子。子胡不南见老子？'"作者这
里取其意，语含幽默地说自己指导不了杜温夫这样的
大材。

㉔ 化：变化；改变。

㉕ 走谒二句：谓前往有地位的人家去拜见，希望不费力就能
得到想要的东西。走谒，前往拜见。

㉖ 荆：荆州，治今湖北荆州。

㉗ 途远而深：路途深远。深，艰险、难行的意思。

㉘ 嶷（nì）然：卓异貌、屹立貌。类：似、像。丈夫：犹言大丈
夫，指有所作为的人。

㉙ 谨充之：小心在意地充实自己。

㉚ 亟之二邦：赶快到连、潮二州去。

㉛ 固：执意、坚决地。

㉜ 余不二句：谓我不屑于教诲他，这也是一种教诲的方法呵！
语见《孟子·告子下》："孟子曰：教亦多术矣，余不屑之教
诲也者，是亦教诲之而已矣。"

《旧唐书》卷一六〇《柳宗元传》载：宗元刺史柳州
后，"江岭间为进士者，不远数千里皆随宗元师法；凡经
其门，必为名士。著述之盛，名动于时，时号柳州云"。
这段记载，留下了柳宗元在柳州期间热情指导后学、积
极推进古文创作的宝贵材料。宗元指导后学的方法是
多种多样的，他往往因材施教，不拘一格。在永州时，他
作《答韦中立论师道书》，既申明不愿取师之名，又阐述
为文之道，娓娓而谈，和蔼可亲；而在这篇作于元和十四
年(819)的《复杜温夫书》中，则既批评其不求实的态
度，又晓之以基本的文法，字里行间见出宗元的直率和
冷隽。而这两种看似不同的教诲方法，实因求教对象不

同所致,充满对后学的关爱、扶植之情。

文章首段开宗明义,提出杜温夫三致书信,而自己迟迟不作答一事,为下文交待原因作了张本。

第二段写原因,又分两点。一是来信有很多地方看不明白,无从判断其是非,故不便作答。这是客气的说法,言外之意是说,你的文字表述不够清晰晓畅(这由下文所说"用助字不当律令"一点即可推知其他),故令人读来不得要领。二是对方动辄以周公、孔子相誉,有阿谀奉承之嫌,令人既感惊讶,又怀疑对方悖谬荒诞,言语不实,说话没有分寸,因此"愈不对答"。关于前者,还只是一个学问功底和行文技巧的问题,所以可暂置不论;关于后者,则是一个学风乃至品德的问题,故不能不严肃指出并加以辩析。在作者看来,周公、孔子是千百年来为人尊崇的"圣人",绝非一般人所可比并,更非自己这样的负罪远迁之人所可比并;然而,杜温夫竟然每封来信都将自己比作周、孔,这就很有些违悖常情了。照他这种做法,至柳州见一刺史,即谓之周、孔,到连州、潮州再见刘禹锡、韩愈两刺史,又得两周、孔,而到了京城,比柳、连、潮三州刺史地位高、声名大者所在多有,于是又会有千百个周、孔从杜温夫笔下口中产生。这样的话,不仅周公、孔子成了可以随意奉送的廉价品,而且杜温夫的品行为人是否端正严谨也就大可怀疑了。所以,作者以"何吾生胸中扰扰焉多周孔哉"一语收煞此段,语虽含讥讽,但更多的是一种严肃的批评。

第三段笔锋一转,回到论文。先说自己作文时不自雕斫,无所师法,"引笔行墨,快意累累,意尽便止"。这就是说,作文并无一定的章程可循,不宜对外在形式、藻采多所雕斫,而当以意为主,畅摅胸臆,意盛则行,意尽即止,如此自会风行水上,快意累累。这一观点,既是柳宗元的创作体会,也是其重要的古文理论,其于当时仍有相当市场的骈俪文体和浮靡文风不啻一种针砭,而对后来的古文家则产生了深远的影响。苏轼曾自称作文的情形"大略如行云流水,初无定质,但常行于所当行,常止于不可不止"(《答谢民师书》),便显然受到柳宗元的启发。由此再进一步,专谈对方作文"不当律令"之病:古文中"乎、欤、耶、哉、夫"均为疑问词,"矣、耳、焉、也"则为肯定词,但杜温夫却将之混杂在一起,这说明他还欠缺古文的基本素养和训练,因而有必要多读前代著名作家的文章,认真细致地进行思考,当会获益良多。此外,还应于作文的同时充实自我的内在气质,而气质的充实"则非吾独能",而应"亟之二邦以取法"。在这里,作者既教诲之,复劝勉之,而"自荆来柳,自柳将道连而谒于潮,途远而深矣,则其志果有异乎"数语,更于楮墨之间融入一种深深的关切之意和正面肯定,从而使文情由抑转扬。与此相伴,作者的态度也由此前的冷隽渐变而为温和,文章的格调则由此前的峭厉渐变而为平缓。行文至此,既对对方作了该作的教诲,也讲明了自己"非固拒生者",于是,文末引孟子语作结,一笔双写,回包前文,在文意和结构上都显得十分完满。

柳州山水近治可游者记[①]

古之州治,在浔水南山石间[②]。今徙在水北[③],直平四十里[④],南北东西皆水汇[⑤]。

北有双山，夹道崭然⑥，曰背石山。有支川⑦，东流入于浔水。浔水因是北而东⑧，尽大壁下。其壁曰龙壁。其下多秀石，可砚⑨。

南绝水⑩，有山无麓，广百寻⑪，高五丈，下上若一，曰甋山⑫。山之南，皆大山，多奇。又南且西，曰驾鹤山，壮耸环立，古州治负焉⑬。有泉在坎下，恒盈而不流⑭。南有山，正方而崇，类屏者⑮，曰屏山。其西曰四姥山，皆独立不倚，北沉浔水濑下⑯。

① 近治：指靠近州治的城郊一带。治，州治，州衙门所在地。

② 浔水：即柳江，一名黔江，环绕柳州城西、南、东三面而过。

③ 徙：迁移。

④ 直平：直而平，犹言平坦。

⑤ 水汇：水流迂回、环绕。

⑥ 崭然：山险峻貌。

⑦ 支川：支流。

⑧ 浔水句：谓浔水因支流的力量而由向北流改为向东流。

⑨ 可砚：可以做砚石。

⑩ 绝：渡过、穿过。

⑪ 无麓：指山势陡峭，下无缓坡。麓，山脚。广：宽。寻：古代度量单位，一寻为八尺。

⑫ 甑（zèng）：古时蒸饭用的一种陶制炊器，底部有孔，俗叫甑子。

⑬ 负：依靠、背靠。

⑭ 恒：常。盈：满。《清一统志·柳州府·山川》谓驾鹤山"下有长塘，冬夏不涸"。

⑮ 正方而崇：指其形状方正而且高。崇，高。屏：屏风。

⑯ 北沉句：谓其北面山脚插入柳江急流之中。濑，湍急的水。

又西曰仙弈之山。山之西可上，其上有穴，穴有屏，有室，有宇⑰。其宇下有流石成形⑱，如肺肝，如茄房⑲，或积于下，如人，如禽，如器物，甚众。东西九十尺，南北少半⑳。东登入小穴，常有四尺㉑，则廓然甚大。无窍㉒，正黑，烛之㉓，高仅见其宇，皆流石怪状。由屏南室中入小穴,倍常而上㉔,始黑,已而大明,为上室。由上室而上,有穴,北出之,乃临大野㉕,飞鸟皆视其背㉖。其始登者,得石枰于上㉗,黑肌而赤脉㉘,十有八道,可弈,故以云㉙。其山多栟,多楮,多笐筤之竹,多橐吾㉚。其鸟,多秭归㉛。

⑰ 宇:屋檐,指石穴上向外突出像屋檐的岩石。

⑱ 流石:指熔洞中下垂的钟乳石。

⑲ 茄(jiā)房:莲蓬,指倒圆锥形的钟乳石。

⑳ 少半:小于一半。

㉑ 常有四尺:即十六尺外又加四尺。常,古度量单位,八尺为寻,倍寻为常,即十六尺。有,通"又"。

㉒ 窍:孔、洞。

㉓ 烛:用作动词,用烛光照明的意思。

㉔ 倍常:倍于常,常的翻倍,即三十二尺。

㉕ 大野:宽广的原野。

㉖ 飞鸟句:谓站在洞口下视飞鸟,看到的是鸟背。这里是说

洞口很高。

㉗ 石枰（píng）：石头棋盘。

㉘ 黑肌：黑色的石面。赤脉：红色的线条。

㉙ 可弈二句：谓在此石头棋盘上可以下棋，所以叫仙弈山。

㉚ 柽（chēng）：落叶小乔木，又名观音柳、红柳。櫧（zhū）：常绿乔木，质地坚硬。笧筜（yún dāng）：一种皮薄、节长而竿高的竹子。橐（tuó）吾：多年生草木，根可入药。

㉛ 秭（zǐ）归：亦作子规，杜鹃的别名。

石鱼之山，全石，无大草木，山小而高，其形如立鱼㉜，尤多秭归。西有穴，类仙弈。入其穴，东出，其西北灵泉在东趾下㉝，有麓环之。泉大类彀雷鸣㉞，西奔二十尺，有洄㉟，在石涧，因伏无所见㊱，多绿青之鱼，多石鲫，多鳈㊲。

雷山，两崖皆东西㊳，雷水出焉。蓄崖中曰雷塘，能出云气，作雷雨，变见有光㊴。祷用俎鱼、豆彘、修形、糈粢、阴酒㊵，虔则应㊶。在立

鱼南,其间多美山,无名而深。峨山在野中㊷,
无麓,峨水出焉㊸,东流入于浔水。

㉜ 立鱼:站立的鱼。

㉝ 灵泉:《清一统志·柳州府·山川》谓石鱼山"山半有立鱼
岩,岩之东麓,灵泉出焉"。趾:脚。

㉞ 泉大句:谓泉水的声音很像车轮滚动时发出的雷一样的鸣
响。毂(gǔ):车轮中间车轴贯入处的圆木。

㉟ 洄:漩流。

㊱ 伏:隐藏、潜伏。

㊲ 石鲫(jì):鲫鱼的一种。鲦(tiáo):一种白色小鱼。

㊳ 西:当作"面"。

㊴ 变见:变化隐现。见,通"现"。

㊵ 俎(zǔ)鱼、豆豉(zhì):俎、豆等祭祀礼器中盛放的鱼、肉。
俎、豆皆为古代祭祀时盛放祭品的器具,多为木制。修形:
干肉和羹汤。修,干肉。形,通"铏",盛羹的器具。糈
(xǔ):祭神用的精米。稌(tú):通"稌",稻。阴酒:醴酒。

㊶ 虔则应:恭敬诚心就有显应。

㊷ 峨山:即鹅山,山形似鹅,故名。

㊸峨水：即鹅水。

与谪居永州时相比,柳宗元刺史柳州后出游山水的次数有所减少,所作山水游记在描写方法上也有了一些变化,这些变化,在这篇《柳州山水近治可游者记》中即有反映。

此文不像"永州八记"那样集中笔墨写某一个景点,而是采取散点扫描的方法,将柳州州治附近的奇山异水悉数纳入视野之中,由北而南而西,有条不紊地顺序写来,形散而神聚,文长而笔精,"全是记事,不着一句议论感慨,却淡宕风雅"(《山晓阁唐大家柳柳州全集》卷三引茅坤语)。

在行文中,作者写山重于写水;其所写之山中,有名号者即有双山、背石山、甑山、驾鹤山、屏山、四姥山、仙弈之山、石鱼之山、雷山、峨山等十座山峰,它们或"夹道崭然",或"正方而崇",或"有山无麓"、"下上若一",或"全石,无大草木"、"其形如立鱼",均造形奇特,面目各异,就中尤以仙弈山石穴的描写最具特色。石穴在仙弈山西侧，"穴有屏，有室，有宇。其宇下有流石成形，如肺肝，如茄房，或积于下，如人，如禽，如器物，甚众"。这段描写，先已使人为其天造地设的结构和琳琅满目的造型感到惊异了，而当由西向东通过九十尺长的洞穴后，发现其东部还有阔达二十尺的小穴，用火来照，"皆流石怪状"。再由屏南室中入小穴，向上攀登，则"始黑，已而大明，为上室"。由上室复往上走，"有穴，北出之，乃临大野"。真是洞中有洞，室上有室，忽暗忽明，曲径通幽，令人有奇不胜览、美不胜收之感。至于从穴中北出俯临大野之后，作者更以神来之笔写道："飞鸟皆视其背"——人站在洞口向下观望，看到的全是飞鸟的背部。有此一句交待，则洞穴所处位置之高、作者登临地点之险、俯首下瞰飞鸟之畅，均已尽在不言之中。

由此看来，这篇游记虽纵览全局，却有面有点，点面结合，面铺得广，点写得细，由此形成粗犷与精美兼备、叙述与描写并行的特点。后人称此文为柳州山水的最佳导游词，信然。

童区寄传①

柳先生曰：越人少恩，生男女必货视之②。自毁齿以上③，父兄鬻卖，以觊其利④。不足，则盗取他室，束缚钳梏之⑤。至有须鬣者，力不胜，皆屈为僮⑥。当道相贼杀以为俗⑦。幸得壮大，则缚取么弱者⑧。汉官因以为己利，苟得僮，恣所为不问⑨。以是越中户口滋耗⑩。少得自脱⑪，惟童区寄以十一岁胜，斯亦奇矣。桂部从事杜周士为余言之⑫。

① 童：儿童。区（ōu）寄：姓区名寄。

② 越人：唐时岭南及长江中下游以南地区均可称越，这里是指柳州。少恩：缺少骨肉亲情。货视之：像货物、商品一样看待他们。

③ 毁齿：换牙齿。指儿童乳牙脱落的七八岁时的年龄。

④ 鬻（yù）：卖。觊（jì）：希冀、贪图。

⑤ 不足三句：谓卖孩子的钱不够花，就把别人家的孩子偷来，

将他们用绳索绑住或戴上枷锁。钳，古刑具，束颈的铁圈。这里指用铁箍套住脖子。梏(gù)，刑具名，古代木制手铐。这里指把手铐上。

⑥ 至有三句：谓甚至有些长了胡须的人，因其力气弱小，也都被迫做了奴仆。鬣(liè)，长而硬的胡须。不胜，敌不住。屈，屈服。僮，未成年的奴仆。

⑦ 当道句：谓在大路上公然劫杀已成为风气。贼，伤害、杀戮。

⑧ 幸得二句：谓有幸未被劫卖而长得强壮高大的人，便去绑架那些年小体弱者。幺(yāo)，小。

⑨ 汉官三句：谓作地方官的汉族人把这当成为自己谋利的手段，只要能得到僮，就任其所为而不追究。恣，放纵。

⑩ 以是：因此。滋耗：愈益减少。

⑪ 少得自脱：(被盗卖的儿童)很少有能自己逃脱的。

⑫ 桂部：指桂管经略使府，府治在今广西桂林。从事：官名，州郡长官的僚属。杜周士：贞元十七年(801)进士，元和中为桂管经略使从事。

童寄者，柳州荛牧儿也⑬。行牧且荛，二豪

贼劫持反接⑭，布囊其口⑮，去逾四十里之虚所卖之⑯。寄伪儿啼，恐慄为儿恒状⑰。贼易之⑱，对饮酒醉。一人去为市⑲，一人卧，植刃道上⑳。童微伺其睡，以缚背刃，力下上，得绝㉑，因取刃杀之。逃未及远，市者还，得童大骇。将杀童，遽曰㉒："为两郎僮，孰若为一郎僮耶㉓？彼不我恩也㉔。郎诚见完与恩，无所不可㉕。"市者良久计曰㉖："与其杀是童，孰若卖之；与其卖而分，孰若吾得专焉㉗。幸而杀彼，甚善。"即藏其尸，持童抵主人所，愈束缚牢甚。夜半，童自转，以缚即炉火烧绝之㉘，虽疮手勿惮㉙，复取刃杀市者。因大号，一虚皆惊。童曰："我区氏儿也，不当为僮。贼二人得我，我幸皆杀之矣，愿以闻于官㉚。"

⑬ 荛(ráo)牧儿：砍柴放牛的儿童。荛，柴草，引申为砍柴。

⑭ 反接：把双手反绑在背后。

⑮ 布囊其口：用布堵住其口。囊，口袋，这里意为蒙住。

⑯ 逾：超过。虚所：即墟所，乡间集市。

⑰ 伪儿啼：假装小孩因害怕而啼哭。恐慄(lì)：惊恐战栗。
　　恒状：常态。

⑱ 易之：轻视、不以为意。

⑲ 为市：做买卖。

⑳ 植刃道上：把刀插在路上。

㉑ 童微四句：谓区寄悄悄地等他睡下，将捆绑自己的绳靠在
　　刀刃上，用力地上下磨擦，割断了绳子。

㉒ 遽(jù)曰：急忙说。

㉓ 为两郎僮：做两个人的奴仆。孰若：何如，哪里比得上。
　　为一郎僮：做一个人的奴仆。郎，旧时仆人对主人的称呼。

㉔ 彼：指被杀的强盗。不我恩：即不恩我，对我不好。

㉕ 郎诚见二句：谓你若真能不杀我并好好待我，(那么)让我
　　做什么都行。见完，保全(我的性命)。

㉖ 良久计：长时间考虑。

㉗ 卖而分：卖掉后两人平分。吾得专：我一个人独占。

㉘ 以缚即炉火：将捆绑自己的绳索靠近炉火。即，就、靠近。

㉙ 虽：纵然。疮手：烧伤手。惮：怕。

㉚ 愿以闻于官：希望将这件事报告官府。

　　虚吏白州㉛，州白大府㉜，大府召视，儿幼愿耳㉝。刺史颜证奇之㉞，留为小吏，不肯。与衣裳，吏护还之乡㉟。乡之行劫缚者，侧目莫敢过其门㊱。皆曰："是儿少秦武阳二岁㊲，而计杀二豪，岂可近耶㊳！"

㉛ 虚吏：即墟吏，管集市的官吏。白：禀告。州：指柳州的长官。

㉜ 大府：指桂州观察使府的长官。

㉝ 幼愿：年幼老实。愿，质朴、老实。

㉞ 颜证：贞元二十年任桂州刺史、桂管观察使。

㉟ 护还之乡：护送他还乡。

㊱ 行劫缚者：从事抢劫绑架勾当的人。侧目：不敢正视，形容畏惧。

㊲ 少：小于。秦武阳：战国时燕国的武士，据说他十三岁就杀过人。

㊳ 计杀：一作"讨杀"。

这是一篇充满传奇色彩而近乎小说的人物传记。文字的简洁精练，描写的声情并茂，叙事的严整有序，都曾得到前人的一致称赏。孙琮更全力推崇，认为其"事奇，人奇，文奇。叙来简老明快，在柳州集中，又是一种笔墨。即语史法，得龙门之神。班、范以下，都以文字掩其风骨，推而上之，其《左》、《国》之间乎"（《山晓阁选唐大家柳柳州全集》卷四）。

全文大致可分三个部分，第一部分交待背景，点明越人贪图财利、鬻卖儿女以及盗贼横行、劫掠幼弱的恶俗，在指出凡被劫卖就很少有人能够逃脱的基础上，将少年区寄以十一岁之龄竟能挣脱魔掌的"奇"事郑重拈出，造成悬念，为下文全力写区寄作了既简洁又全面的铺垫。

第二部分为全文的中心，写区寄被二豪贼劫持后与之斗智斗勇、终于脱险的过程。情节环环相扣，场面紧张激烈，令人惊心动魄，目不暇接。区寄只是一个砍柴放牛的童子,并无伟岸的身躯和过人的本领,但他却能临危不乱,急中生智,巧妙地周旋于两大敌手之间。当二豪贼将其反绑起来,又用布堵住其口,带到四十里之外的集市贩卖时,他假装恐惧以麻痹对方,乘对方"酒醉,一人去为市,一人卧"之机,"以缚背刃,力下上,得绝,因取刃杀之"。当他逃跑不远而被另一贼抓住即将被杀时,又能非常快地想出对策:"为两郎僮,孰若为一郎僮耶?彼不我恩也。郎诚见完与恩,无所不可。"这段话先是站在对方角度为之着想,用利益来打动他;继而装乖卖巧,以百依百顺的态度来蒙骗他。虽然这番话使对方又一次中计,但此贼并不笨,他先是"良久计",反复权衡利弊,接着"愈束缚牢甚",以防区寄再度脱逃。然而,区寄面对益发加大了的脱逃难度,仍能忍着将手烫伤的疼痛,在火上将绳索烧断,并拿起刀将熟睡之贼杀掉,然后"大号"叫人,以求验明正身。在这段有声有色、紧锣密鼓的反复较量中,区寄表现出了过人之智和过人之勇,无智无以脱身,无勇无以杀贼,唯其智勇兼备、胆气双全,斯所以为少年英雄。

　　第三部分为全文尾声，写官府"奇之"和区寄返乡后的影响，用乡间盗贼"侧目莫敢过其门"和所说话语作结，为区寄颊上添毫，从反面补足了完满的一笔。

　　这篇传记是柳宗元作于柳州的最佳叙事文字，全文不枝不蔓，笔笔精到，实已达炉火纯青之境。沈德潜评说此文道："此即事传事，与《梓人》、《宋清》、《郭橐驼》诸传别有寄托者异也。简老明快，字字飞鸣，词令亦复工妙。假令其持地图藏匕首上殿，必不至变色失步，同秦武阳之怯矣，我爱之、畏之。"（《唐宋八大家文读本》卷九）可谓具眼之论。

《中国古代文史经典读本》（文学类）书目